琼 瑶

作 品 大 全 集

船

琼瑶 著

作家出版社

琼瑶，本名陈喆，作家、编剧、作词人、影视制作人。原籍湖南衡阳，1938年生于四川成都，1949年随父母由大陆赴台生活。16岁时以笔名心如发表小说《云影》，25岁时出版首部长篇小说《窗外》。多年来笔耕不辍，代表作包括《烟雨蒙蒙》《几度夕阳红》《彩云飞》《海鸥飞处》《心有千千结》《一帘幽梦》《在水一方》《我是一片云》《庭院深深》等。

多部作品先后改编成为电影及电视剧，琼瑶也因此步入影视产业。《六个梦》系列、《梅花三弄》系列、《还珠格格》系列等，影响至深，成为几代读者与观众共同的记忆。

琼瑶以流畅优美的文笔，编织了众多曲折动人的故事。其作品以对于梦的憧憬和爱的执着，与大众流行文化紧密结合，风靡半个多世纪，成为华文世界中极重要的文学经典。

我为爱而生，我为爱而写
文字里度过多少春夏秋冬
文字里留下多少青春浪漫
人世间虽然没有天长地久
故事里火花燃烧爱也依旧

复禄

第一章

一九五三年，圣诞节。

夜晚的空气清清凉凉，细雨轻飘飘地、不着边际地洒着。

柏油路面被雨洗亮了，浮漾着灯光和人影。一幢天主教堂高耸的十字架上，垂下两串明明灭灭的彩色小灯泡，装饰而点缀了夜。另一幢西式洋房里，帕蒂·佩姬和多丽丝·黛正在唱盘上高歌，乐声泻出了门窗，夹杂着无数的欢笑和叫闹，把冷冷的夜唱活了。

纪远不慌不忙地从街道上踱了过去，咖啡色的皮夹克上映着水光，浓密而略显零乱的黑发湿漉漉的。带着几分闲散，他满不在乎地踩进地上汪着雨的水潭中，那泥泞的脚和它的主人一样，有着特有的洒脱和满不在乎的味道，用充满自信和优越感的步伐，稳定地走过大街，转进一条宽宽的巷子。

从口袋里取出一张字条，他寻找着字条上所写的门牌号码。终于，他停在两扇朱红大门的前面，望了望那占地颇广的围墙，和门上挂着的"杜寓"的牌子，他伸手按了门铃，靠在门柱上等待着。

门开了，一个装束得很整洁的下女好奇地打量着他，透过门内的走道和不大不小的花园，纪远可以看到里面灯烛辉煌的房子，和大厅前悬满彩色小灯泡的回廊。花园中显然也经过一番布置，一棵棵冬青树上全悬着小灯，连扶桑花的枝丫上，也拖着长长的彩条。屋内人影憧憧，笑声洋溢，随着人声笑语，大鼓、小鼓、大喇叭、小喇叭的乐声也涌了出来。纪远跨进大门，不自觉地感染了那份欢乐气息，而微笑了。

"先生，你找谁？"整洁的下女，用一副怀疑的神色问。

"杜嘉文，"纪远说，"在不在？他请我来参加晚会。"

"是的，从这边走。"下女指着走道和大厅，一面望着纪远泥泞的裤管和湿淋淋的衣服，奇怪着这是从什么地方跑来的客人，像来自荒野，周身都带着泥土味。

纪远抛开了小下女，大踏步地走过走道，跨上台阶，回廊上正有一对年轻男女在依偎谈心，都不由自主地把眼光调过来望着他。他径自走向大厅，推了玻璃门，跺了跺脚，把鞋底在鞋垫上擦了擦，还没有跨进大厅，已经有个人直冲了过来，一把抱住纪远的肩头，欢呼地大嚷着说："好呀！纪远，你总算来了！"

"够朋友了吧！嘉文？"纪远笑着说，"你别碰我，浑身都是泥。我刚从山上下来，回到家里，看到你留的条子，左一个'立刻'，右一个'立刻'，害我衣服都没换就跑来了！"他打量了一下大厅里面，打了蜡的地板光可鉴人，四壁悬着无数的小吊灯，沙发和椅子放在屋子的四周，中间空下来当作舞池，有十几对客人正分散在大厅的各处，他的出现显然引起了全体的注意。他望望自己，笑着说："我这副样子怎么进来，不怕弄脏你的屋子？"

"什么时候你变得这么婆婆妈妈了？还不赶快进来！都是咱们同学，你认得的。"杜嘉文喊着说，不由分说地把纪远拉了进来。杜嘉文是个白皙而颀长的青年，看起来文质彬彬，和后者那微褐色的皮肤，粗犷而带点野性的神情正成了反比。他那身漂亮的铁灰色西服和深红色领结，更和纪远敞开的皮夹克，以及夹克里面套头的毛衣形成了鲜明的对比。纪远站在门内，微仰着头，依然带着他那满不在乎的微笑，环视着室内的人。

"嗨！纪远！你失踪三天，居然还魂了！"又一个瘦瘦长长的青年跑了过来，顺手把一杯饮料递给了纪远，"山上怎样，打到獐子没有？"

"打到许多新鲜空气！"纪远咧嘴一笑，露出一口整齐的白牙齿，使他那多棱角的脸显得柔和了许多，"这次运气不好，碰到下雨天，野兽全躲着不肯出来，追一只野猪追了一夜，也没打着。胡如苇，你真对打猎有兴趣，改天和我一起去怎么样？"

"好呀！你别说了不算数！上次你就说要和我一起去，结果还是偷偷地溜了。"胡如苇噘了噘嘴，那原来就显得孩子气的脸庞就更孩子气了，两道眉毛长得太近了一些，猛看过去成了个"一"字，有股天生的滑稽相。

"不是不和你去，是怕你猎不着野兽，等会儿被野兽猎走了，我对你父母交不了账！"

"什么话！"胡如苇大叫，"欺侮人嘛！"

又有几个相识的同学围了上来，男男女女都有，纪远被包围在核心，这个一句、那个一句地询问他打猎的情形。他握着杯子，不慌不忙地答复着，谈笑着。室内原有的热闹空气全转了方向，这个刚从山上下来的狩猎者成了所有客人注目的物件。一个少女排开人群，莽撞地冲了过来，像从地底冒出来一样，突然地停在纪远的面前。拉着杜嘉文的袖子，她大声地喊着说："哥哥，你不给我介绍！"

纪远有一秒钟的眩惑，面前的少女有种与生俱来的、令人心跳的力量。两道过分浓黑的眉毛底下，是对飞舞着的长睫毛和炯炯迫人的黑眼珠，一件黑色套头毛衣，紧裹着个成熟而挺拔的身子。红色的缎质圆裙上，缀着无数小银片，迎着灯光闪闪烁烁。一头野豹，应该是不太容易驯服的！纪远迎视着对方肆无忌惮的视线，不由自主地又微笑了起来。

"哦，真的，纪远，我该给你介绍一下。"杜嘉文笑着说，"这是我妹妹嘉龄，外号叫'小野猫'，会咬人会抓人，我劝你少惹她！"

"哥哥！"嘉龄警告地喊，"你当心！"

"我当心什么？"杜嘉文翻了翻眼睛，"我又不追求你，挨不上你的爪子。"

"你要不要试试看？"杜嘉龄挑起了眉毛，转身就向她哥哥扑去，杜嘉文一把拉住她，急急地说："别！别闹，嘉龄！给纪哥哥看着笑话！"

"纪哥哥？"嘉龄站住了，眼光又调回纪远的脸上，对他上上下下地打量着，仿佛一个画家在打量他的模特儿似的。然后点点头，对纪远一本正经地说："我不叫你纪哥哥，我叫你纪远，我从不叫别人什么哥哥，又别扭又肉麻，你也千万别喊我什么妹妹，否则，我浑身的汗毛都会立正，你可以叫我嘉龄。"

"好吧！嘉龄。"纪远微笑地弯弯腰，嘴边有一抹难以察觉的嘲弄意味。

"纪远，"嘉龄凝视着对方，眼睛中闪烁着好奇，"我早已知道你了，哥哥成天就谈你，你的打猎啦，外交手腕啦，吹牛啦，跳舞啦……好像你是个万能之神似的，我早就想看看你有些什么苗头了……"

"好了，纪远，"杜嘉文说，"你找上麻烦了，当心我这个妹妹出题目来难你，她的跳舞是有名的，而且，她有个好歌喉，你们等会儿可以表演一个男女对唱。现在，跟我来吧，我要介绍你认识一个人。"

说着，他拉住纪远，把他从人群中拉了出去。唱机上，不知是谁换上了一张《维也纳的森林》，于是，一部分的人又恢复了跳舞，室内重新喧嚣而活泼了起来。纪远出现所造成的短暂混乱又重归于平静。杜嘉龄迅速地卷进了舞池，和胡如苇翩翩起舞，圆裙子旋转得像只大彩蝶。

纪远跟着杜嘉文走向一扇落地窗的前面，在那儿，放着一棵高高的圣诞树，从树顶到下面都缀着小灯泡和星星、铃铛、小球等饰物，布置得华丽无比。树底下，堆满了一包包大小不等的圣诞礼物，有个长头发的少女正蹲在树下，在每包礼物上贴上标签。

"等一下我们有个交换圣诞礼物的节目，"杜嘉文说，"用抽签的方式，谁抽到几号的就拿几号。"

"糟糕，你可没向我说明要带圣诞礼物，我两手空空地来，怎么办？干脆我也不抽签了。"纪远说。

"我已经补了一包礼物进去。"地上的少女盈盈起立，轻轻地插进来说了一句。

纪远望着面前这个女性，用不着杜嘉文介绍，他也猜得出来她是谁。一件合身的黑色旗袍，修长而略嫌瘦弱的身子，披肩的长发，和那对若有所诉的眼睛。杜嘉文不止一百次把她的照片拿给他看，更不止一百次告诉他关于她的种种。

"嗨！"纪远不等介绍，就招呼着说，"我猜，你应该是唐小姐。"

"不错，"对方笑了，"你是纪远。"

"我是纪远，"他再点点头，"你是唐可欣。"

"这样比叫我唐小姐好得多。"她微笑地说，"你和我想象中的完全不同。"

"是吗？怎么不同？"

"你没有我想象中漂亮，却比我想象中更富有个性。嘉文总把你形容成一个四不像的人，一会儿是花花公子，一会儿又成了流浪汉，一会儿是武夫，一会儿又成了书生。"

"他本人就是这样。"杜嘉文在一边笑着说，"可欣，你别忙，等你认识他深一些的时候，你就会发现我说的一点儿也不错，他是个名副其实的怪人，不能用常理推测。"

"嘉文喜欢帮我吹牛，"纪远望着唐可欣说，后者带着笑的嘴角有一抹温存和亲切，那朦胧的眸子却是飘忽而难以捉摸的，"不过，你和我想象中的完全一样。"

"你想象中的我是怎样的？"

"和我所看到的一样美，一样好。"

那微笑消失了，朦胧飘忽的眸子转为清晰，这张脸忽然变得冷淡和疏远了起来。她点点头，用种世故而客套的语气说："谢谢你的赞美。"然后，她转向杜嘉文，"我要去洗洗手，满手都是糨糊。有件事先和你打个招呼，湘怡要在十点钟以前回去，你最好到时候送她一下，她回去晚了又要看哥哥嫂嫂的脸色。"

"好，我知道，我让胡如苇送她回去。"

"胡如苇？"可欣笑笑，"胡如苇全心都在你妹妹身上。"

"嘉龄？不可能！她还是孩子呢！"

"十八岁了，还是孩子？"可欣嫣然一笑，转身走到后面去了。

杜嘉文目送可欣的影子消失，解释地说："湘怡是可欣最要好的同学，就是坐在那边沙发里穿绿衣服的那个。本来，我们想把她介绍给胡如苇的。"望了望纪远，他重重地拍拍他的肩膀，"你觉得可欣如何？"

"好极了。"纪远顺口说着，搜索地望着舞池里旋转的那条红裙子，"你的眼光和运气都不坏，什么时候订婚？"

"寒假里，可能阴历年前后，预备大大地庆祝一下，你当然要来。"

"如果我不在山上的话。"

"那么冷的天你还要爬山，什么瘾？"

"冷天爬山才够味呢，想到合欢山赏雪去。"

杜嘉文注视着纪远，后者那宽阔的额角下，藏着一对令人永远看不透的眼睛，他漂亮吗？并不。但他浑身都具有强大的吸引力，不只吸引女孩子，也吸引男孩子，吸引任何和他接近的人，或者，是由于他有一股强韧的生命力，时时刻刻，你会觉得那生命力像喷泉般从他身体里涌出来。使人不知不觉地被他的干劲所左右。握着纪远的手臂，杜嘉文摇了摇头："我不了解你的生活方式，纪远。"

纪远微微一笑，把眼光从飞舞的红裙子上调到杜嘉文的脸上，他由衷地喜欢嘉文，喜欢他的憨厚和那种与生俱来的温文儒雅。如果说嘉文有什么缺点的话，那就是太漂亮了一些，漂亮得稍带着点脂粉味。但是，他待人的热情和坦率又弥补了这不算缺点的小缺点。在学校里，杜嘉文始终是教授们另眼相看的物件，也是女同学暗中倾慕的物件。纪远望着他那清秀的两道眉毛，和挺直的鼻子，暗中自思，如果他是个女孩子，可能也会爱上嘉文。唐可欣何其幸运，这样好的未婚夫，还有——他下意识地打量了一下室内布置——这么好的家世。

"每个人的生活方式，和他的背景有关，"他淡淡地说，伸手去触摸窗子上垂下来的一串银色的纸穗，"你和我的背景太不相同，你有个温暖的家庭，还有很正常的恋爱及稳定的生活。我呢？必须自己去找寻——"他停住了。

"找寻什么？"

"找寻什么？"纪远重复了一句，背脊靠在窗棂上，嘴角浮起一丝自嘲的笑，"找寻一些我自己也不知道是什么的东西——"他眯起眼睛，有一团轻雾从他眼睛中飘过去，"一些使我能够安宁下来的东西。"

杜嘉文再摇摇头："我还是不了解你。"

"你慢慢地会了解，"纪远说。音乐停了，一支新的舞曲正放了出来，"人就是这样，有的人一生都在找寻中，而不知道自己在找寻什么。"他笑了，注视着前面，脸色突然变得生动而明朗起来，"你妹妹来了，她年轻得像一朵迎春花，活跃得像一簇跳动的蓝色火苗——"目视着那卷过来的红裙子，他又低低地加了一句："如果燃烧起来，会是不可想象的。"

真的，那火苗已经蹿到了纪远和杜嘉文面前。毫无顾忌地，她一把就抓住了纪远的手，嚷着说："你不是跳舞专家吗？只管站在这儿干什么？来！希望你的舞跳得和你爬山的技术一样好！"转头对着她的哥哥，她又抛下了一句，"哥哥！你这主人怎么当的？冷落了湘怡，当心可欣怪你！"

说着，她已经把纪远拉入了舞池，这是个快节拍的"吉特巴"。纪远说："你不怕我身上脏？"

"脏？哈！"嘉龄喊，"没有男孩子是干净的！"

于是，一阵旋转跟着一阵旋转，舞池里飞动着闪烁的红裙子。音乐淹没了她，旋律支配了她，轻巧的步伐，灵活的身段，转，转，转！一舞既终，嘉龄大大地喘了一口气，瞪视着含笑而立的纪远："你！真有你的！"

"你也不错！"纪远说。把嘉龄带向沙发旁边。在那儿，嘉文正和一个梳着辫子的少女坐在一块儿攀谈。那少女有张苍白的脸，大眼睛怯生生地仰望着他，看起来却是楚楚动人的。

"我给你介绍一下，纪远。"嘉文说，"这是郑湘怡小姐，可欣同班同系的同学，师大史地系的高才生。"

"郑小姐。"纪远弯了一下腰，顺势坐了下来，看着辫梢的黑蝴蝶结，和那件陈旧的绿毛衣及绿裙子，交叠着的双脚，和一双后跟已泛白的平底黑皮鞋。"怎么不跳舞？"他笑着问。

"我——不大会跳。"湘怡低低地说，带着拘谨和不安。

"你应该学！"嘉龄插进来嚷着，不由分说地拉住湘怡的手，"来！让我教你！"

"不，不，别闹，好妹妹！"湘怡央求地说，"你看，那些男孩子在起哄，准是要你去唱歌，你去表演一个吧！"

真的，那些男孩子聚在一起，不知道在商量些什么。接着，胡如苇就被抓到人群中间，硬给扣上了一顶纸做的尖帽子，身上披了许多彩色纸条，拿着一根长长的拐杖糖，被推了出来。摇摇摆摆地，胡如苇晃了过来，在嘉龄面前一站，举着拐杖糖，蹙着他的一字眉，像个小丑般立定，又敬了个滑稽兮兮的礼，说："鄙人奉全体来客之要求，请我们今晚的公主——杜嘉龄小姐表演一曲独唱！"

说完，他又夸张地鞠了一躬，那顶活摇活动的帽子就掉了下来，他慌忙伸手接住，谁知帽顶上不知是谁放了一小纸杯的果汁，这一下，果汁倾倒，弄了胡如苇一头一脸。所有的来客都哗然大笑大叫了起来。杜嘉龄就在笑声和闹声之中，被簇拥到房间的正中。一时，掌声雷动，杜嘉龄笑吟吟地站着，略一沉思，就高歌了一曲英文的《亲爱的约翰》。唱完，大家都怪叫了起来，拍着手，大喊着："再来一个！"纪远斜倚在沙发上，望着那被群众所包围的少女，嘴边不由自主地又浮起了他惯有的微笑。

"她的歌喉真不错，是不是？"他身边有个女性的声音在问，他回过头去，唐可欣不知何时来到他的身边，正含笑望着他。

"嘉龄对功课没兴趣，"她继续说，"她应该去学声乐。"

"不错，她可以成为一个很好的女歌唱家。"纪远泛泛地应着。

嘉龄显然再不唱一个歌，是不能脱身了，但是，更显然，她也不想脱身。拍了拍手，她高声地说："好了！好了！我再唱一支歌，这支歌是你们都没有听过的，题目叫《船》。"

纪远觉得身边的唐可欣震动了一下，他诧异地看过去，唐可欣正把手里的杯子放到小茶几上，一面站起身来走开。当她起身的一刹那，纪远注意到她微锁的眉头，同时，听到她低低的一句自语："她不该唱这支歌。"

纪远不解地调回眼光，望着屋子中间的杜嘉龄。大家已经安静下来了，嘉龄微昂着头，清晰而婉转地唱了起来：

有一条小小的船，漂泊过东南西北，西北东南。

盛载了多少憧憬，多少梦幻。船儿美丽，梦儿旖旎，穿过海洋，渡过河川，来来往往无牵绊。

春去秋来，时光荏苒，憧憬已渺，梦儿已残，美丽的小船，不复昔日的光辉灿烂！

经过风暴，涉过险滩，盛满时光，载满苦难，何时才能卸下这沉沉重担？

经年累月，漂泊流连，白日苦短，夜来苦寒，何处是我避风的港湾？

我已疲倦，我已颠顶，憧憬已渺，梦儿已残，何处是我停泊的边岸？

我已疲倦，我已颠顶，何处是我停泊的边岸？

　　憧憬已渺，梦儿已残，何处是我避风的港湾？

　　歌声结束，余声缭绕。大家静了几秒钟，又爆发出一阵叫好。纪远看了看杜嘉文，他现在了解了唐可欣皱眉的原因，何等沉重的歌词！似乎不是这种场合所该唱的。杜嘉文笑了笑，说："歌词很美，是不？"

　　"太感伤了，谁写的？"

　　"不知道，"杜嘉文摇摇头，"谱是可欣配的。"

　　"真的？她不是学历史的吗？"纪远十分诧异。

　　"她父亲是个音乐家，已经去世好多年了。她对音乐的造诣很深。"

　　"哦。"纪远搜索地望着窗子旁边，那儿亭亭地立着一个人影。他有种朦胧的恍惚，突然间，觉得不再感染那欢乐的气息，而遗世独立起来。一种根藏在内心的寂寞，随着那喧嚣的乐声洋溢，迅速地充塞在屋中的每个角落里。他感到坐不住了，唱片在旋转着："看看我的新鞋！看看我的新鞋！"人群也在转动着，一对对的舞伴，手拉着手，跳成了一排："看看我的新鞋！看看我的新鞋！"他忽然地站了起来，对杜嘉文说："对不起，嘉文，我要先走一步。"

　　"怎么！"嘉文看看表，"还不到十点钟！"

　　"我必须走了，从山上下来，太累了，要洗个澡早些睡觉！"

　　"今天应该玩到一两点钟才对，圣诞节，你也该应个景嘛！"

　　"不了，嘉文。谢谢你，我已经玩得很开心了。我看我悄悄地溜吧，免得惊动你的客人。"

杜嘉文了解纪远说什么就什么的习惯，只得站了起来。纪远对郑湘怡点了个头，低低地说了声再见。悄悄地绕过人群，唐可欣追了过来。

"怎么？要走？"

"是的，"纪远点点头，"累了，回去睡觉。"

"那么，去抽一包礼物。"唐可欣说。

"我看不必了，我又没带礼物来。"

"已经准备了你的，你不抽就多一包，"杜嘉文说，"别辜负可欣的一番准备，今天这个晚会全是可欣布置的。"

"好吧，那么我就抽一包！"

纪远说着，跟着唐可欣和杜嘉文走到那棵圣诞树底下。唐可欣拿出一个盒子，里面是折叠好的签条，纪远抽到一个"五"号。唐可欣找出了那包礼物，小小巧巧的一包，杜嘉文说："打开看看是什么？"

纪远拆开了包着的彩纸，里面，竟是一条小小的牛骨雕刻的小船！纪远本能地愣了愣，抬起头来，他看到唐可欣有些愕然的脸色，和杜嘉文惊异而高兴的神情。

"居然是一条小船！"杜嘉文笑着说，"它将载满了梦幻向你驶来！"

"我祝福你！"唐可欣低声地说，飘忽的眸子里漾着轻雾，眼光是深沉而奇异的，"你的憧憬不会缥缈，你的梦幻也不会残破！你该是个凭意志力克服一切困难的那种人！那么，"她微笑了，笑容像一滴融进水缸里的颜料，从她嘴角一直漾开到眉梢，"你有了一条最美丽的船，盛满了最美丽的梦，永远光辉灿烂。"

"谢谢你。"纪远说，微微地带着笑，注视着手里的船，"它找到了我，因为它知道我这儿是最好的港湾，而且，"他扬起眼睛来望着面前的一对未婚夫妇："我还是一个好舵手呢！"

转身走向了房门口，他对那厅中欢乐的人群再投以最后一眼，那红裙子还在人群中旋转，同时高声地发出一串串的轻笑。杜嘉文和唐可欣站在门口送他。他跨出大门，对他们挥了挥手。

"再见！"他喊着，"谢谢你们的一切！一个快乐的晚上，和一条美丽的小船！"

"再见！"杜嘉文也喊着，他的手挽着可欣的肩膀。

纪远大踏步地走了，雨，还在下着。走了一段，他下意识地回头看了一眼，杜嘉文和唐可欣还站在门口，两个人并立着，是一片模糊的影子。

他继续走下去，满不在乎地跨过泥泞和水潭。

第二章

夜深了，客散了，喧嚣和热闹都已成过去。偌大的客厅中，散了一地的彩纸和用过的纸杯，沙发垫子滑在地下，瓜子皮堆满了茶几，到处是零乱一片。圣诞树上缀着的小灯泡依旧在一明一灭，带着股慵慵懒懒的疲倦，闪烁着这空寂的房间。唱机停了，成打的唱片散乱地堆在地上，套子和唱片都分了家，东一张西一张地四散着。

唐可欣坐在唱机旁边的地板上，正试着把唱片套回套子里。嘉龄脱下了高跟鞋，倒提在手上，疲倦地打个哈欠，说："噢！我累得脚都抬不起来了，我要去睡觉了！"张开嘴，她又是一个哈欠，一面摇摇摆摆地向里面屋子走去。

"嘉龄！"嘉文不满地喊，"你玩过了就睡觉，好意思？也帮忙收拾一下嘛！"

"收拾什么？"嘉龄哈欠连天地说，"明天早上阿珠自然会收拾的，何必多费这个劲？花钱请下女是干什么来的？"说完，她再打一个哈欠，提着鞋子，跌跌冲冲地走进她自己的房间去了。

"嘉龄就是这样，"嘉文说，跪在可欣身边，帮她套着唱片的套子，"小姐架子十足！"

"让她去吧，她是真累了，跳了整整一个晚上，就没休息过一分钟！"可欣说，匆匆地把整理好的唱片叠在一起，"几点钟了？嘉文？我也该回去了，妈一个人在家里。"

嘉文握住了可欣的手，跪在地板上凝视着她。

"别管时间，可欣，整个晚上，你到现在才属于我。"托起了她的下巴，他望着她那白皙而姣好的脸庞，和那对永远模模糊糊，像浮沉在雾里似的眼睛，"人真奇怪，可欣，我们干什么找上这一群人来疯疯闹闹？弄得自己都没有相聚的时间。"

可欣笑了，对嘉文摇摇头。"你的性格就是这样，老毛病又犯了，你每次都在事先有劲得不得了，事后就心灰意懒的。大概人都有这种毛病。"她环视着零乱而空漠的房间，叹息地说，"好荒凉！尤其在刚刚那样狂欢之后。会使人有空虚之感，难怪你觉得冤枉。不过，嘉文，我们常常是这样的，不是吗？忙一阵，乱一阵，不知道换得了什么。无论如何，今天晚上还算很好，你的客人都很快乐，嘉龄也很快乐，这就是代价了，对不对？"

"有一个人并不快乐。"

"谁？"

"纪远。"

"纪远？"可欣沉思地歪了歪头，"你怎么知道他不快乐？"

"我看得出来。"

"说真的，嘉文，"可欣垂下眼睛，望着地上的一张唱片，

"我并不觉得纪远有什么了不起，相反地，我还觉得他太世故，太虚伪，刚见他的时候，受了你宣传的毒素，我可能对他太坦白了，没想到他……"

"你并没有认清他，别太早下定论！"嘉文打断了她，"他那个人，不是见一面所能了解的！"

可欣审视着嘉文。"怎么？"她笑着说，"你不高兴了？干吗把眉头皱起来？纪远在你心里的分量，恐怕比我还重呢！我不过只说了那么几句，你就……"

"别傻！"嘉文叫着说，一把拉过可欣来，用嘴堵住了她的，"不要再谈那些客人，现在这儿没有客人了，只有我们两个。"

"别闹了，嘉文，我真的该走了，你不送我回去？"可欣推开嘉文，想从地上站起来。

"等一下，现在还早。"嘉文揽住了可欣，紧紧地拉住她不放，寻找着她的嘴唇，"不要走，可欣，你走了这屋子更荒凉了。我生来最不能忍耐的就是寂寞，可欣。"他凝视她，"你不知道在这样的灯光下，你看起来有多美。"

"哦，嘉文，别闹了，真的别闹了，妈妈一个人在家里，我真该回去了。你父亲呢？"

"不知道，他说要把房子让给我们年轻的一辈……可欣，你对我已经没兴趣了，我知道……"

"胡扯八道！"

"那么，你干吗急着想回去？"

"你不觉得我们太自私了？嘉文？只追寻着我们自己的欢乐，把寂寞留给老一辈的人，我的母亲……你的父亲……哦，嘉文，我们实在有些不应该！"从地上跳了起来，她变得迫不及待了，"我说什么也得走了！"

嘉文拉住了她。"走以前，你还欠我一样东西！"他的胳膊圈住了她。她仰起头来，接触到他深情款款的眼睛。一阵内心的激荡，她感到那样地不能自持。他的眼睛似乎一直望进了她的内心深处，把她心中所有纤细的感情都搅动了起来。叹息了一声，她合上眼睛，低低地说着："好吧！嘉文。"

他吻住了她。冗长的、缠绵的、细致的一吻。远处教堂的钟声在响着，报佳音的歌唱队从街头走过，偶尔有一两声汽车喇叭，大门似乎轻轻地响动……他们紧拥着，什么也听不见，什么也看不见，直到客厅门被人推开，可欣倏然地离开了嘉文的拥抱。回过头来，嘉文的父亲杜沂正含笑地站在门口。

"噢，杜伯伯！"可欣喃喃地说，为刚才那一幕涨红了脸。

"怎样？"杜沂跨进了房门，脱下他的大衣，搭在沙发背上，"玩得尽兴吗？"他注视着面前的两个孩子，欣赏着他们脸上所涌现的红潮。青春、欢乐、爱情，这是属于年轻的一代的。时间真是件残忍的东西，它会把一切你所留恋的给你带去，把你所畏惧的苍老、孤寂给你带来。但是，时间也是公平的，有今日的苍老，也曾有过昔日的年轻，不是吗？

"哦，好极了，爸爸。"嘉文愉快地说，"你没看到有多热闹。"

"我可以想象得出来。"杜沂望了望零乱的屋子，和那些纸做的帽子、彩条，微笑地说。一面又看了看可欣，"可欣，你母亲好吗？"

"很好。"

"代我问候她。"

可欣点点头。杜沂看着那张年轻的脸，那对雾蒙蒙的眼睛，那尖尖的小下巴，一阵恍惚和迷惘从他心头掠过去。微笑从他唇边消失了，疲倦忽然间笼罩住了他。点了点头，他没兴趣和孩子们继续谈下去了，他转向里屋走去，有些意兴索然地说："好吧，嘉文，你要送送可欣。我先去休息了。"

"好的，爸爸。"嘉文顺从地应着。

"再见，杜伯伯！"是可欣软软脆脆的声音。

"再见！"杜沂的语气里充满了疲乏，拿着大衣，他从这间客厅退到他自己的卧室里。开亮了桌子上的台灯，蓝色灯罩下那青幽幽的光线柔和地散布开来。房间内纤尘不染，墨绿色的窗帘从屋顶垂到地下，弹簧床上的被单没有丝毫褶痕。他在书桌前的安乐椅中坐了下来，无意识地让椅子转了一圈，带着种难言的、厌倦的情绪，打量着这间屋子，太干净了，太整洁了！他向来是个有洁癖的人，但，现在他却厌恶这份整洁，那零乱的客厅里处处都是欢笑的痕迹，这儿，却只有干干净净的冷清。下午，当他避出去的时候，他多么希望孩子们说一句："爸爸，你别走开，和我们一起玩玩！"

可是，孩子们没说。他知道，在年轻一辈的狂欢里，他如果停留在场，会多么尴尬而让他们拘束不安，他是个开明的父亲，他走开了，把屋子让给孩子们。但，冷冷的街道不是停留的地方，圣诞节也不是个访友的好日子，到处都有欢乐，欢乐中没有他。一度，他考虑去看另一个寂寞的人——可欣的母亲。想想看又有些多此一举，三十年前的事早已烟消云散，那只是生命中一个太小太小的插曲，而今，两家的孩子都已长成，且将联婚，往日的遗憾总算在下一辈身上获得了弥补，也就够了。如果他现在去拜访，反而会让雅真感到意外。那么，他到何处去呢？信步而行，一幢熟悉的大房子正灯烛辉煌，那儿有金钱可以买到的欢乐，也有轻易打发时间的好方法，他去了。灯红酒绿，舞影缤纷，那些舞女包围着他，她们知道他是××银行的经理，不知道他的年龄！他周旋在舞女之中，跳舞、醇酒、美人……容易打发的时间里堆满了打发不走的空虚！舞厅，在他的记忆里那样鲜血淋漓，上海时的一段沉醉，换来的是什么？那女人竟抛下孩子，和情人私奔而去。嘉龄？她身体里也有她母亲淫荡的血液吗？摇摇头，他站起身来，走到窗子旁边，拉开了窗帘，窗外的夜色朦朦胧胧，他燃起了一支烟。别再想了！那些往事！喷出一口烟，烟雾在玻璃窗上铺展，幻散。

"我未成名卿未嫁，卿须怜我我怜卿！"喃喃地，他无意识地念出了这两个句子，自己的声音却把他自己吓了一跳。怎么会想起这两句话的？多久了？三十年前？他曾把这两句话写在一张纸条上，夹在一本《花间集》里送给雅真。而今呢？她的女儿已快要嫁给自己的儿子了。世界上的事就是这样难以预料，难以捉摸。时间把一切美的、丑的、好的、坏的……都带走了，把料想不到的许多新的事物带来。杜沂、沈雅真，一段结束了的梦。杜嘉文、唐可欣，一段正编织着的梦！举起了烟蒂，他望着那点明灭的火光，如同手里举着的是一个酒杯，大声地说："祝福他们！"他的声音在空寂的房子中意外地响亮，他吃了一惊，四面望望，寥落地苦笑了起来。

杜嘉文挽着唐可欣，缓缓地从街道上走过去。雨已经停了，月亮在云层中掩映。可欣抬头看了看天，有几颗星星透过云层，放射着微茫的光线。云，仍然很厚，但正在逐渐飘散中。

"明天会是个晴天。"可欣说。

"你有课吗？"嘉文问。

"明天？当然。"

"可惜，否则可以出去玩玩。"

"也没什么地方好玩，附近那些所谓名胜地区都玩腻了。除非——"她笑了。

"除非什么？"

"学纪远，打猎去！"

嘉文愣了愣，眼睛中顿时闪亮了，挽紧了唐可欣，他叫着说："可欣！好主意！我们可以组织个狩猎队，让纪远带我们去，说不定可以打回一个大野猪来呢！嘉龄要听到这计划，不跳起来才怪！"

"看你，说到风就是雨的！哪有那么简单？"

"真的，我们很可以计划一下，例如趁元旦放假的时候去，三天回来，不是很不错吗？只是——你们女孩子大概爬不动山。"

"算了吧！"可欣笑着说，"你也不见得比女孩子高明多少！"

"你这是什么话？"杜嘉文紧握了可欣一下，痛得可欣跳了起来，"让你知道我的力气，是不是和女孩子一样！"

"噢！"可欣透了口气，从路灯的光线下去望着嘉文，后者那年轻而漂亮的脸庞上焕发着光辉，乌黑的眸子闪烁着，薄薄的嘴唇像女孩子般温柔，嘴角微微向上翘，带着个充满稚气的笑。可欣就欣赏他那股偶发的孩子气，固执起来什么道理都不讲，要怎么就怎么，完全像个宠坏的孩子。她和嘉文是从小一块儿长大的，很小的时候，她就知道她必定会嫁给嘉文，她喜欢他。不过，她觉得自己对他的感情里，混合了一种母性的柔情，常不由自主地要去逗逗他，等他急了，又去哄他，惯他，宠他。就在这一刻，看到他嘴边所浮起那个顽皮的笑容，她胸中立即涌起了那份母性的柔情。笑了笑，她揉着自己被弄痛了的手臂，注视着他说："嘉文，你母亲一定很漂亮，是不是？"

"怎么突然想到我母亲去了？"

"因为你很漂亮。"可欣坦率地说，"我常想，如果你有个亲妹妹，可能比嘉龄更漂亮。"

"嗨，可欣，这话可别给嘉龄听到，嘉龄并不知道她和我不是一个母亲生的。"

"我怎么会去讲这些！"可欣说。心底油然地浮起一层喜悦，她高兴嘉文待嘉龄的态度，很少有人对异母的兄弟姐妹不分彼此的，何况嘉龄的母亲还有那么一段不大名誉的故事！

夜很静，路很长，两个人的影子在地上忽前忽后地移动。只那么一会儿，就已经到了可欣的家门口。可欣的父亲原是×大学的教授，住的是公家的宿舍，父亲去世后，×大因为她们孤儿寡妇的，也就没有收回屋子。这是幢小小的日式房子，有个小得不能再小的院子，里面栽了些棕榈树和扶桑花。可欣取出了钥匙，开开了花园的大门，嘉文的手扶在围墙上，深幽幽的眼睛一瞬也不瞬地盯着她。她接触到他的眼光，一时间也忘了举步。好半天，他们就这样对视着。然后，还是可欣先开口："回去吧，嘉文，那么晚了。"

"不，再等一下。"嘉文的手按在她的手背上，那带着固执的深情的眼睛一直望入了她的心底。"可欣！"他柔声地喊。

"嗯？"

"可欣！"

"做什么？"

"只是想叫叫你！"

"傻气！"她笑着，一转身向院子里走去。嘉文又拉住了她："等一下！"

"干什么？"

"告诉我，你爱我多少？"

"你再不回去，天都要亮了！"

"干脆我到你家去，我们聊到天亮！"

"别傻！明天晚上又见面了，你干吗像生离死别一样？"

嘉文懊恼地用手抹了抹脸，把一绺头发拂到了额前，看来更增加了几分傻气，不过，傻得那么漂亮，那么可爱！

"我完了！"他叹息地说，"可欣，我越来越离不开你，怎么办？一分钟的离别都好像要杀了我一样！"

"好好的，嘉文，"可欣哄孩子似的说，"回去吧！真的要天亮了！"

"好，我走！"嘉文转过了身子，"反正你只想赶我走！"

"是的，要赶你走！"可欣笑着说，闪身走进院子里，立即砰地把门阖上，随着关门的声音，嘉文在外面大叫了一声："哎哟！你的门夹了我的手！"

可欣迅速地打开了门，慌张地问："夹了哪儿？"

"这儿！"嘉文用手指指胸口，一脸的嬉笑。可欣呸了一声，重新阖上了门，却没有立即离开，站在门内，她从门缝向外望着，一直看到嘉文怏怏然地走开了，她才转过身来，满足地叹了一口气，走进了玄关。

上了榻榻米，她蹑手蹑脚地向自己的屋子走去，这幢屋子一共三间，前面一间是客厅，后面两间分别是可欣和她母亲沈雅真的卧房。她才跨了几步，就听到母亲的声音在喊："可欣！回来了？"

"噢，妈妈！你还没睡着？"可欣问着，一头钻进了母亲的房间，掀开帐子，坐在雅真的床沿上，"对不起，妈妈，我回来得这么晚！"

"刚才是谁来了？嘉文？"雅真问，在窗口透进的月光中，打量着已长成的女儿。

"是的，他送我回来的。"

"怎么不让他进来坐坐？"

"这么晚了！"可欣说，望着母亲，"妈，杜伯伯要我带口信问候你！"

"哦，"雅真愣了愣，杜沂？可欣爱人的父亲？问候？她有一阵轻微的精神恍惚，"他和你们一块儿玩的？"

"没有，他出去了，很晚才回来，他说要把地方让给我们。"可欣说着，慢慢地脱下丝袜，"我觉得杜伯伯是个最富有人情味的人！"

"他吗？"雅真下意识地应着，"不错。"

"妈妈，"可欣的手伸到了雅真的脖子上，她的头俯了下来，发丝碰到了她的脸，"妈妈，我和嘉文在寒假里订婚，怎么样？"

"哦！"雅真轻悠悠地吐出一口气，"当然很好，我等这一天已经等了好久了！"

"妈妈，你真好！"可欣俯下头来，把她凉凉的面颊贴在母亲的脸上，低低地说，"妈妈，我要告诉你一个秘密。"

"是什么？"

"我——好快乐，好快乐，好快乐！"可欣说，跳了起来，脸孔发热了，"再见！妈妈！我去睡觉了！"

"记得关窗子！"雅真叮嘱了一句，目送女儿的影子走出了房间，又望着那两扇纸门被拉拢，情不自已地吐出一口长气。可欣，她终于要嫁给嘉文了，那白皙而清秀的男孩子！杜沂的儿子！翻了一个身，她面向着床里，合上了眼睛。但，她知道自己是不会睡着的。多少年前了？杜沂，也是个漂亮的男孩子，穷苦落拓，寄住在她的家中。她总是要借故跑到前面厢房里去，没事也要绕上一两圈，他的眼睛傻傻地跟着她的身子转……她猛地张开了眼睛，怎么了？自己在想些什么？可欣，多好的一个女儿，她说过什么？

"我——好快乐！好快乐！好快乐！"

有些人曾经得到过快乐，有些人一生也没有。可欣！愿她永远拥有这份快乐！她眨动着眼帘，眼眶里没来由地涌上一股热浪。人，仿佛年纪越大，会变得越脆弱，越无用了。

隔着一扇纸门，她听到可欣在轻轻地哼着歌：

有一条小小的船，漂泊过东南西北，西北东南。

盛载了多少憧憬，多少梦幻，船儿美丽，梦儿旖
旎，穿过海洋，渡过河川，来来往往无牵绊。

……

她猛地一震，不禁愣愣地发起呆来。

"纪大哥！醒一醒！"

"纪哥哥！醒一醒！"

"纪远！醒一醒！纪大哥！纪哥哥！纪远！"

纪远翻了一个身，嘴里喃喃地呓语了一句什么，把头更深地埋进枕头里。"纪大哥！纪哥哥！纪远！"耳边的呼声反复不停，他懊恼地再翻一个身。他正做着梦，梦中有一对祈求的大眼睛瞪着自己。"带我走！纪远！"她喃喃地喊，"带我走！"带她走？带她走？她的父母，她的家庭……烽火之中，兵荒马乱……带她走？她呢？她在何方？"纪大哥！纪哥哥！纪远！"耳边的呼声继续着，他模糊地诅咒，该死！天下最可恶的事就是吵别人睡觉！他的梦境变了，深山丛林之中，他在打猎，一只熊正在他几码远的前方，他握着枪，瞄准着目的物……一样软软的东西拂在他的鼻尖上，痒酥酥的。有人猛摇他的肩膀，枪瞄不准了，他霍地跳了起来，恼怒地喊："见什么鬼！"

"纪大哥！是我呀！"他伸手抓住鼻尖上的东西，是一条小辫子，张开眼睛，他和一个八九岁的小女孩的脸孔面面相对了。摇摇头，他想摇走那份睡意，小女孩正眨着眼睛对他笑。

"纪大哥！有客人来看你！"

他真的醒了，从床上坐起来，满室阳光灿烂地闪烁，连小女孩亮晶晶的眼睛里都盛满了阳光，难得的好天气！他陡地精神一振，全身都振奋了起来。把小女孩的小辫子抛到她的脑后，他用手抱着膝，说："好！小辫子，你一早把我吵醒干什么？"

"有客人来看你！"小辫子笑容可掬，"阿妈要我来叫你！"

"客人？"纪远掀掀眉毛，撇了撇嘴，做出一副滑稽相。

"男的还是女的？"

"男的！"

"男客人吵醒我干什么？如果是女客还情有可原！"纪远笑着说。跨下了床，随手拉过床边椅子上的西裤和毛衣穿上，再披了件夹克，说："好吧！小辫子，去把客人请进来吧！"

"阿妈说，你房子乱七八糟，客人看到要笑的，叫你洗了脸到客厅去，她已经把你的客人请到客厅里了！"

"你祖母就是喜欢多事！"纪远皱皱眉头说，"我的屋子还脏？你看过比我的屋子更干净的屋子没有？"

小辫子转着灵活的大眼珠，对那间六席大的小屋子扫了一眼，榻榻米上散着报纸和外国画报，书桌上堆满了颜料、纸张、设计图、三角尺、圆规、仪器、大头针……以及各种她叫不出名字来的玩意儿，几乎无一丝空隙之地。床上更不用说了，棉被、衣服、被单全堆成一团。墙上还零乱地钉着几张飞鼠皮，是纪远打猎的成绩。小辫子抿着嘴笑笑，用手指刮了刮脸，说："纪大哥！羞羞！"

"羞羞！"纪远学着小辫子的神气抿着嘴说，小辫子哈哈大笑，纪远趁势把她举了起来，扛在肩膀上，大踏步地走出房门，小辫子怕摔，在纪远肩膀上又叫又笑。纪远才跨出房门，就一眼看到小辫子的祖母"阿婆"正站在那儿，带着满脸的不同意而又无可奈何的表情，瞪视着他。

"早，阿婆。"纪远站住了，带笑地点了个头，把肩膀上的小辫子放下来。

"总有一天摔断骨头！"阿婆用台语唠叨着，故意板起的脸庞上却掩饰不住对纪远的喜爱和关怀，"早上起来，穿那么一点点！你有客人来了，还不洗个脸去会客！"

"还要洗了脸才能会客呀！"纪远叹着气喊，看到阿婆那一脸严重分分的样子，只得耸了耸肩，一声不响地钻到后边厨房里去洗脸漱口。阿婆目送他高大的背影消失，不由自主地微笑了起来。摇摇头，她走进了纪远的房间，四面张望了一下，就更厉害地大摇其头。冲到床边，她立即抖开棉被，找出脏衣服和脏袜子，换枕头套，铺床叠被，忙得不亦乐乎。而厨房里，纪远正扯开喉咙在喊："小辫子！告诉你祖母，别动我的房间，等会儿把我的秩序弄乱了！"

小女孩倚在门槛上，笑嘻嘻地说："阿妈！纪大哥叫你别弄乱他的房间呢！"

"哦，哦，"老太太头也不回地整理着她的，嘴里叫着说，"还说我要'弄乱'他的房间呢！他这还叫房间呀！再三天不整理，连他的人都要被垃圾埋起来了！"抬起头，她对她的孙女命令地说，"去！给我提一大桶水来！"

小辫子遵命办理。纪远洗了脸，走到房门口来看了看，叹着气说："今天我的房间非遭殃不可了！"

"你还不去会客！"阿婆嚷着，把地下的书报杂志一股脑儿地收集在一起，纪远看得惊心动魄，嘀咕地说："小心，别碰坏我的设计图！"

"你放心好了，弄不坏的！"阿婆大声说，"让客人等你这么久，算有礼貌哦！"

纪远回过头来，对门口的小辫子做了个鬼脸，缩缩脖子，伸伸舌头，小辫子扑哧一声笑了出来。纪远转过身子，大踏步地走进客厅。客厅中，杜嘉文正靠在藤椅里看报纸，报纸摊在膝上，手指却轻轻敲着茶几，一副百无聊赖的样子。纪远高兴地喊："怎么？嘉文？是你？简直没料到！你一大清早来干吗？"

"我也没料到你会起得这么晚！"嘉文说，看了看表，"九点半了！"

"昨天画一张建筑图，画到深更半夜。"纪远说，"我的哲学是：工作的时候尽量工作，睡觉的时候尽量睡觉，玩的时候尽量玩！所以，只要倒在床上，不睡够是不会起来的，今天还算给你面子呢！怎么？有事吗？这样急冲冲地跑来！"

"有一件大事！"杜嘉文笑吟吟地说。

"什么？"

"我是衔命而来，请你帮忙安排一次打猎。"

"打猎？"纪远诧异地问，"谁要打猎？"

"我们。我、可欣、嘉龄、胡如苇，还有郑湘怡……反正，就是我们这一群。"

纪远凝视着嘉文，好半天，才说："你们想不出别的玩意儿了，是吧？打猎，你们想怎么样打？是找个小土坡爬爬，打两只小麻雀就算了呢？还是真正到深山里去打野兽？"

"当然是深山里啦！"杜嘉文迫不及待地接了口，兴致勃勃地说，"你不知道，自从圣诞节晚上你来转了一趟之后，我们那些小姐就都迷上了打猎，尤其嘉龄，闹得个天翻地覆，成天嚷着要去打猎。我们计划趁元旦放两天假的便利，去山上大规模地打一次猎。"

"大规模？"纪远笑了笑，把阿婆给杜嘉文倒的一杯茶端起来就喝，"如何大规模法？骑着马，带着猎犬，像电影里拍摄的十八世纪中，欧洲贵族的打猎一样，再找一大群人把养好的鹿放出来，赶到你们的身边，让你们这些少爷小姐放上一两枪过过瘾。等小鹿倒地时，你那位唐小姐、郑小姐等还可以表演一两幕昏倒……"

"别说笑话！"杜嘉文不快地蹙蹙眉，"别人和你正正经经地商量，难道你以为只有你纪远才配打猎？你这人什么地方都好，就有这么点小毛病，经常要流露出一份优越感，仿佛别人都不如你！"

纪远笑了，走到窗子前面去靠着，太阳光透过了玻璃窗，在他的皮夹克上反射着亮光。他那弯弯的嘴角上，还确实带着抹充满优越感的笑。拿起了茶几上一个摆饰用的音乐匣，他上了上发条，听着清脆的乐声轻泻出来：《少女的祈祷》，祈祷些什么？

"好吧，如果你们真要去，我当然奉陪，而且尽量帮你们安排。我只是怕小姐们会吃不消，山上并不像想象中那样好走，有路的地方还好，没路的地方是相当要命的，假如上了一半的山就想撤退，那可没意思了。"

"你放心，可欣和嘉龄都不是那种娇娇弱弱的女孩子，唯一成问题的是湘怡，但是，据我想，也不会怎么样的。反正路是人走出来的，没路就开路吧！"

"说得容易！"纪远的笑意更深了，"你们准备爬什么山？"

"你说呢？最好不要太高的，而且是在台北附近的。"

"让我想想看。"纪远深思地望着手里的音乐匣，那是个小钢琴的模样，上面有一个芭蕾舞女的玩偶，可以跟着音乐起舞。"这样吧，"他抬起头来，"乌来附近有个波露山，大概一千多米，如果到了波露山还有兴趣往高里走，我们还可以再上一层，到卡保山去。"

"有野兽吗？"杜嘉文问。

"除了熊，什么都有。鹿、獐子、野猪、飞鼠、羌……那儿是群兽出没的地方，也是泰耶鲁族的狩猎区。不过，很难走，你确定小姐们吃得消？"

"我去问她们，吃得消再去，不能半途而废！我想没问题！"

"好吧！那你就赶快准备东西，假如预备三天时间的话，就要准备三天的食物，这样算起来，大概每人要背十五公斤以上的东西。"

"什么？"杜嘉文吓了一大跳，"还要背东西？"

"不背东西，到山上吃什么？睡什么？"

"要带些什么呢？"

"帐篷、睡袋、水壶、毛毯、米、面包、青菜、油、盐、酱油、味精、香肠、肉类、酒、洋火、针线……"

纪远一连串地报了下去，杜嘉文瞪大了眼睛，以为纪远在开玩笑。但，纪远一脸的正经，似乎又不像是开玩笑。终于，杜嘉文忍不住地打断了他："你在干什么？别弄错了，我们只是上山去打猎，又不是移民到那儿，也不是去开饭馆，怎么油盐酱醋都得带？还要什么针线？"

"你不懂，我才报了一个头呢！油盐酱醋不带，你上山吃什么？物质文明早已把我们的嘴巴训练得高贵了。针线更是必需品，假如荆棘或树枝把小姐们的裤子剐破了，你说怎么办？"

"缺德！你！"杜嘉文叫。

"不是缺德，这是很可能的事情，所以针线必须带着，有备无患。"

"好吧，好吧，还有什么？"

"还有嘛，"纪远说，"消炎药膏、胶布、绷带、感冒特效药、止痛药、止血药粉、八卦丹……"

"天哪，"杜嘉文叹了口气，"刚刚开饭馆，现在又要开医院了！"

"万一有人受伤了呢？"纪远说，"如果是我上山，我才不带这些呢，你弄上一群小姐，还是多准备点吧！最好你拿支笔记下来，免得等会儿忘记。"

杜嘉文真的掏出钢笔和记事册，纪远又报了下去："小刀、绳子、筷子、饭碗、罐头、开罐器，每人自己要带的毛衣、外套、毛线袜、梳洗用具，要穿长裤和力士鞋、手套……"

"喂，有完没有？"杜嘉文越听越可怕了。

"还没完呢！还有牛肉干、瓜子、花生、酸梅、口香糖、五香豆腐干、奶粉、咖啡……"

"这是干什么？"

"增加情趣呀！"纪远笑着说，"告诉你，嘉文，不玩则已，要玩一定要尽兴，你想，到了晚上，我们在水边扎上帐篷，帐篷前烧上一堆营火，煮上一壶咖啡，吃点瓜子、牛肉干，谈谈唱唱，这才够味嘛！"

"好吧！有你的！"嘉文说，"这总全了吧！"

"什么？主要的东西都没说呢！锅、壶、锅铲、汤匙、猎枪、子弹、口琴、电晶体收音机、香烟、电筒、蜡烛或风灯……"

"哦呀，我的天！"杜嘉文叫。

"怎么，害怕了？害怕就别去，要去就得带这么多，少一样都不行！"

"不，不是害怕！"杜嘉文急忙申辩，"只是这么多东西，怎么弄上山去呢？"

"背呀！"纪远说，"我去准备几个大背袋，一人背一个，猎枪、子弹、睡袋、帐篷这些我去借，其他的东西你去准备，吃的东西当然越多越好，爬山之后都是胃口大开的！衣服得多带，山上奇冷无比……"

"我看，"杜嘉文愁眉苦脸地说，"小姐们能把自己背上山就不错了，你再叫她们背东西，她们不连人带东西都滚到山沟里去才怪！"

纪远嘴角上那个嘲弄的微笑又浮了上来，靠在窗台上，他一面拨弄着手里的音乐匣，一面用一种近乎欣赏的眼光，望着杜嘉文那副伤脑筋的样子。

　　"还有一个办法，"他慢吞吞地说，"假如你们要玩得贵族化一点儿，自己不想背东西的话，我们可以花点钱，雇几个山胞背东西，他们还可以做我们的向导，帮我们开路！"

　　"对呀！"杜嘉文跳了起来，"可以雇山胞，这不就解决了！你不早说！那么，多带点东西也没关系了！好吧，我们就这样决定，元旦一清早出发，你去借你那一份，我准备我的。"

　　"就这样吧！"纪远点点头，"你还得借一辆车子，把人和东西带到乌来，才能雇山胞。"

　　"车子！"杜嘉文说，"那没问题！充其量去租一辆旅行车！"

　　"金钱万能！"纪远轻声说，微笑着把音乐匣放回茶几上。

　　"你说什么？"杜嘉文没听清楚。

　　"没什么，"纪远说，"你吃过早饭没有？没吃的话和我一起吃，我的伙食是包给房东老太太的，不过多你这一餐也没关系。"

　　"我吃过了，你去吃饭吧，我也要走了。你的房东老太太好像对你挺好的！"

　　"就有一点不好，"纪远笑着说，"常常要强迫地帮我整理房间。还有一点也不好，每次有女孩子来找我的时候，她就要在背后品头论足，讨论别人是不是个贤妻良母型，能不能娶来做太太。"

　　杜嘉文笑了，站起身来说："好了，我就和你讲定了，元旦一早出发。我现在还要到湘怡那儿去一下，帮可欣送封信去。"

他走到玄关去穿鞋子，又站定了说，"喂，纪远，你觉得湘怡那个女孩子怎么样？"

"还不错嘛，白白净净的。干什么？"

"介绍给你呀！"

纪远大笑，说："算了吧，你还不如把妹妹介绍给我呢！"

"嘉龄？"杜嘉文惊奇地说，"你真喜欢她？"

纪远又笑了，拍拍杜嘉文的肩膀说："别开玩笑了，嘉文，难道你还不了解我？我从不对女孩子认真的。"

杜嘉文望着纪远，摇了摇头。

"你实在是个怪人，纪远。但是，我不相信你能永远不动心。"

"动心？"纪远耸了耸肩，"我想我是经常在动心的。"

"我所说的是真正的倾心，一种惊心动魄的恋爱，使你能放弃一切的那种恋爱……"

"像小说里常写的，一种置生死于不顾的那种恋爱！"纪远接下去说。

"对了！"

"或者，会有那么一天，"纪远似笑非笑地说，"但是，对象会是谁呢？"

对象会是谁呢？真的，这不是个简单的问题，杜嘉文望着纪远那张满不在乎的脸，暗中又摇了摇头。这个人！你永远无法解释也无法看透他，甚至你无法断定他是个多情的人抑或铁石心肠的人。"或者，会有那么一天！"不过，谁能征服这个人？

跨出了房门，他回过头来，对站在门口的纪远挥了挥手。

纪远挺立在那儿，高大的身形，像一尊坚固的铁塔。

杜嘉文开始向湘怡的家里走去。

这儿是××处的员工宿舍，一个低洼而潮湿的地区，用竹篱笆围成个大杂院，里面是幢零乱的日式建筑，挤着二三十户人家。走廊七弯八拐，每户人家用纸门隔着，孩子们常把纸门打穿，于是这家可以一眼看到另一家。湘怡每当有客人来看她的时候，总会觉得由衷的不安，让客人穿过泥泞的院子，又要在别人家门口七绕八绕地绕到她住的地方，每家的主妇和孩子们都好奇地盯着看，好不容易找到了她的居所，又得容忍她嫂嫂的盘诘和注视。因此，当杜嘉文告辞之后，她不由自主地长长地透了口气。

打开可欣给她的信，不过是问她怎么一天没上学，叮嘱她一定要参加他们的打猎大计划，任何理由都"不可以""不参加"。放下信，她不禁发起呆来。上大学已经被嫂嫂冷嘲热讽够了，又要去打猎，嫂嫂更不知道要怎么说呢！缩在那间四席半大的小房间里，坐在床沿上，她用手托着腮，愣愣地望着书桌上的一盏小台灯。

纸门哗地被拉开了，嫂嫂李氏抱着最小的侄儿小宝站在门口，对她上上下下地望着，她慌忙把托着腮的手放下来，坐正了身子，讪讪地笑笑，说："嫂嫂，有事吗？"

"没有事不能看看你，是吗？"李氏歪着头问，拍着孩子的背脊，"刚刚来看你的那个男孩子是你的同学吗？"

"不，那是台大的。"她喃喃地说。

"哦，台大，"李氏锐利地盯着她，"台大的学生都是有钱人家的，这个看起来也不错呀！上次圣诞节也是他送你回来的，你们很要好吧？"

湘怡猛地涨红了脸，急急地说："不是的，你别乱猜，他不是我的朋友，是我同学的男朋友！"

"哎哟，"李氏抿着嘴角，要笑不笑地说，"这又有什么可害羞的，男大当婚，女大当嫁，有了男朋友总是件喜事呀！你哥哥还为你瞎操什么心，我早就知道你是会自己找人家的，大学生嘛，男男女女在一起，又有什么时髦的舞会呀，旅行呀，这个那个的，还不是——"

"嫂嫂！"湘怡的脸更红了，"我跟你说那不是我的男朋友嘛，人家已经快订婚了！"

"他家里是做什么的？"李氏自顾自地问。

"谁知道。"湘怡懊恼地说。

"你连人家家里做什么的都不知道！亏你还和他交朋友呢！"

"我说了，他不是我的朋友嘛！"

"不是你的朋友，来看你干什么？圣诞节还巴巴地送你回家？湘怡，你什么事瞒得住我的？只可惜你哥哥为你白操了心！哼！"她拍着孩子，一面走开，一面唠叨，"人家喜欢的是小白脸嘛，谁肯顾及你做哥哥的人的面子！"

湘怡目送嫂嫂的身子消失，重重地叹了口气，把房门拉上，重新坐在床沿上。刚刚坐定，李氏的声音就又传了过来："那么快地关门干吗？谁会吃掉你？摆小姐架子给谁看呢？茶来伸手，饭来张口，别人就是生来的老妈子命！"

湘怡跳下了床，慌忙把纸门拉开，走到外间屋里，对敞着胸脯抱孩子吃奶的李氏笑着说："对不起，嫂嫂，我不是有意的，纸门关着比较暖和些而已。今天我没课，帮你去菜场买菜吧。"

"算了，算了，不敢劳动大小姐。"李氏说，斜睨着湘怡，又抿着嘴角笑，"难怪人家大学生要追呢，倒真是越长越漂亮了！"

"嫂嫂！"湘怡皱着眉叫。

"好吧，湘怡，我问你，"李氏说，"上次你哥哥请到家里来吃饭的张科长，你倒是中意呢还是不中意？"

湘怡大吃一惊，倏地抬起头来，什么？张科长？那个早已秃了顶，眼睛像猫头鹰一样的男人？难道哥哥嫂嫂竟想把她介绍给这样一个人？怎么会想得出来的？她瞪大了眼睛，望着李氏那张瘦瘦长长的脸，惊愕得一句话也说不出来。

"怎么？湘怡？你别以为他年纪大，不过只是三十出头而已，人长得老相一点，家里只有个五岁的小男孩，给人做填房也没什么要紧，现在都不讲究这些规矩，年纪大些有大些的好处……"

"嫂嫂！"湘怡恳求地喊，"谈这些不太早了吗？我还在读书。"

"读书？读了书干什么？还不是管家带孩子！人家是科长，又有点积蓄，你不会吃亏的，别贪着年轻的小白脸……"

"嫂嫂！"湘怡难堪得眼泪都要流出来了，"请不要谈这些好不好？"

"哼！不要谈！"李氏气冲冲地说，"看不上别人是吗？早就知道帮你操心是没用的！大学生嘛！生来就比别人尊贵！"站起身来，她把孩子往床上一放，提起了屋角的菜篮。

湘怡怯生生地说："我帮你去买吧！"

"不敢！谢谢大小姐！盆子里还泡着被单呢！我可没时间跟你耗着，还是我去买吧！你在家享小姐福！"

湘怡望着李氏走了出去，不禁又长长地叹了口气。把小侄儿抱起来，放在小推车里。她走进厨房，开始一声不响地去洗那床大被单。李氏永远是用这种态度和语气来"分派"她工作。被单在盆子里搅起了许许多多的肥皂泡，她凝视着那些肥皂泡，每个泡泡中都包着她的梦。她把头垂了下来，眼睛里蓄满了泪。

"人，不知道为什么而活着？"她喃喃地自语。为了那些梦吗？望着那一个个在破灭的肥皂泡，每个泡泡中出现了一张相同的脸，她咬住嘴唇，陷入深深的沉思里。

难得的好晴天，太阳烘热了每个人的身心。

纪远背着一个大背袋，和三个雇来的山地青年走在前面。

唐可欣、郑湘怡随后，杜嘉文、嘉龄兄妹再随后，胡如苇
走在最后面。三位女孩子都没有背东西，杜嘉文和胡如苇则象征
性地背了两个小背袋，里面只有一床睡袋和自己的衣物。一行九
人，走成了一条直线，因为山路十分狭窄，不容两个人并行。

离开了信贤村，沿着一条崎岖的小径，他们进入了山林之
中。路虽然很陡峻，但并不难走。曲曲折折，上坡下坡地绕了半
天，始终没有碰到什么大的困难和险阻。嘉龄愉快地仰头看了看
天，阳光闪耀得她睁不开眼睛。吐出一口长气，她说："哥哥就
会吓唬人，讲得多么危险和难走，也不过如此！"

纪远从前面回过头来，笑着说："别讲得太早，我们还没有
开始上山呢！"

"没开始上山？"湘怡惊异地说，"那我们现在在哪儿？"

"在平地。"纪远说,"再走半小时,过了河才开始上山。"

"哦!"可欣哦了一声,望着纪远,后者只穿着件花格子的长袖衬衫,一条牛仔裤,脚下却是双笨重无比的爬山鞋。那又大又重的背包驮在他的背上,和他那身装束似乎调谐无比。

"我已经热起来了,"她说,脱下了一件毛衣,搭在手臂上,"是谁说要穿得多的?"

"没叫你们穿得多,只叫你们带得多。"纪远说,"爬山的时候会热,休息下来就会冷了。"

三个山地青年也都只穿着单衣,胸前的扣子敞开着,露出多毛而结实的胸脯。腰上都用绳子绑着一把大的铁刀,走起路来,刀面迎着太阳光闪亮。他们背着沉重的背包,每人还扛着把猎枪,但,步伐却快速而矫捷,充满了一种原始的野性。湘怡望望那明晃晃的铁刀,笑着对可欣低低地说:"你觉不觉得他们的铁刀怪可怕的?假如走到半路上,他们野性发了,回过头来给我们一人一刀怎么办?"

走在前面的纪远扑哧一声笑了出来,回过头,他低声说:"别把人家当野人看,管保不会把你们煮了吃掉。"

"他们的刀是干什么用的?"可欣问。

"开路呀!如果碰到藤葛和深草的时候就要派上用场了!还有,假如我们打到了野猪的话,还可以马上用刀宰了来吃!他们山地人最喜欢喝野猪血。"

"喝野猪血?"湘怡打了个冷战,"怎么个喝法?"

"用手捧了喝呀!"

"什么?别说了!可怕兮兮的!"湘怡缩着头说,好像喝野猪血的一幕已经在眼前了似的，纪远大笑了起来。

"喂喂！"走在后面的嘉龄嚷着说，"你们在谈什么？讲得那么有声有色的？也讲给我听听！哥哥，让我，我要走到前面去！"

"别闹，嘉龄，你挤什么嘛！"嘉文叫，差点儿被嘉龄挤得摔倒，嘉龄已经窜到前面去了。后面的胡如苇喊着说："嘉龄！别跑到前面去，你们三个女孩子走在一块儿容易出毛病，没人保护你！"

"没人保护我？"嘉龄回过头来做了个鬼脸，"你就保护得了我呀？别让人笑掉大牙！你保护你背上的背包吧！"说着，她又越过了可欣和湘怡，一直走到纪远的身边，用手拉拉纪远的袖子，说："你们在谈什么？"

"谈他们！"纪远用嘴对那三个山地人努了努，"谈他们的习惯。"

"他们有什么习惯？"

"烤人肉吃！"纪远开玩笑地说。

"哼！"嘉龄耸耸鼻子，"骗鬼！"

三个山地人对于身后那群来自文明世界的少爷小姐似乎也颇感兴趣，不时回头来张望一两眼。但是，对于因他们而引起的谈笑，他们却浑如未觉。只彼此愉快地用山地话交谈着，时时爆发出一阵笑声。纪远微笑不语，好一会儿，才对身边的唐可欣说："你猜他们在谈什么？"

"谈什么？"可欣问。

"他们说，居然有我们这样的大傻瓜，花钱雇了人背东西到山上去打猎，就是猎到了什么野猪、獐子，价值恐怕还抵不了旅费和食品，何况还可能什么都猎不到。"

"哈，这才有趣呢！"可欣说，"大概他们对我们的好奇，和我们对他们的好奇也不相上下！"她看看纪远，"你懂山地话？"

"懂一点儿。"纪远说，笑得更有趣了，"他们在计划，赚了我们这笔钱之后，要结伴到台北去玩一趟呢！"

"不同的人生！"杜嘉文感叹着。

"不同的什么？"胡如苇没听清楚，大声地问。

"你别多管闲事吧！胡如苇！"嘉龄喊，突然大发现似的叫了起来，"胡如苇！我发现了，你的名字的发音和你的人一样，胡如苇，标准的糊涂鬼！"

大家都大笑了起来，胡如苇仍然没听清楚嘉龄在嚷些什么，听到大家笑成一团，他在后面伸长了脖子，傻里傻气地追问个不停："笑什么？说什么？说给我听听，让我也笑笑嘛！"

大家更加笑弯了腰，笑得前面三个山地人都驻足而视，奇怪着这些城里人是不是得了神经病。好不容易，笑停了，大家继续走着。山地人中的一个拉开喉咙唱起一支歌来，立即，另外两个也加入了合唱，调子单纯而悦耳，歌词倒有些像念经，不知其所云。

"乌希巴那哟——乌希巴那哟！多卡达播哦嗨扬！……"

"喂，纪远！"嘉龄喊，"他们在唱什么？"

"一支山地歌，"纪远说，"意思是要大家一起来跳舞！"他笑着倾听那些山地人愉快的歌声，顿时间，也感染了那份欢乐气息，张开了嘴，他也大声地加入了山地人的合唱："哦苏巴那拉安多卡——达播卡达播——尼那鲁嘛！"

山地人显然没料到这个平地人也会唱他们的歌，回过头来，他们拍着纪远的肩膀，唱得更有劲了。那一张张黑褐色的、多棱角的脸上，布满了单纯的热情。纪远卷在他们中间，又唱又叫，俨然是他们中的一分子。唐可欣放慢了脚步，走到嘉文的身边，低声地说："我知道你为什么特别欣赏纪远了！"

"为什么？"嘉文问。

"他是那种人，无论在什么场合里，都会在无意间变成主角的那种人。"

杜嘉文望着纪远的背影，真的，他就是那种人，你在他身边，你就得受他的影响。

路，逐渐地变得难走了，下了一个陡坡之后，忽然水声大作，而眼前陡地一亮。大家放眼看去，一座瀑布正倒挂下来，激流奔泻着，巨石在激流中嵯峨耸立，瀑布高而陡，水声如万马奔腾。在激流中的一块巨石上，有一根树木摇摇欲坠地架在上面。大家都站定了，嘉龄仰望着瀑布，高兴地喊："多美哦！这么高，这么伟大！乌来那个瀑布比起这个来真是小巫见大巫了！"

"红叶！"可欣大叫了起来，"看！满山都是红叶，我已经好几年没有看到红叶了！"她仰视着峭壁，那上面正有一株红叶斜伸出一枝来，嫣红的叶子映着雪白的瀑布，在太阳光下闪烁。"哦！"她赞叹着，"我不惜任何代价，去换这枝红叶！"

纪远深深地望了可欣一眼，后者眼中流露出的渴望和切盼使他心动，那枝红叶在她眼中仿佛是无价之宝。他衡量了一下峭壁的高度，要想采到这枝红叶是不可能的。退后了几步，他从肩上取下猎枪，瞄准了一根细弱的枝子，放了一枪。

立即，一枝红叶应声而下，冉冉地飘坠在岩石上。纪远走过去拾了起来，拿到可欣的面前，微笑地说："并不需要花太大的代价，不过是一颗子弹而已。"

可欣接过红叶，那是小小的一枝，一共只有五片叶子，却长得疏密有致，楚楚可人。她握紧了红叶，闪亮的眼睛里有着惊愕和欣喜，喃喃地说："无论如何，我谢谢你。"

杜嘉文看了看纪远。他惊奇于他的机智。那几个山地人却面面相觑，用猎枪打红叶，这是他们从来没有见到过的"打猎"。摇摇头，他们继续了行程。城里人！有的是无法解释的古怪行为，还是少管为妙。

"嗨！"胡如苇惊讶地大喊，"你们看！那几个山地人在干什么？"

大家看过去，那三个山地人正一个个小心翼翼地跨上了水面架着的树木，慢慢地走过去。到了对面的石块上，那石块都尖峭而滑不留足，他们却攀着石块，像猿猴一般从激流上跃过，也不知怎么就到了河的对面。纪远微笑着说："这有什么可大惊小怪的？他们在过桥，我们也要这样走过去。"

"什……什……什么？"胡如苇一急就会口吃，"这……这……这叫桥？"

"不叫桥叫什么？"纪远说，"这是行程中的第一站，过了桥我们才算是进入情况，开始爬山。来！走吧！谁先过去？"

"喂，纪远，"杜嘉文说，"我们出钱给山地人，要他们给我们带'路'的，他们怎么不找有路的地方走呢？这怎么可能过去？"

"路?"纪远笑了,"这就是'路'呀!上山,只有这一条路可走,假若连这个桥都过不去,还想打什么猎?"

"天哪,"湘怡注视着那根浮架着的横木,和横木下滔滔滚滚的流水,战栗地说,"说实话,我不相信我能走过去,如果掉到水里,一定会被激流冲走。"

"好吧,我打头阵,"纪远说,"你看,山胞已经来接应你们了。"

真的,三个山地人把背包卸了下来,放在地上,他们又走回头来接应后面的人。纪远走上石块,一只脚跨在横木上,伸手拉住身后的可欣,低声说:"把胆量放大一点,你如果走不过去,她们两个更走不过去了!"

可欣紧紧地扶住纪远的手,那只手强而有力,她感到微微一震,仿佛有无数生命的源泉正从他的手里注入自己的体内。他紧紧盯着她,眼睛里有着鼓励和坚定。她咬咬牙,踩上了横木,纪远的手扶着她,把她送上了木条,然后站着目送她走过去。她颤巍巍地移着步子,这不到两码的路程好像有几百哩一样漫长,好不容易,她碰到了对面山地人伸给她的手,同时,听到身后纪远轻松的声音:"你看,没什么吧,看起来危险,走起来还不是和平地差不多!"

她站到对面的岸上,双腿还不住地发着抖。回过头来,她看到嘉龄也被送上了横木,才走了两步,她就站在横木上哇哇大叫:"不行了!我一步都不能走了!这木头好像在我脚底下跳舞!"

"走过去!"纪远在喊,"再走两步就行了!只要两步!"

嘉龄咬着嘴唇,摇摇晃晃地向前面冲过去,她显然是横了心，抱着一不做二不休的精神，把生死置之度外了。走得惊险之至，简直像在横木上表演华尔兹，看得可欣心惊胆战，但她终于也走了过来。站到岸上之后，她瞪视着可欣，愣愣地说："我是怎么样过来的，可欣？"

"走过来的呀！"可欣说。

"真的吗？"她大大地高兴起来，昂着头，她说，"我告诉自己，我正表演走钢丝，有几千万个人看着呢，不能出丑，就走过来了！看样子真正走钢丝也不过如此呢！"

纪远握住了湘怡的手。

"轮到你了，"他说，带着个温暖而鼓励的笑，"眼睛望着木头，不要看水。"

但是，湘怡望着的却是水，那清澈而透明的水，可以一眼看到水底的石块。水流迅速地奔泻着，激起了无数的洄旋和白色的泡沫。那么多小水泡，挣扎着，破灭着……她想起家里的洗衣盆，许许多多的肥皂泡，每个泡泡里都有她的梦……站在那儿，她看呆了。

"怎么？"纪远说，"真不敢走？"

"哦，不。"她轻轻说，自己也不知道在说些什么。水花搅乱了她的思想，神思是朦胧而恍惚的。在一种半机械的情况下，她跨上了木头，迷迷糊糊地往前面走，有几只手接住了她，她落在石块上，又稳稳地站在岸上了。

"噢，湘怡，"可欣抓住她的手，摇撼着说，"你简直勇敢得超过我的想象！你走得那么稳，比我强多了，我心里怕得要命，只能用意志力克服恐惧，我一直认为意志力是可以克服一切的。

你怎么能走得那样好?"

"我?"湘怡苦笑了笑,神思依然有些迷糊,"我自己也不知道!"

"哎!糟糕!"嘉龄发出一声尖叫,"胡如苇摔下去了!"

随着嘉龄这声尖叫,是胡如苇的一声大喊,他大概是刚跨上木头就滑了下去,一只脚已经落入了水里,纪远抓住他肩膀上的衣服把他猛然一提,他又被拉了上去,用手撑住木头,他顺势坐在那条横木上,湿淋淋的脚挂在那儿淌着水。纪远望着他,透了口气:"你在表演什么?别丢人了!三位小姐都走过去了,只有你出毛病,还不赶快站起来走过去呢!快一些!节省时间!"

胡如苇站了起来,摇摇晃晃地走过了那独木桥。嘉龄用手捧着肚子,笑得直不起腰来,指着胡如苇,她边笑边说:"真精彩哦!糊涂鬼!纪远真不该拉你,变成了落汤鸡才好玩呢!亏你还想保护别人呢!"

胡如苇恨得咬牙瞪眼,拉了拉肩膀上的背包,他点点头说:"别得意,等你摔了跤,看我来拍手!"

"你以为我也像你一样没用呀!"嘉龄叫,笑得更加开心了。

大家都走了过来,三个山胞又背上了他们的背袋。纪远站在人群中间,重重地拍了两下手,说:"注意了!现在开始,路不会很好走了,大家都小心一点,不出问题就没什么,真要出了问题可就麻烦了,别乘兴而来,败兴而返。现在,三个山地人分开,一个走前面带路,一个在你们中间照顾你们,还有一个殿后保护。"

有个山地人拿了一根草绳,朝着嘉龄走了过去,用草绳比画着，嘴里咿咿啊啊的，嘉龄一迭连地退后，一面大叫大嚷："纪远！你看这山地人要来绑我！"

纪远走过来，笑了。"他要你把这绳子绑在鞋子上，这样可以增加摩擦力，爬山的时候不至于滑倒，山路如果潮湿的话，会很滑的。我看你们三位小姐，每人都绑一绑吧！"

三位女性都把脚上绑了绳子，山地人又用刀子分别削了三根木棍递给她们。湘怡低声地说："我现在觉得这些山地人不那么可怕了，好像比平地人还懂礼貌些！"

纪远又微笑了。收拾停当，大家走成了一排，开始上路，纪远和一个山地人走在前面，后面的人紧跟而上。纪远大声地用山地话喊："朗尼路加！"

"路加路加！"山地人热烈地应着。

"你在说什么？"杜嘉文问。

"朗尼是朋友，路加是加油！"纪远解释地说，大踏步地向前跨去。路，确实比以前陡得多了，而且是沿着山的边缘向上走，一面是山壁，一面就是深谷。路宽不到两尺，而杂草丛生，大家才走几步，都已挥汗如雨。

"噢！太热了！"可欣叹着。

"把你手里的毛衣塞到我背袋里去。"纪远说，站定了让她把衣服放进去。同时看了她手里的红叶一眼，"那枝红叶可以丢掉，事实上，山上还多得很，随手都可以采到的。"

"那么，你为什么要放枪打这一枝下来？"可欣问。

"因为你那时渴望得到它——不惜任何代价地想得到它。"

"所以，我现在也不会把它丢掉，虽然遍山都有，但不会是我这一枝，对吗？"可欣微笑地说，黑黑的眸子深沉而慧黠。

纪远看了她一眼，没说什么，继续大踏步向上走。嘉文轻轻地拉了拉可欣的衣服，低声地问："开心吗，可欣？这旅行是不是蛮够味的？"

"确实不错，"可欣说，"我觉得一切都新奇，好像我已经脱胎换骨，变成了另一个人！"

"你可别变成另外一个人，"嘉文笑着说，"你变成了另外一个人，我怎么办？"

"什么你怎么办？"可欣不解地问。

"我娶谁做太太？"嘉文说。

"呸！胡扯些什么！"

嘉文笑了。

"小心！栈道！"纪远在前面喊。

"什么叫栈道？"杜嘉文问。

"这就是！"纪远指着路说，先走了过去。大家看着，路已经断了，架在深谷上面的，是一条条的木头，用铁丝绑了起来，像一个横倒的工作梯，而每两根木条中间，都是空的，底下杂草蔓生，不知谷深几许。杜嘉文说："要从这上面走过去吗？"

"不走过去怎么办？"纪远说，"走稳一点，当心滑倒，而且，注意朽木，可能折断！"

大家鱼贯着，战战兢兢地走过了栈道，湘怡叹口气说："如果摔下去怎么办？"

"很简单，"纪远说，"爬起来再走！"

大家继续走了下去。后面的山胞发出一声"哟嗬！"的大叫，接着，就拉开喉咙又唱起那支艰涩难懂的山歌来，前面的山胞立即回应，纪远也加入了合唱。嘉龄听他们唱得那么开心，不禁喉咙发痒，跃跃欲试。拍了拍手，她叫着说："但愿我也会唱！"接着，她就不管三七二十一，拉开喉咙，也跟着他们乱喊乱嚷了起来："乌希巴那哟——乌希巴那哟！多卡达播哦嗨扬！"

第五章

　　山路是越走越艰难了，坡度随着山高而变得陡峻，杂草蔓生下的小径几乎不可辨识，垂下的藤葛经常蛇般地缠住人的脚，而深埋在草丛里的栈道更如同陷阱，使人必须步步留心，以免失脚落入栈道下的深谷之中。山胞们已抽出了腰刀，不住地砍伐着杂草和藤葛，太阳光在闪亮的刀背上反射着。歌声忽断忽续，每当歌声停止，走在后面的人就知道前面必定有了新的险阻。时间已过了中午，太阳依旧闪耀而明亮，所有的人都已挥汗如雨，只有山胞们轻松如故，阳光在他们裸露着的、红褐色的胸膛上发着光，带着分原始的、野性的气息，仿佛他们和山、岩石、丛林、深谷……都结成了一体。纪远站住了，回过头来说："前面有一条很长的栈道，我看我们先休息一下，吃了午餐再继续走吧！"

　　这并非一个很好的休息的地方，他们停在山腰中，一边的山壁上布满了原始林木，高不可测，一边的绿色深谷更触目惊心。纪远四面张望了一下，发现不远处有一块凸出的大岩石，岩石下形成了个凹洞，看来整洁清爽，就笑着指了指说："到那儿去吧！那是最豪华的大餐厅！"

大家越过了几块岩石，来到那块平坦的山凹里面，顶上凸出的石块遮去了阳光，一株横倒的枯木成了天然的座椅，洞内阴凉、干燥而舒适，地上还铺满了枯黄的、松脆的落叶。杜嘉文深吸了口气，解下背包，席地而坐，赞叹地说："简直是圆山大饭店嘛！"

"如果没有带帐篷，"纪远解释地说，"山中的这种地方就是最好的旅舍！"

唐可欣站在洞口，痴痴地眺望着一望无垠的山谷，和山谷对面的山头。绿，把一切都遮盖了，密密层层的绿，重重叠叠的绿，深深浅浅的绿，明明暗暗的绿……绿得人喘不过气来。而在那成千成万种的绿色之中，还点缀着几株嫣红，几点黄褐，以及岩石的苍灰，和对面山崖上挂下的一条瀑布，闪耀着光莹的洁白。顺着对面的山崖向上看，山岭上缀着轻云，天空是一张蔚蓝的网，网着云，网着山，网着树丛和衰草，她长长地吐出一口气，喃喃自语地念着秦观的句子："山抹微云，天连衰草……"

有人走过来，站到她身边，她直觉地认为是嘉文。没有收回目光，她仍然眺望着前面，轻声地说："我从不知道绿有这么多种，更不知道山中并不单纯是绿色，还有各种其他的颜色，数不清有多少种。"她俯视着山谷中的树木，摇摇头，对自己静静地微笑，"绿得那么美，这整个的山，像一条绿色的小船。"

她觉得身边的人悚动了一下，接着一个沉着的声音稳重而安宁地响了起来："你常常把许多东西，都比作船的吗？"

她微微地吃了一惊，调回眼光来，才发现身边站着的是纪远而非嘉文。他站在一块较高的土坡上，额角碰着了一株大树垂下的枝叶，挺拔的身子和宽宽的肩膀，看起来仿佛是顶天立地的。树叶和枝丫在他脸上投下了许多暗影，那对发亮的眼睛在她脸上游移，带着股对什么都不在意，而又像是对什么都在意的神色。

"哦，"她淡淡地说，"我想并没有。不过，船在我的印象里，是一件很美的东西。"

"是吗？"纪远问，望着那起伏凹凸的山谷，他无法把这绿色的山谷和船联想在一起，"但是，船是动的，这山是静的。"

"不错。"可欣微笑了，"我常凭直觉去比喻，而不经过深思。我认为它像一条船，只因为它载着我们。我总觉得自己是在船上，一种朦胧的、模糊的、难以解释的感觉。"

"这证明你对未来缺乏信心。"纪远说，他手里拿着两个罗宋面包，分了一个给可欣，他把另一个塞进嘴中，大口大口地吃着，看他那副吃相，似乎足可以吞下一只大象。

"信心？怎么讲？"可欣不解地蹙蹙眉。

"你在潜意识里，一定觉得不安定，没有安全感，对未来感到茫然、困惑……换言之，你认为自己在一个航行中，而不知目的地在何方。"

"是吗？"可欣锁起了眉，深思地望着前方，一面慢吞吞地把面包撕碎了放进嘴里，"你认为是这样的？我不知道，我从没有分析过自己为什么这样想，不过，我想你不见得对！"

她笑了，把一对充满了信心的眼光从山谷中收回来，生动而愉快地望着他。"你错了，纪远，我对未来是很有信心的！不只信心，还有憧憬、希望和理想！"

纪远深深地看了她一眼，点点头，像鼓励一个孩子似的笑笑，说："好的，但愿如此！"转过头，他向洞中走去，又回头加了一句，"别把我说的话放在心上，我常是想到什么就说什么！你可别介意！"

"介意？我怎么会！"可欣说，用牙齿轻咬着罗宋面包的尖端，却瞪视着山崖上的一株红叶发愣。有好一会儿，她的思想是停驻的，脑子里似乎是空空茫茫的一片，自己也不知道在出什么神。她一定愣了好半天，直到嘉文推了她一把，送过一个沙丁鱼的罐头，她才惊觉过来。

嘉文笑着说："想什么？"

"什么都没想！"她说，不知所以地有些讪讪然。回转身子，她发现山洞里正热闹万分，胡如苇扯开了他的破锣嗓子，尖着喉咙在唱《苏三起解》，纪远斜靠在山壁上，正悠然地、轻松地开着罐头。嘉龄斜睨着胡如苇的做功和台步，笑弯了腰。三个山地人则狼吞虎咽，大吃大嚼，湘怡坐在枯木上，秀秀气气地吃着面包，一面若有所思地微笑着。可欣拂了一下随风飘飞的长发，走进了山凹，坐在湘怡的身边。湘怡不经心似的看了她一眼，问："你在外面看什么？"

"欣赏风景！"可欣说，"一切都美极了！"

"是吗？"湘怡问，站了起来，"我也看看去！"

她走到洞口，四面眺望了一下，绿色的山峦起伏着，树木和杂草在风中摇曳，一层层滚动得如同绿色的波浪。杜嘉文靠在一株树木上，修长的身子迎风而立，和树木同样地有种超拔挺秀的气质。他正凝视着对面山崖上的瀑布，白皙而清秀的脸庞映在太阳光里。湘怡走过去，他脚边的草丛里有一束蓝色的小花，她弯腰去摘下来，刚刚站直身子，就听到嘉文轻声地说："你猜我现在想做什么？我想吻你。"

"什么？"湘怡吃了一惊。

"噢！"嘉文收回视线，也吃了一惊，顿时涨红了脸，尴尬得无以自处，讷讷地说："对，对不起，我以为是——可欣。"

湘怡看着他，因为他的脸红而也脸红了。她想找几句话来解除嘉文的窘迫，仓促中又找不出话来，就愣在那儿。嘉文看她红着脸站在那儿不说话，就更感到不好意思，也更说不出话来。一时间，两人都涨红了脸，默然对立，直到嘉龄冲出来，诧异地喊："咦！你们两人在干什么？"

湘怡猛悟了过来，脸更像火烧一般地通红了，转过身子，她逃避什么似的跑进了山凹里，心脏不规律地猛跳着。可欣奇怪地说："怎么了？"

"还说呢，"湘怡低声地说，"都是你那位未婚夫嘛！"

可欣皱皱眉头，掉过头去看了看站在外面的嘉文。嘉文那一副满不对劲的样子更引起了她心中的狐疑，再看看满脸通红的湘怡，在人群中也不便细问。湘怡也不再说什么，只低着头去给面包抹上果酱，那一脸的红潮，好久都没有退掉。

"好了，大家注意！"纪远站在人群里拍了拍手，"背好东西，我们要准备上路了，今天黄昏的时候可以到卡保山，扎了营吃晚饭，夜里去打猎！"

"为什么要夜里？"嘉龄问。

"夜里野兽比较容易出来!"纪远说,背上了东西,"不过,你们女孩子别去了,留在帐篷里睡觉吧!等我们猎着了野兽来叫你们!"

"为什么?"嘉龄的下巴朝天挺了挺,"我就要去!别以为女孩子就不能打猎!"

"好吧,"纪远嘲弄似的笑了笑,"随你!"

大家整理好东西,又都纷纷地准备上路。离开了那个舒适而豪华的山凹,回到了杂草丛生的小径上。纪远和一个山胞依然走在前面,紧跟着就是嘉龄和可欣。大家仍旧走成一条直线,鱼贯着向前进行。

在栈道的前面,纪远停了下来,眼前的栈道长而险,一条条的横木看来单薄而细弱,几乎令人无法相信它能禁得起一个人的体重。木条下面,山崖下斜伸出的杂草像一条绿色的绒毡。从草的空隙处向下看,一片黑黝黝的,深不可测。纪远回过头去,大声地说:"一个一个地走,千万别两人踏在一根木条上,当心折断。尽量踩稳步子,不要抓崖壁上的草,那些草不足以信任!只有自己是最可靠的!"

说完,他领先跨了过去,那些木条在他脚下挣扎呻吟,整个栈道都颤动起来,发出咯吱咯吱的响声,仿佛随时都可能折断。一个山胞跟了过去,嘉龄和可欣硬着头皮,也跨上栈道。湘怡喃喃地说:"走这种路是要短命的!"

"要不要我扶你?"杜嘉文回头来问,衷心地想找个机会,弥补一下刚刚对湘怡无心的冒犯。

"不用了,你走稳一点吧,摔一个还不要紧,两个都摔下去就更冤枉了！"湘怡说，"反正，我的命是没有关系的！"

"为什么你的命是没关系的？"杜嘉文问，"别轻视生命！每一条生命，冥冥中都有神灵安排好了的！"

"是吗？"湘怡幽幽地说，"只怕神灵太忙了，没时间去安排每一条！假如冥冥中真有神灵的话，被疏忽的生命，还不知道有多少呢！"

杜嘉文蹙蹙眉，看了看湘怡，是吗？这话似乎也有它的道理。湘怡的面孔苍白细致，那裹在衬衫长裤中的身子，看来是瘦弱可怜的。他脑中浮起了她家庭的情况，一个弱小的女孩，依靠着兄嫂为生，何况，那个嫂嫂必定是很难缠的！"被疏忽的生命！"看样子，神灵就没有好好地安排眼前这条生命。他不由自主地叹息了，心中涌上一股恻然的怜惜的情绪。他的叹息使湘怡震动了一下，她抬起眼睛来，目光悄悄地从他脸上掠过。叹息，为了谁？她吗？她摇摇头，自嘲似的微笑了。

走过了这条长长的栈道，眼前的路突然变得平坦了，在泥土中，还修筑了一条条的木头。在这荒山里，出现这样"文明"的修建，真让人惊叹！纪远说："这可以和中山北路媲美吧？这种嵌着木条的路，山地人称为木马道，是预防崩陷的。"

嘉龄的精神又来了，开始引吭高歌起来，唱的是一百零一首世界名曲中的《风铃草》。满山的草木摇摇，风声瑟瑟，嘉龄的歌喉愉快嘹亮，把草木都唱活了。野花在山崖上点着头，小草在微风里摆动腰肢，仿佛都在纷纷响应着嘉龄的歌声。嘉龄跳跃着向前走，唱得更加高兴了。路边，一株红叶伸出了枝丫，红艳艳的叶片映着阳光，在风中动人地摇摆。可欣又惊呼了起来："红叶！像醉酒一般的红！"

"我曾经告诉过你，山里的红叶很多，"纪远说，"还要一枝吗？"

"不，"可欣摇摇头，"我已经有了一枝，够了！那枝比这枝更有价值些！"她继续向前走，感慨地说，"我不知道台湾山里也有枫树，我以为台湾是没有枫树的！"

"这不是枫树，"纪远说，"这是槭树。槭树和枫树的区别，是一个叶子是对生的，一个是互生的。台湾的槭树很多，枫树很少。枫树要经霜才会红，所以诗里说'晓来谁染霜林醉'。台湾很少落霜，枫树也不容易转红，台湾的枫树，大抵都是绿色的。"

可欣凝视纪远，眼睛里有着困惑。

"我以为你是学工的。"她纳闷地说。

"我是学工的。"纪远点点头。

"那么，你怎么懂这些？"可欣问，愣愣地望着他，"你好像懂的东西很多，植物、动物、文学、艺术——甚至于人的心理！"

"哈！"纪远笑了起来，那褐色的脸庞上竟然浮起一层微红。他把眼光投向山谷里，含糊地说，"事实上，我什么都不懂，我只是喜欢对什么都注意留心，然后在适当的机会中，把自己懂的那点皮毛说出来，让别人认为我懂得很多！换言之，我是在卖弄。"

"不，"可欣继续凝视着他，"你不是那样，你这几句话，倒好像是在掩护。"

"掩护？"纪远锁起了眉头，"掩护什么？"

"掩护你自己，你好像——"她顿了顿，"经常用很多烟雾弹，把自己隐藏起来。"

"是吗？"纪远耸耸肩，语气忽然生硬冷漠，还微微地带着些不耐，"我不大明白你的意思。"

"你是明白的，"可欣固执地说，"你藏起你自己，因为你害怕别人走进你的领域里！"

"我的领域！"纪远烦躁地说，"我的什么领域？"

"我也不知道，"可欣摇头，困惑在她脸上加深，"你是个难以解释的人！"

"那么，别冒险去解释！"纪远说，注视着脚下的道路。

"每个人都会有隐藏的一部分，你也是如此。既然别人要隐藏，最聪明的办法是不去揭穿，对不对？"他抬起眼睛来望着她，"你是不是常常这样鲁莽地去剥别人的外衣？"

可欣的脸红了。"对不起。"她讷讷地说。

"没关系！"他表现得很洒脱，好像她真犯了什么不可饶恕的过失。拉了拉肩上背袋的带子，他迈开大步，把可欣抛在身后，大踏步地走到前面去了。可欣注视着他的背影，那矫捷的步子和他那高大的身形有些不相称，但他却像是山和林野的一部分。

木马道走完了，路又变得陡峻而艰险起来。嘉龄仍然唱着歌，和纪远走在一块儿，纪远不时回过头来拉她一把，并且和她大声地谈笑着。嘉龄显得很兴奋，缠着纪远，她开始学着那支山地歌，她圆润的歌喉和他雄浑的嗓音混在一起，出奇地动听。每当有一个陡坡时，她就止住歌声，让纪远拉她过去。纪远笑着唱着，拍打着嘉龄的肩膀，好像她是个男孩子一样，嘉龄的笑声像泉水般流泻了出来，清脆地荡漾在山林之中。

"他们像一对儿，"湘怡在可欣耳边说，"胡如苇要失恋了！"

"唔，"可欣有些神思恍惚，"纪远？他不会喜欢嘉龄。"

"你怎么知道？"湘怡说，"嘉龄是越来越好看了，很少有男人能抵制美丽的女性的。"

"他们并不相配。"可欣说，注视着前面一对欢笑着的人影。

"不相配？"湘怡抬了一下眉毛，"我倒觉得他们非常相配！都属于外向型的，活泼、爱玩、爱动的典型。"

"是吗？"可欣淡淡地问，心不在焉地跨上了一条新的栈道。由于栈道已经走得太多，胆量也训练出来了，对于栈道不再像刚走时那样害怕和顾忌。从一根横木上越到另一根横木上，她低垂着头，一步步地走着。突然间，她听到前面有人惊心动魄地大叫了一声："可欣！注意！有一根木条是断的！"

但是，已经来不及了，她的脚踏了一个空，在意识到危险以前，整个身子都翻倒了下去。接着，是木条折断的声音，和发自自己嘴中的一声尖叫。本能地，她伸手想抓住点什么，却什么都没有抓到。整个人就以惊人的速度，像个皮球一般从山崖上向下滚。她咬紧牙齿，脑子里已无意识，连恐怖的感觉都没有，只能被动地、昏乱地、听天由命地一路滚着。可是，猛然地，有个人影迅速地从上面滑了下来，连滚带跌地扑向了她，接着，她觉得自己被人抓住又抱住了，有人把她的头压在怀里，用手紧紧地护住了她。下滚的速度依旧未减，不过，已不是她一个人向下滚，而是两个人。终于，她觉得像刹车忽然刹住一样，她不再向下滚了，但她依然蜷伏在地上，不敢抬起头来。

"好了，没事了！"她耳边有个镇静的声音，轻松地说，"站起来吧！检查检查有没有摔伤了哪儿？"

她慢慢地抬起头来，接触到的是纪远嘲谑和满不在意的眸子，闪烁着一丝轻蔑和不耐，冷冷地望着她。

"怎么？还舍不得站起来呀？"他蹙着眉说，"我想，这地上没有什么值得留恋的！"

她站了起来，双膝在剧烈地颤抖着，手臂上擦破了一块皮，正流着血。她喉咙里哽着个硬块，有种想哭一场的冲动，并不为了摔这一跤，只为了摔了跤后还要看别人的脸色。纪远对她上上下下地打量了一番，点点头说："从那边绕上去吧。记住，以后摔跤的时候先保护头部，像你那样豁出去，一切不管的滚法，碰上一块石头就没命了！好了！你还不爬上去，在等什么？"

她咬住了嘴唇，一语不发地从另一边向上面爬，一个山地人已滑下来接应她，把她拉到了上面。大家立即包围了过来，嘉文苍白着脸，战栗地抓住她的手腕，抖动着嘴唇，喃喃地唤着："可欣！可欣！"他的眼睛里凝着泪，看他的样子，好像可欣已经没命了似的。

纪远走过来，拍了他的肩膀一下，忍耐地说："什么事都没有，别紧张，谁爬山能够保证不摔跤？你倒是找出纱布绷带来给她包扎一下，最好上点消炎药膏！"

说完，他径自走到前面去了，和那几个山地人叽里咕噜地讲山地话，大概讨论栈道的安全问题。可欣站在那儿，竭力憋住胸头翻滚着的一股没来由的委屈感，卷起了衣袖，让湘怡帮她裹伤。嘉文站在一边，仍然不能抑制他的战栗，一面紧紧地握住可欣的手臂。嘉龄拍拍胸脯，深吸了口气说："还好没出事！可欣哦，你这一跤可把我哥哥的魂都摔掉了！"

"应该你摔这一跤的。"胡如苇对嘉龄做了个鬼脸，"你最皮，最不老实，摔的却是可欣！真是老天没眼睛！"

"呸！糊涂鬼！下次摔跤的准是你！看着吧！"嘉龄扬了扬头说。话刚说完，感到手臂上一阵痒酥酥，黏答答的，低头一看，不禁哇地大叫了起来，一面叫一面在地上跳着脚，所有的人都吓了一跳，胡如苇没弄清楚，直觉地以为她要摔，就不经考虑地冲过去，出于反射作用地把她一把抱住，嚷着说："怎么了？怎么了？"

"一条蚂蟥！"嘉龄大喊大叫着，"一条蚂蟥！"

胡如苇这才看到，在嘉龄挽着袖子裸露的手臂上，一条吸血蚂蟥正黏附在她的皮肤上面，黑色扭曲的身子已一半都钻入了她的手臂，剩下的一半还肉麻地蠕动着。胡如苇毫不考虑地伸手就去抓，希望能扯下来，谁知他越扯，那蚂蟥越往里钻，嘉龄就越发尖叫不停。纪远跑了过来，一把推开胡如苇，握住嘉龄的手臂，在蚂蟥吸住的部分敲了敲，然后用手指一弹，蚂蟥立即被弹掉了。纪远说："贴一块消毒胶布，要不然会一直流血！"抬头看看胡如苇，他又说，"蚂蟥不能拉扯的，只要敲一敲就可以敲掉了，要不然就用火烧，拉扯会使它更钻得深！"拂了拂额前的头发，他环视了一下所有的人，命令似的说："好了吧！该继续向前走了吧！"

大家整理了一下，又都纷纷上路。可欣和嘉文走在后面。可欣始终咬着嘴唇，默然不语，脸色反常地苍白，眼珠却黑蒙蒙地瞪着前方。走了好半天，嘉文怜惜地摸了摸她的手，轻轻地问：

"为什么不说话？摔得很痛吗？"

"我恨你那个朋友，那个纪远！"可欣咬着牙，低低地说，"我不知道他神气些什么？我讨厌他！"

"但是，他救了你！"嘉文嗫嚅地说。

"是的，他救了我，"可欣咬了咬嘴唇，"我并没有要他救我，我也不领情，我讨厌他！"望着脚下的小径，她愤愤然地跨着步子。嘉文看着她，不解地蹙起了眉头。

太阳，已经逐渐偏西了，黄昏正慢慢地移步而来。

第六章

　　暮色从谷底向上升，缓缓地蒸腾弥漫，一忽儿的时间，日色已淡薄得像一层灰色的雾网，苍茫地笼住了山巅、树木和岩石。太阳掩映在彩霞堆里，透过大堆大堆的云朵，射出一道道橘红及金黄的光线。天是糅合了苍灰的绿色，云是带着玫瑰紫的青莲色，还有山和树木，黝黑的墨绿色染上了橘红。摇曳在微风中的枝叶，像国画山水画中的介字点和个字点，一枝枝，一叶叶，全带着悠然宁静的飘逸气质。云在山腰中浮动，忽来忽去，忽聚忽散，忽隐忽现，如同出自魔术家的戏法。

　　大家都走得十分疲倦了，歌声久已不闻，代替的是吃力的喘息声和叹气声。随着暮色的加浓，天气也转凉了，湘怡接连打了两个喷嚏。嘉龄用棍子支着地，一步步向前拖着，仿佛自己的身体有着千钧之重。胡如苇擦去了额上的汗，喘息地问纪远："到底还有多远？"

　　"马上就到了！"

纪远头也不回地答了一句，答得挺轻松的。可是，所有的人中，已没有一个再是轻松的了。疲倦征服了每个人，连那黄昏的深山景致，都无人有那份闲情逸致去领会和欣赏了。

嘉文走在可欣的身后，自从可欣摔了一跤之后，他就寸步不离开她，生怕她再滚落到山谷里面去。行程的艰苦使他有些丧气，他已没有来时的兴致和精神了。每当战战兢兢地跨上一条栈道，他就不由自主地在心中暗暗诅咒这次旅行。有次竟脱口说出一句："在家里放着好日子不过，跑到这山里来，简直是花钱买罪受！"

可欣望了他一眼，轻声地说："你的老毛病又来了！"

嘉文耸耸肩，不再说话了。

耳边突然响起淙淙水声，像一串美妙的琴音流泻在这黄昏的山林里。绕过了一块巨大的岩石，眼前忽然一亮，一片绿莹莹的草，平坦得像经过了人工的修剪，山坡上面，零零落落地缀着几匹芦苇，迎着晚风摇荡。走了这么远的山路，这还是初次看到如此开旷的平地。纪远掷下了身上的背包，回过头来，用一种振奋人心的声音，嘹亮而有力地喊："到了！扎营！"

"到了？"嘉龄睁大了那对黑而亮的眼睛，惊喜地四面张望了一下，接着就吐出一口长气，像个泄了气的皮球，瘫痪地在草地上平躺了下来，伸展开四肢，仰视着被夕阳燃亮了的天空，大声地嚷了一句："真美！真好！我现在懂了。"

"懂了？"胡如苇盯着她问，"懂什么了？"

"懂得什么叫作'疲倦'了！"嘉龄说，又吐出一口气，真的合上了那两排黑而密的长睫毛，似乎就准备这样睡到大天亮了！

纪远和那三个山地人已经匆匆忙忙打开了背包，找出帐篷和扎营的工具，开始分别竖起两个帐篷来。杜嘉文和胡如苇四面打量着，带着份新奇和终于到达目的地的喜悦，望着那炫目的太阳被对面的山岭所吞噬。纪远喊了一声："胡如苇！别净站着，去收集一些干燥的落叶来！越多越好！"

　　"干什么？起火吗？"胡如苇问。

　　"不是。垫在帆布下面，睡起来会比席梦思床还舒服。"

　　落叶收集来了，帐篷也以惊人的速度架好了。三个山地人的刀子发挥了最大的功效，砍来了无数的树枝和木桩，并且立即生起一堆熊熊的烈火。在草地的四周，不乏燃烧的痕迹，许多石块上也残留着烟熏过的黑痕，证明这儿是山地人狩猎扎营的老地盘。可欣侧耳倾听，身不由己地跟着水声向前走，那清脆的、细致的、玲玲玑玑的声音使她的心灵深处有种奇异的震撼，仿佛那泉水声带着什么崭新的、令人感动的东西，流过了她的身体。她停在一堆岩石旁边了，在这岩石之中，一条小小的山泉正从山坡上流下来，轻轻地滑过了那些凹凸不平的石块，流泻到不知有多深多远的山谷中去。她凝目注视着这道泉水，禁不住地看呆了。

　　一个山地人走了过来，她惊奇地看着他找到一根竹子，把它从头到底地劈开来，然后插进泉水的石缝中，水流过竹子，立即成了一个人工的水龙头。山地人接了一壶泉水，对她笑笑，走开了。她醒悟地拂了拂头发，走过去，用手捧了一捧水，洗了脸和手，水清凉而舒适，一些水流进了嘴里，带着沁人心脾的淡淡的甜味。用嘴凑着竹子，她干脆大喝特喝起来，那水是那样地清澈，她觉得把自己的灵魂都涤清了，而且，把自从摔跤以后，就莫名其妙地产生的那份不快也带走了。站直了身子，她愉快地走回到营地来，发现他们已经在火上面架了一个三脚架，用铁丝吊着锅，开始煮起晚餐来了。

她拍拍湘怡的肩膀："去不去洗洗脸？那边的泉水清凉极了！"

"是吗？"答话的是嘉龄，她像个弹簧般地从草地上弹了起来，闻着刚开锅的饭香，她突然间精神百倍了，"走！湘怡，我们洗脸去，回来吃饭！我已经饿得眼睛发花了。"

湘怡从背包里找出了毛巾和肥皂，和嘉龄到水边去涮洗了。可欣学着嘉文和胡如苇的样子，在火边坐了下来。但是，纪远并没有坐，他正用石块架着砧板，在那儿忙碌地切着肉和菜，嘉文推了推可欣，说："总该你去忙忙做菜的事吧，这原来是女孩子的工作！"

纪远从砧板上抬起头来，眼睛里有着谐谑的笑意，说："算了，不必！现在的女孩子未必会做菜，而且，我对自己的手艺非常骄傲，还是让我来吧，何况她刚刚洗干净手，又——刚刚坐下去！"

可欣原也预备站起来去帮纪远，听到他这样说，就又坐了回去，笑笑说："既然如此，我乐得吃现成！"

"好意思吗？"嘉文说。

"你觉得不好意思，你去帮忙吧！"可欣笑着说。

"那可不成，那一定越帮越忙。"嘉文转向了胡如苇，"胡如苇，你对做饭怎么样？去帮帮纪远吧！"

"我？"胡如苇吓了一跳，急忙说，"我怎么行？我只能和他分工合作，他做，我吃！"

"好了，你们都等着吃吧！"纪远咧了咧嘴，夸张地切着菜，弄出一片叮叮当当的响声。

湘怡洗过脸回来，一眼看到砧板上的肉，和神气活现的纪远，她伸头看了看，问："你准备烧什么？红烧肉？"

"不，炒肉片！"

"你切的是肉片呀？"湘怡问。

"怎么不是？"纪远说，"节省时间，马虎点，切厚一些免得麻烦！"

湘怡不自觉地抿着嘴角笑了起来，从纪远手里接过了菜刀，她温柔而小心地说："我帮你修改一下如何？我会弄得很快，决不耽误你吃饭的时间。"

纪远皱皱眉，把菜刀交给了湘怡，嘴里仍然不服气地哼了一声："我打过那么多次猎，每次自己做饭，从没有说切了肉片还要修改的！和女孩子一起出来，就有这么些莫名其妙的名堂！"

这回轮到可欣来微笑了，她唇边浮起的那个有趣似的笑容，竟下意识地模仿了纪远的微笑——带着三分优越感和两分谐谑。

天色似乎突然间就由明亮转为黑暗了，那些绚丽而发亮的云，都在刹那间变成深灰色，接着就无法再辨识出来了，暮色潮湿而滞重地挂在树梢，浓得再也散不开来。黑夜无声无息地来临，把山和树、云和其他一切，都一股脑儿地掩盖住了。

火烧得很旺，映红了每一个人的脸，他们围着火坐着，经过了一顿饱餐之后，（他们都吃得那么多那么香，菜是湘怡炒的，连纪远也不得不承认，他的"肉片"经过湘怡"修改"之后，确实颇不"平凡"！）他们的疲倦都已恢复了不少，而火是天然使人振奋的东西，纪远摸出了预先带来的口琴，吹着舒伯特的《小夜曲》。琤琤然的泉水声成了他天然的伴奏。湘怡已在三脚架上悬着的水壶中，煮了一大壶的咖啡，嘉文宣称，他从没有喝过这么香、这么美的咖啡。湘怡被大家的称赞弄得红了脸，带着个静悄悄的、羞怯怯的微笑，坐在嘉龄的旁边。嘉龄正热衷地啃着牛肉干，一边用脚给纪远的口琴打着拍子。

天空由黯淡再转为明亮，第一颗星星穿出了云层，接着就是第二颗、第三颗……月亮在云背后游移，是半轮明月，再过几天，月亮该圆了，再过几天，又该缺了。可欣斜倚着一棵不知名的小树坐着，仰视着天上的星光和月光。嘉文坐在她身边，有股懒洋洋的文静。她把视线从天上落回到地面，接触到他默默凝视的目光，不禁嫣然一笑，轻轻地问："看什么？"

"你。"

"想什么？"

"你。"

她心头掠过一阵暖烘烘的热流，多美的夜！多奇妙的夜！

属于谁呢？她环视着火边这年轻的一群，也包括那三个山地人。这时，那几个山地人都坐在离火很近的地方，靠在一堆儿打盹。火光照亮了他们的脸，这三个山胞都很年轻，脸上没有野性的代表——刺青。显然他们也被文明所陶冶了。在这火光之下，以黑夜的山林为背景，她觉得他们都很漂亮。或者他们混杂了一些荷兰人的血统，眼眶微凹而额角和颧骨都比内地人高些，但他们确实是很漂亮的！调过眼光，她看到了纪远。锁锁眉，再睁大眼睛，她望着那个满不在乎的男孩子——不，他不该是个"男孩子"，而是个标准的"男人"！——她有些惶惑，这张脸，和那伸向火的长长的腿，都比那些山地人更像个山地人！说不定他也是个山地人呢！她摇摇头，又微笑了。

"笑什么？"这次是嘉文问她。

"没什么，"她掩饰地看看天，"只是觉得很开心，很满足。"

"真的？"他问，握住了她的手，"不再为摔那一跤的事别扭了？"

"噢！"她失笑了，"怎么会呢？又不是小孩子！"

"你别不高兴纪远，"嘉文本能地为纪远讲话，"他就是那么样一个人，从不顾及别人的想法和心理的，总是我行我素。但他是个心地最好，也最热情的人。"

"别说了！"可欣突然地脸红了，"我一点儿不高兴他的意思都没有！"

"那就好了！"嘉文说，"我喜欢纪远！"

"说不定他会成为你妹夫呢！"可欣微笑地说，望着纪远那边。这时，嘉龄正端着杯咖啡，走到纪远旁边坐下，不知凑在纪远耳边讲了句什么，纪远就停止吹口琴，哈哈大笑了起来。

"他们好像相处得很好。"可欣又加了一句。

"我希望嘉龄别认真，"嘉文咬了咬嘴唇，"纪远很少有专一的感情，他的女朋友可以成打地计算。"

"大概是个自命风流的人物！"

"他不是'自命'风流，而是真正风流。"嘉文顿了顿，又摇了摇头，"用'风流'两个字对纪远是不公平的，他并不是风流，他就是——就是——"找不出适当的形容词，他烦躁地下了结论，"他就是那样一个人物！"

可欣笑得很有趣，欣赏地望着嘉文，她真喜欢他那股善良劲儿。故意地，她重复着他的话："就是那样一个人物！"

"真的嘛！"嘉文辩护什么似的嚷着。

"当然，当然！"可欣拍拍他的手，带着种安抚的味道，"我不是不相信，是欣赏你这句话。"

纪远的口琴换了调子，一阕《罗蒙湖畔》吹得每个人心头都充塞了说不出来的滋味。他的口琴技术显然经过一番训练，拍子打得清晰而准确。嘉龄跟着琴声在低唱："出城郊，风光好，望远坡，真美丽，香尘日照里，罗蒙湖上，忆当初，双情侣，终朝携手共游嬉，在那美丽美丽的罗蒙湖上。……"在那美丽美丽的罗蒙湖上！可欣不由自主地也哼了起来，胡如苇加入了，嘉文也跟着哼。歌声，琴声，火焰在跳动，木柴被烧裂的噼啪声。还有近处的风声，远处的松涛，和那溪流的潺湲低诉……夜是觉醒的，张着静静的眼睛，凝视着这欢笑的一群。美丽美丽的罗蒙湖上！今夕何夕？月明星稀？美丽美丽的罗蒙湖上？还是美丽美丽的卡保山中？湘怡把她的下巴放在弓起的膝上，注视着那熊熊然向上奔窜的火苗，一点火星跳了起来，落在沾着露珠的草地上，熄灭了。哦，愿那点火星永不熄灭，愿心头的火星永不熄灭……她转头对嘉龄那边看去，嘉龄的手肆无忌惮地搭在纪远的肩头，身子摇晃着唱得正有劲。调过目光，可欣和嘉文并倚在一块儿，手握着手……她眯起眼睛，睫毛盖住了双瞳，侧耳倾听，夜是觉醒着的，到处都有着属于山林的声响。夜不寂寞，人不寂寞，而她呢？张开眼睑，火燃烧得多么热烈生动！今夕何夕？或者这

"夜"并不属于她,但她却仍然衷心渴望"它"永不消逝!永不离去!

胡如苇不知从哪儿摸出了一架电晶体收音机,越过好几个电台之后,施特劳斯突然柔美地跳跃在夜色里,纪远抛下了他的口琴,拉着嘉龄站了起来。用手绕着她的腰,他们围着火舞动。维也纳的森林!卡保山的夜色!三个山地人睁大了惺忪的睡眼,新奇地望着那旋转的一对人影。嘉文忍耐不住了,音乐是容易使人血流加速的东西,而欢乐是具有感染性的。拉着可欣的手,他们也加入了华尔兹的行列。胡如苇把收音机放在石头上,不甘寂寞地对湘怡鞠了一躬。火舌跳动,音乐喧嚣,几里路之内的野兽该都被吓跑了,三个山地人面面相觑,但夜是活的,夜是动的……他们何尝想猎什么野兽?他们已经猎着了"卡保山之夜"!

《维也纳的森林》之后是《蓝色的多瑙河》,他们自然而然地交换了一下舞伴。纪远微笑地注视着可欣,火光与月光糅合,她的脸红润清幽。他不喜欢那对静静地望着他的眼睛,仿佛又在安详地剥去他的外衣。你是谁?他旋转着。我不信任你!他旋转着。长发的罗蕾莱!他旋转着,旋转着,旋转着……

夜越转越深,星光越转越沉,火苗在低暗下去。一个山地人走开了,伐木之声立即响起,大根大根的木头和树枝被拖了过来,火被潮湿的木头抑得更暗了,但又迅速地扬起头来,欣欣然地燃烧着。

倦意在无声无息中悄悄地来临,没有人再跳得动舞,收音机里的音乐变成了小提琴独奏的小曲子,幽默曲、离别曲、冥想曲……嘉文打了个哈欠,望望那竖在暗夜里的帐篷,倦意深重地说：“我想去睡了。”

“夜里不是还要打猎吗？”胡如苇也打了个哈欠，仿佛连哈欠都具有传染性。

“等打猎的时候再叫醒我吧！”嘉文说，已经提不起丝毫的劲来了。

纪远坐在火边，沉思地凝望着火，一面用一根长树枝在火里无意识地拨弄着。山地人搬了更多的木头过来，好像他们准备烧掉整座的卡保山了。纪远觉得有人走近他的身边坐下，他抬起头，是唐可欣。她望着那些山地人，纳闷地问：“他们干什么砍这么多树来？”

“他们要维持火的燃烧，终夜不熄。”纪远说，对那些山地人叽里咕噜地说了一串山地话，又转向可欣，“他们习惯于坐在火边打盹，一直到天亮，我叫他们到帐篷里去睡，他们不肯。”

“为什么？”可欣张大了眼睛。

“帐篷太小了，”纪远微笑地说，望了望辽阔的天空，“和天地怎么比？”

可欣坐在那儿，嘴唇嚅动了两下，却没有说出什么话来。

纪远看着她，问：“你要说什么？”

“我也不知道。”可欣站了起来，仍然看着他，“他们都去睡了，你怎么不去？”

“我一睡就会睡到大天亮，”纪远说，“还不如就这么坐着，再过两小时，也要叫醒他们去打猎了。”他注视着黑黝黝的山林，“未见得会猎着什么，但总得去试试运气。”再望着她，他说，“你也去睡吧！”声调出奇地温柔。

她愣了愣，没有动，过了一会儿，才奇异地瞪视着他，说："纪远，你是个奇怪的人。"

他耸耸肩。"是吗？"他泛泛地问，"很多人这么说过，而我自己却不明白怪在何处。"

"你恋爱过吗，纪远？"

他锁锁眉，望着她。她映着火光的眸子是清亮的，里面丝毫没有"好奇"的意味，只是关怀，像个姐妹关怀她的兄弟，或母亲关怀子女一样。他有些迷惑，她想知道些什么？又为了什么？他还记得当他救了她之后，她眼光里那份被刺伤似的愤怒。这一刻呢？她却像个渴望抚慰别人伤痕的小母亲。

"或者有过吧！"他淡淡地说。

"为什么她离开了你？"

"是我离开了她。"

"是吗？"

"不错。"他点点头，把手里已经燃烧起来的树枝送进了火堆里。

"为什么？"她继续问。

"因为我不想负她的责任，那是最混乱的时候，我自身难保，我不想拖一个包袱。我是属于那种人——先从自身利益着想的人，不是个情人眼中的英雄。"

"你是说——自私。"

"对了，是自私。我就是个自私的人，一个追求现实生活，而不去梦想的人。"

她深思地摇摇头。"未见得吧！"她不同意地说，"没有梦的人是悲剧角色，而你不是。"

"有梦的才有悲剧角色，"他接了下去，"因为必定面临幻灭。"

"你不像个灰色和悲观的人！"

"我并不是灰色和悲观，我只是不愿意要空虚的梦，我要具体的真实生活！"

"而你却经常逃避到山野里来？这就是你的真实生活？"

他陡地跳了起来，脸色发红而愤怒。

"你要什么？你在干什么？"他愤愤地问。但是，接触到她柔和而深沉的目光时，他的愤怒消失了。用手抹了抹脸，他看看火，又抬头看了看满天的繁星和那半规残月，自嘲地笑了笑，心平气和地说："夜真是件危险而可怕的东西，它容易让人抖搂许多秘密。"望着她，他劝解什么似的说，"他们都去睡了，你还在等什么？去睡吧，再见！"

她笑笑，没说什么，转过身子，钻进了属于她、湘怡和嘉龄的帐篷，甚至没有向他说再见。

帐篷外面，火光与星光相映。纪远坐在那儿，伸长了腿，深思地望着黑夜的丛林。

第七章

深夜两点钟，纪远叫醒了三个山地人，把四管猎枪分别上好了子弹。然后，他钻进帐篷，摇醒了熟睡中的杜嘉文和胡如苇。

"做什么？"嘉文翻了一个身，在睡袋里蜷缩着身子，睡意蒙眬地问。

"起来！起来！"纪远叫着，"该出发了！"

"出发到哪里去？"胡如苇呻吟地问。

"打猎呀！"

"我只要睡觉，什么地方都不去！"嘉文再翻了个身，好像起床是什么痛苦无比的事情。

"你们这么远地跑到山上来是做什么？别泄气了好不好？起来！起来！看你们这副公子哥儿相，还打猎呢！"纪远说着，抓住嘉文的两个肩膀，给他一阵乱摇。又抓住胡如苇，如法炮制了一番。

嘉文从睡袋里钻了出来，懵懵懂懂地揉着眼睛，打着哈欠，嘴里唧唧囔囔地诅咒。胡如苇比嘉文也好不了多少，闭着眼睛，摇摇晃晃地站在那儿穿衣服。纪远抛给他们一人一管手电筒。又用电筒在他们脸上分别照来照去，希望强烈的光线能把他们的睡魔赶走。他们两人摇晃了半天，诅咒了半天，总算是从帐篷里走出来了。迎着帐篷外清凉的空气和凛冽的夜风，两人都禁不住打了个寒噤，睡意也被这冷气驱除了不少。

纪远跟着跨出帐篷，刚一抬头，不禁微微地吃了一惊。唐可欣服装整齐地坐在火边，正用一对清醒的大眼睛望着他们。

纪远走了过去，问："你起来做什么？"

"和你们一起打猎去！"

"嘉龄呢？"胡如苇伸过头来问。

"睡得太熟了，推都推不醒。"可欣说。

"你不要去！"纪远的语气里带着几分命令的味道，"这样黑而密的树林，到处藏着看不见的危险，随时都可能出问题，如果我们想打猎，势必不能再照顾你，免得出危险起见，你还是留在这儿的好。"

可欣静静地望着纪远："我不要你们照顾我，我会照顾自己，我也不会给你们添麻烦。"

"你会。"纪远说，皱起了眉，"最起码，你会让我分心，使我不能全神贯注地打猎。"

可欣深思地看了看他们，顺从地垂下了头，拨弄着火说："好吧！那我就坐在这里等你们回来。"她又抬起眼帘，很快地扫了纪远一眼，"你认为这山里真有野兽吗？"

"当然，"纪远说，"我已经闻到了野兽的气息。"他夸张地深呼吸了两下。

可欣不安地抖动着身子，注视着仍然带着浓厚睡意的嘉文，牙齿轻轻地咬着嘴唇。

"你在担心什么？"纪远问。

"没，没什么。"可欣低下头，又很快地抬起来，"你们——还是小心些好。"

"怎么！怕我们给野兽猎去？"纪远笑着问，递了一管猎枪给嘉文，一面转向嘉文，带点玩笑味道说："你这管猎枪是单发的，如果一枪不中，野兽向你扑过来，用枪托子打它，别乱扣扳机。"

"那么，你还是给我一管连发的吧，保险一些。"嘉文说。

"不行，只有一管连发的，还是我拿着比较好。老实说，枪在你们手里不过是做做样子，拿什么枪都一样。"

嘉文和胡如苇分别拿了一管枪，剩下的一管交给了三个山地人。一行六个男性，都整装待发，大家检查了一番手电筒和枪弹，就向丛林中开步走去。嘉文回头向可欣喊了一句："可欣！等着我们打只大野猪来，你把火烧旺一点儿，好烤野猪肉吃！"

可欣抿着嘴角微笑，目送他们走开，望了望那深黝黝、黑暗暗的山林，忽然感到一阵模糊的恐惧。张开嘴，她忍不住地喊了一声："嘉文！要小心一点儿哦！"

"你放心！"说话的是纪远，"我们这么多人，你怕什么？管保还你一个完整的未婚夫！"

他们笑着向前面进行，几点电筒的灯光在黑暗的山坳里闪烁摇晃，只一忽儿，就变得遥远、渺小……而终于被那庞然、巨大、黑暗的深山莽林所吞噬了。

可欣独自在火边又坐了一会儿，火已经烧得很旺，用不着再加木柴。四周的寂寞向她压倒性地卷了过来，她凝视着深山中那一憧又一憧的黑影，倾听着山风的呼啸，远处有不知名的兽类的低噑……她的背脊上冒起一阵凉意，有种毛骨悚然的感觉。站起身来，她钻进了嘉龄她们熟睡着的帐篷，并且在帐篷门口挂起一盏风灯，用以驱除孤独和黑暗的恐怖。

纪远等一行人投进密林之后，就自然而然地安静和肃穆了起来。为了免得惊动野兽，纪远把人分成了两组，分头向山林深处走去。纪远和杜嘉文、胡如苇一组，三个山地人分了两管枪，遥遥随后。

山林黑而密，草深没膝。大家小心翼翼地向前走着。胡如苇的枪给了山胞，他就负责用电筒照路。事实上，他们并没有按照"路"去走，而深入了丛林。

无路的莽林比想象中更难走，凹凸的巨石常形成无法翻越的阻碍。深密的杂草在许多时候都是天然的陷阱，底下可能藏着一个深坑或陡坡。随处蔓生的藤蔓，以及原始莽林里那些巨树的树根，都成为防不胜防的、绊脚而危险的东西。他们进行得很慢，不时停下来倾听，深夜的山林里林立着恐怖，野兽的气息似乎在不知不觉中加重了。

一阵轻微的响动，嗖嗖地从树梢中掠过。他们惊觉地站住了步子，纪远托着枪，仰视着树梢，他的眼睛在暗夜里亮晶晶地发着光，灼灼地搜索着那浓密而黑暗的枝叶。

"是什么？"嘉文问，紧张的空气使他不安，他还有些怀念火边的帐篷和睡袋。

"嘘！"纪远轻嘘了一声，仍然用目光在树与树中间睃巡，四周十分寂静，那轻微的响声已经听不到了。"可能是飞鼠，"纪远低声说，"让它跑掉了。最好在打猎的时候避免说话。"

他们继续前进，夜在凝重的空气中流逝，四周似乎充满了动物的气息，又似乎一无所有。纪远在一株大树下停了下来，静静地靠在树上休息。

"怎么不走了？"嘉文问。

"嘘！低声些。"纪远说，仰头看看那些树丛，和远方黑暗的、看不透的林木，"狩猎，狩猎，要猎也要狩。"

"这是训练人耐心的玩意儿。"胡如苇灭掉了电筒，打量着黑影幢幢的四周，"我们大概已经走了一个多小时，还一枪都没放过呢！"

"打三天猎，一枪不放的情形还多着呢！野兽也是很警觉的东西，不会轻易来送死。山地人打猎，很少像我们这样拿着枪来寻野兽，他们都在兽类必经的路上，设下陷阱或撞杆，那就比我们省力得多了。"纪远说。

"我们为什么不学他们那样打猎呢？要这样提着枪乱找乱撞？"嘉文又开了口。

"那是需要长时间的，是真正猎户的打猎方法，我们只是客串性质罢了，真要那样打猎，要做十天半个月的计划才行。"

"我听到有鸟叫。"胡如苇说。

"是猫头鹰，属于黑夜的飞禽，北方人叫它夜猫子。"纪远倾听了一会儿，"不过，猎这种鸟类真没味道。"

"总比什么都猎不回去好些。"胡如苇说。

"嘘！别讲话！有东西了！"纪远突然发出警告，顿时站正了身子，一把抓起了枪，全神贯注地凝视着黑夜。嘉文和胡如苇也跟着紧张了起来，嘉文握着枪，摆出姿势，瞪视着密密层层的林木与深草。空气滞重，时间停驻，而黑夜的山林依然故我地铺展着。嘉文和胡如苇听不出任何动静。只有那只猫头鹰仍旧在单调地、反复地啼唤，不知想啼醒什么，也不知道想唤回什么？但，纪远所谓的东西绝不会是指的这只猫头鹰，听它的啼声，它起码在一里路之外。

嘉文一瞬也不瞬地注视着前面的草丛。夜很深，而他的手心在沁着汗。"那东西"不知匿藏在何处，他咬着嘴唇，神经紧张地等着"它"突然出现。他的脑子里，仍然谨记着纪远告诉他的话，他的枪只有一颗子弹，如果一枪没打中要害，野兽扑了过来，他就得用枪托及时应战。他的嘴唇干裂，喉头枯涩。那东西不知道是什么？花豹？犀牛？老虎？狮子？大象？野猪？……他费力地咽了一口口水，眼睛瞪得发酸。头顶上，有什么东西扑动了一下，同时，"砰"然的一声枪响使他惊跳了足足有三尺高。一时间，他脑中懵懵懂懂，弄不清楚这一枪所自何来。但，一样黑乎乎的东西从头上的大树上直落了下来，接着是纪远胜利和嬉笑的声音："一只飞鼠！"他拾起了那还有余温的、毛茸茸的东西。"它简直是跑来送死嘛！这是台湾山区里特产的玩意儿，有老鼠的身子，却有着翅膀，能在黑夜里飞行。"

"大概就是蝙蝠吧！"胡如苇说。

"你看过这么大的蝙蝠？"纪远把那东西往胡如苇手里一送，"交给你，你负责拿着吧。飞鼠的肉也蛮好吃的，皮还可以卖钱。"

胡如苇接过那软绵绵的、带毛的东西，提在手上并不重，那有着爪子和薄膜的躯体却颇引起他本能的恶心感。"打死我我也不吃这东西！"他喃喃地说，把它拿得远远的，生怕它的血会沾污了自己的衣服。

嘉文的神志恢复了，伸伸脖子，他又咽了一口口水，望着那只飞鼠，不禁大大地失望起来。

"不过是只飞鼠！"他说，"我还以为是一只什么了不起的猛兽呢！"

"能打到一只飞鼠已经不错了！"纪远说，"你希望是什么？大象？"

嘉文的脸微微发热，暗中也为自己的过分紧张而失笑。他虽没有"希望"是大象，也几乎"以为"是大象了。

"别期望太高，"纪远拍拍他的肩膀，有股老大哥的味道，"不要弄错了，这儿是卡保山，并不是非洲的蛮荒地区！"

这只飞鼠使他们的兴致提高了很多，总之，这一次的狩猎绝不会一无所获了。拿到营地去也可以向可欣她们炫耀一番。重新检查了一下枪弹，他们又继续搜索着向前面走去。纪远手中是一管可以连发七颗子弹的新型猎枪，零点二二的口径，和普通步枪相同。也是纪远惯用的一支猎枪，据说纪远为了这支猎枪，曾经负债达半年之久。

那三个山地人已经不知跑到何处去了。纪远这声枪声并没有把山地人唤来，可见他们一定距离纪远他们很远了。在这黑夜的山林里，彼此想保持联系和距离是很困难的。好在纪远对黑夜和山林都不陌生，也不太需要山胞的协助。摸索着，他们向前面继续走了一个多小时，从树林里仰视天空，繁星已疏，晓月将沉，看样子，这一夜不会再有什么收获了。

突然间，远处的草丛里，有什么东西在移动，深草簌簌地响了起来。同时，一串类似鹧鸪鸟的啼声在草里清脆地鸣唤。嘉文迅速地举起了枪，正想管他三七二十一，也放一枪试试运气，还没来得及扣扳机，纪远立即扑过来，压下了枪管，用一对发亮的眼睛瞪着他。

"怎么这样鲁莽！"纪远责备地说，"难道是人的声音都听不出来？这是他们！那几个山胞，他们一定发现了什么，在向我们打招呼。"

嘉文倒抽了一口冷气。"这种打招呼的方法我还是第一次听到，"他讷讷地说，"是人干吗不发人声，要做出这种怪腔怪调？"

"发出人声就把野兽吓跑了。"纪远说，也学着对方那样叫了几声，然后向他们所在的地方跑去。嘉文和胡如苇跟在后面，杂草越走越深，他们显然到了人迹罕至的地区了。纪远走得很快，全然不管荆棘和树枝的羁绊，可想而知，那些山地人一定发现了什么，这使得纪远兴奋。

果然，前面的草丛里，那三个山地人正蹲伏着，在察看地上的某些东西。纪远走过去之后，他们立刻把他拉下来，指着地上的痕迹给他看。这是一片长满杂草的凹地，草下的土地湿润泥泞，石块上也露着水渍，可能在雨后是个积雨的小水潭，而成为一些野兽跑来喝水的地方。现在，在泥泞的地上，可以看出一个新鲜的兽类的足迹，附近的草也有偃倒的现象。山胞们用猎刀拨开了草，可以很清楚地看出那野兽走过的痕迹，凡它经过的地方，草都或多或少地折断及偃倒一些，成为一个明显的标记。纪远和山地人低低地交换了几句话，就站直了身子，胡如苇紧张地问："是什么东西？野猪？"

"不，"纪远摇摇头，"可能是一只鹿，或者是羌。我们追踪吧！看情形，它经过这里不过半小时的事，不会在太远的地方，大家散开一些，尽量保持安静，谁看到了它就放枪射击，不过要瞄准一点儿，一枪不中就麻烦了。"

跟着那痕迹，他们小心翼翼地向前进行。纪远托着枪，目光灼灼地投向了丛林，那神采奕奕的样子，看来浑身的活力和精神都在发挥着最大的效用。前进了一段时间，一个山地人猛地停了下来，用山地话叫了一句什么，同时，纪远的枪迅速地瞄向了一棵大树的后面。嘉文也举起了枪，神经质地凑了过来，嚷着说："在哪儿？在哪儿？让我放这一枪！"

"你别挡着我！"纪远喊，把他推开。顷刻间，一只野兽从树后面突然地跳了出来，显然人声已经惊动了它，使它领悟到危险就在面前，而急于想脱身逃走。纪远立刻放了一枪，但是，由于嘉文那一混，耽误了几秒钟，这一枪没有中。那野兽更加惊惶，拔腿跳跃进了草丛，一个山地人再放了一枪，那东西噢叫了一声，奔跑到丛林里去了。

"它已经负了伤，别放它逃走！"纪远叫，又用山地话叫了一遍，就领先冲进了丛林。嘉文紧紧地跟在他的身后，握牢了枪，这种刺激而紧张的气氛唤起了他的英雄气概，他渴望能由自己放一枪，打中那玩意儿，回去好向可欣夸口。跟着纪远，他奔跑得气喘吁吁。可是，他们已经失去了那野兽的踪迹。"是一只羌。"

纪远站住说，"一只不小的羌，大家分开找，它不会跑得太远，它的后腿已经被打中了。"

"我跟着你，"嘉文说，"你等会儿让我也放一枪！"

"等会儿我把它打死了，你再去补一枪吧！"纪远说，他心中对嘉文颇不满意，打猎就怕有人夹在里面瞎起哄，刚才假如不是被嘉文闹了一下，他一定可以打中那只羌，绝不会让它这样跑掉。

"这边有血迹！"胡如苇喊。

大家都跑了过去，果然有一摊血迹，大概那东西曾在这儿休息过。纪远端着枪，循着血迹往前去，由于随时可能放枪，他没有关上枪的保险。嘉文仍然紧跟在他的身后。

天已经有些蒙蒙亮了。树木都由一幢幢的黑影转为朦胧的轮廓，又由朦胧的轮廓转为清晰。树隙中的天色变白了，电筒的光已不再必需，黑夜去了，曙色来了。

他们停在一处浓密的草丛、藤蔓和树林里，纪远看来困扰而不快。"找不到血迹了。"他皱着眉说，"可能它已经逃进了洞里。"

"带着伤，它应该跑不了太远，或者我们折回去再找一找。"胡如苇建议地说。

"羌是一种狡猾的动物，它一定匿藏起来了，"纪远说，"那一枪只打中后腿，就动物来说，根本不算一回事，我看，找到它的希望并不很大。"

"不妨试试看！"嘉文兴致勃勃地说，"我们再折回去找吧，我还没有放过一枪呢！我希望——我也能小试一下身手。"

他们又折了回去，在羊齿植物和荆棘丛中搜索，那狡猾的动物毫无踪迹，他们几乎已经决定放弃了。忽然，胡如苇大声地惊呼了一句："在那儿！"

"哪儿？哪儿？"嘉文追着问。

胡如苇指着一棵阔叶植物，在那植物像芭蕉叶片般阔大的叶缝中，一个褐色的毛茸茸的东西正半掩半露。嘉文又迫不及待地举起了枪，纪远喊了声："别放！"

"怎么？"嘉文不解地仰起头。

"不必浪费子弹！"纪远说着，走过去，用枪杆挑起了那毛茸茸的东西，竟是一团金丝般的植物，附生在一块朽木上面，"开枪打这东西，才是闹笑话呢！山地人常把它们做成动物形状出售，据说这茸毛可以止血。"纪远抛下了那块东西，"走吧！不必找了，希望回到营地就有东西可以吃，我已经饿得头发昏了。"

"我们可以烤飞鼠吃！"胡如苇举起那只飞鼠看了看，那长着薄膜的丑陋的玩意儿，用一对细小、光秃、没有睫毛的眼珠瞪着他，他不由自主地打了个寒噤。吃这东西？除非人都变成了兽类。

虽然不再抱着大希望去找寻那只羌，但他们仍然小心翼翼地在丛林中走，同时四面搜寻。再走了一段，有一个山地人欢呼了一声，他们都看到一片染血的羊齿植物，跟踪着这个新发现的痕迹，他们又转入了丛林深处。接着，纪远站住了，用手对后面的人摆了摆，禁止他们前进。大家都停止步子，伸长了脖子看，那只羌正停在一棵落叶松的前面，精疲力竭，瞪着一对乏力的眼睛，狐疑地望着面前的敌人。

纪远举起了枪，还没有扣下扳机，身边猛地响起一声砰然枪响，那只羌顿时应声倒地。同时，嘉文狂欢地大叫大嚷起来："我打中了它，是我打中了它！"他向那只倒地的羌奔去，手舞足蹈得像个天真的孩子。

纪远还托着枪，但已用不着放了，他把枪向后面一撤，枪的把手碰着了旁边的大树，意外就在这一刹那间发生了，他听到一声枪响，看到火光从他的枪口冒出去，他立即知道发生了什么，没有关上保险的枪，因把手和大树间的撞击力而走了火。他提着嗓子大叫："嘉文！躲开！"

一切都迟了。嘉文突然止了步，枪弹从他的背脊中射入，他愕然地回头，摇晃，大约半秒钟，就木头一般地仆倒了下去。纪远抛下了枪，奔跑过去，跪在地上凝视他。

他的眼睛张着，那张年轻的脸秀气而苍白，带着几分孩子气。他的嘴唇翕动着，轻轻地说："告诉可欣，是我打到的！"

"嘉文！嘉文！"纪远叫。

他的头侧向一边，不再说话。黎明的曙光从树隙中照进来，安详地射在他年轻而漂亮的脸上，也射在那只丑陋的、仰卧着的猎获物上面。

第八章

在天亮以前，可欣好几次钻出帐篷，去把逐渐低弱下去的火烧旺。当她最后一次去加木柴时，天边已经露出了蒙蒙一片的灰白色，她坐在火边，没有再回到帐篷里去。用手抱住膝，她凝视着那庞大的、灰黑色的山林。火焰在跳动着，整个的山林树木，仿佛都被火光染上了一层虚幻的色彩，显出某种令人心悸的、震撼着人的灵魂的魔力。

她微侧着头，下意识地倾听着什么。山林中并不寂静，风声里夹杂着兽类的低鸣，不知何处的瀑布声，喧嚣了一夜。随着黎明的光临，鸟类最初在曙色中惊醒，嘈杂地啼醒了夜。她伸长了腿，天亮了，那些打猎的人呢？深山里没有丝毫"人"的声息。

她听到帐幕掀动的声音，回过头去，湘怡正从帐篷里钻出来，披着一件旧外套，在晨风中不胜其瑟缩。

"噢，好冷！"湘怡说着，走到火边来，把冻僵了的手伸向熊熊的火，一面望了望可欣。"你一直没睡？"她问。

"在他们去打猎以前，睡过一会儿。"可欣说，不安地拾起一根树枝，丢进火里去。

"还没回来？"湘怡看看那在曙光中呈现着灰色的轮廓的山林，"也真有瘾！这么冷，又这么黑，我不相信他们会猎到什么野兽！"

可欣深深地看了湘怡一眼。"你也一夜没有睡吗？"她不在意似的问，"我听到你一直在翻来覆去。"

"我睡不着，"湘怡把外套拉紧，扣上胸前的扣子，"我有认床的毛病，一换了环境就睡不着，何况，山里各种声音都有，吵得很。"

"我没听到过枪声，你听到了吗？"可欣问。

"也没有。"湘怡在火边的石头上坐下，"他们一定跑得很远了，或者是根本没放枪。"

"我有些心神不宁。"可欣站起来，走去找出锅和米，准备煮稀饭。湘怡没有动，望着可欣把锅架在火上。"不知道为什么，"可欣看着火说，"我觉得这次打猎有点……有点……有点讲不出来的那种滋味，仿佛是——别扭。"

"怎么呢？"湘怡问，"你不是一直都很开心吗？嘉文对你又那么体贴！"

"嘉文？"可欣顿了顿，凝视着湘怡，突然说，"湘怡，你对纪远的印象如何？"

"怎么突然想起他？"湘怡心不在焉地说，注视着越来越清晰的山和树木，"只是一个比较出色的男孩子而已，我不觉得他有什么特别之处。"

"是吗？"可欣又拾起一根树枝，在火里胡乱地拨弄着，脸上有股焦躁和不耐的神情，"那么，嘉文呢？"

湘怡迅速地掉过头来看着可欣，她不知道可欣在不安些什么，但她却莫名其妙地心跳起来，大概是受了可欣的传染，不安也悄悄地爬上了她的心头，她感到自己的脸在微微地发热了。

"嘉文比纪远安详宁静，"她思索着说，"嘉文像一条小溪，纪远是一条瀑布。我想，前者比较给人安定的感觉。"

"是吗？"可欣脸上的焦灼和不耐更加深了，"但是，我总是不放心嘉文。"

"不放心他什么呢？"

"不放心他任何地方！总觉得他还处处都需要照顾和保护。"

"那是因为你爱他！"湘怡把锅盖打开，米汤已经溢了出来，"这是很自然的现象，你越爱他，就对他越牵肠挂肚，爱人之间，大概都是这样的。"

"你认为这是正常的吗？"可欣蹙起了眉，深思地望着向上奔窜的火苗。

"当然啦！"湘怡丢下了手里燃着了的树枝，站起身来说，"我不明白你在烦恼些什么？你看来很不安似的。别担心，嘉文对你是死心塌地的爱，任何人都看得出来，你还有什么不放心呢？"她走到堆食物的地方，拿起菜刀和香肠，又抬头看了看天色，用故作轻快的语调说："天已经大亮了，太阳都出来了，我猜他们一定马上会回来，一个个饿得像三天没吃饭似的，最好我们把早餐都弄好了，让他们坐下来就可以吃！"

"湘怡，"可欣歪着头打量了她一会儿，"你是个标准的贤妻良母型，将来谁娶了你是有福了。"

"是吗？"湘怡淡淡地笑了起来，"可惜你不是男人！"拿起水桶，她跑开了，到泉水旁边去提水。

太阳穿出了云层，绚烂而嫣红，谷底的晨雾散开了，清晨的露珠在树叶上闪烁，整个的山从黑夜中苏醒，美得像一幅画。连那帐篷、营火、炊烟都失去了真实感，变成了画的一部分。早餐已经都做好了，罗列在帐篷前面的空地上。火上烧着一壶滚开的水，等着冲牛奶，壶盖在水蒸气的冲击中跳动，从隙缝里冒出一股股白色的热气。

"这些人呢？怎么还不回来？"可欣伸长了脖子，不耐地望着那条深入山中的小径。

"要叫醒嘉龄吗？"湘怡问，"到底她年纪最轻，睡得那么熟，还闹着也要打猎呢，睡成这样子，假若夜里有只老虎来把她衔走了，她恐怕在老虎嘴里还照睡不误呢！"湘怡笑着说，竭力想让可欣安定下来。

"他们来了！"可欣欢呼了一声，就放下了手里的东西，向那条小径飞奔着迎了过去。她自己也不明白，为什么这一刹那似的离别，竟使她这样地紧张和神经质。

从山坡上滑下了一个人，这人是像猿猴一般攀住树枝和葛藤翻越下来的，速度非常之快，顷刻间已经停在可欣的面前了。可欣定睛一看，是那三个山地人中间的一个，他的衣袖被荆棘划破了，裤脚也破了，神色紧张而惶恐，站在可欣面前，他喘着气嚷："纠苏腊达跪！纠棍巴杜斯！"

"什么？"可欣愣了愣，望着那紧张得气都喘不过来的山地人，"你说什么？"

"纠苏腊达跪！纠棍巴杜斯！"

山地人重复地嚷着，指手画脚地向身后的山林指着，看到可欣茫然不解的样子，他急得跺了跺脚，就用手比成放枪的姿态，嘴里"砰砰"地喊，又做倒地状，比来比去，可欣仍然迷糊得厉害。可是，山地人惊惶的神情立即传染给了她，她尖着喉咙喊："湘怡！你看他在说些什么？"

湘怡在看到山地人的时候，就已经走过来了，望着那指手画脚的山地人，她喃喃地、猜测地说："一定他们打到什么大野兽了！"

"他们在哪儿？"可欣问山地人。

"纠棍巴杜斯！"山地人喊，又做倒地状。

"百分之八十，真打到野猪了！大概太大了，背不回来！"湘怡说。

"是要我们去帮忙吗？"可欣狐疑地问。

"或者是。"

"我看不对，"可欣嗫嚅着，"他的样子并不像很得意很开心呀，别出了事！"

"绝对不会，"湘怡说，但她的语气中却丝毫没有把握，"你太紧张了。"

"那么，他们怎么还不回来？"可欣焦灼地喊。

"我们看看去！"湘怡说。

但是，不用她们再去看了，纪远高大的身形出现在山头上。他并不是一个人，他肩膀上还扛着一件什么东西，越过了石块，滑下了山坡，翻过了泉水的小山沟，他连滑带跌地走了下来。那厚重的爬山鞋上全是重重的泥土，浑身污泥，脏得像矿坑中爬出来的工人。在他身后，其他两个山地人和胡如苇沉默地跟了下来，胡如苇一只手提着只飞鼠，另一只手握着一个丑陋的、淌着血的野羌。

"嘉文！"可欣喊，脸色倏地变成惨白，用手握住了自己的嘴，眼睛瞪得大大的。

纪远停在可欣面前，默默地站了大约三秒钟，他的额上全是汗珠，手臂上布满了荆棘刺破的伤口，衣服撕破了，头发凌乱而面色苍白。站在那儿，他一语不发，只用一对内疚的、求恕的眼光，呆呆地望着可欣。

"猎枪走火。"他喃喃地说，"他打中了那只羌。"他有些语无伦次，自己也不清楚在说什么。

可欣的眼睛瞪得更大了，嘴唇颤抖着，身不由己地，她抓住了身边的一棵小树，用来支持自己的体重。接着，她就由头至脚，浑身都发起抖来。

"他……他死了吗？"

可欣听到一个声音在问，她以为是自己的声音，但，那是湘怡。

"不，他受了伤。"

"把他放到火边去，可欣，你去把高粱酒找出来，我去拿急救包！"湘怡迅速地喊，立刻转身朝帐篷方向跑了过去。

纪远把嘉文放在火边的草地上，可欣跪在他的身边，她的战栗始终没有停止，抓起了嘉文的手，她茫然地瞪视着他那张苍白而漂亮的脸，无法思想也无法行动，似乎陷入一种催眠似的昏迷里。她听到一声惊呼，接着，嘉龄闪电似的扑了过来，一把抱住嘉文的肩膀，尖声地喊着："哥哥！你怎么了？哥哥！你怎么了？"抬起头来，她把泪痕遍布的脸逼向了纪远，哭着大嚷，"纪远！你把我哥哥怎么了？你为什么不保护他？你明知他不会打猎！他从没有打过这种鬼猎！纪远！你这个混蛋！你还我哥哥！还我哥哥！"

嘉龄的大哭大嚷把可欣从沉思的状态里唤醒了，她迅速地恢复了思想和神志。躺在地上的嘉文是没有知觉的，枪弹从他的背脊里射进去，血流了很多，毛衣和夹克的背部被血染透了一大片。她把嘉文的身子侧过去，胡如苇已经捧了睡袋和棉被来，垫在嘉文的身子底下。嘉龄还在哭，可欣喊："嘉龄！你把火烧旺一点，我要脱掉他的衣服！"

嘉龄止了哭，伸过头来，怯怯地说："他会死吗，可欣？"

"不会！"可欣说，咬了咬嘴唇，"他太年轻了！生命不是这样容易结束的。"

湘怡拿了纱布药棉和药品跑来，跪在嘉文身边，她帮可欣脱去了嘉文的上衣，用睡袋盖在他身上，以免受凉。伤口附近是灼焦的，血还在继续流出来。湘怡呻吟了一声，闭闭眼睛，深呼吸了一口气，才提起精神说："谁去弄一点儿干净的水来？"

纪远提了水过来，湘怡用水拭去了伤口附近的血，又用双氧水略事消毒，就撒上止血药粉和消炎粉。纪远扶着嘉文的身子，让湘怡和可欣把嘉文的伤口包扎起来。一切弄好了，再给他穿好衣服，湘怡站起身来，用手扶着头，长长地吐出一口气，说：

"我们要马上把他送到医院去！"

说完，她突然失去了力量，双腿一软，就对草地上栽倒了过去。可欣惊呼了一声，抱住她的头，嘉龄也喊："湘怡！湘怡姐！你怎么了？"

湘怡立即恢复了，睁开眼睛，她虚弱地笑笑，脸色似乎比嘉文还苍白。"没什么，"她乏力地说，"我只是——向来不能看到大量的血。血会使我头晕。"站起身来，她摇了摇头，"现在已经没什么了，我们赶快吃一点东西下山吧。"

"我什么都吃不下。"可欣说。

"你应该吃，否则没有力气走路。"

三个山地人已经把帐篷拔了。纪远始终一语不发，只忙碌地帮着山地人整理东西，匆促地装好背袋。又用帐篷垫底的帆布和营棍，做成了一个临时的担架。他埋着头工作，对于周遭的情形，都不理不睬。一切在惊人的速度下弄妥当了，他走到嘉文身边，和一个山地人说了几句话，就把嘉文抬到担架上面。背上背袋，他又和那个山地人抬起了担架，回过头，他不知对谁交代了一声："我们先走，我要争取时间，尽快把他送进医院。"

可欣赶过去，手里端着一杯牛奶。

"你什么都没吃。"她低低地说。

纪远看了她一眼，接过那杯牛奶，一仰而尽，可欣又递上几片面包，他摇摇头，轻轻地说："我很抱歉，可欣。"可欣含着泪摇了一下头，说："我要跟你们一起走！"

"大家都一起走吧！"胡如苇说，用水熄灭了那堆火，这是这次打猎最后所余下的东西了，一堆烧焦的木柴和灰烬。纪远和山地人抬着担架领先走了。可欣、嘉龄、山地人、胡如苇等随后。没有人唱歌，没有人欢笑，大家都沉默而迅速地向前进行。走了几步，可欣下意识地回头张望了一下，那堆火还剩着一缕轻烟，袅袅地升腾着。只一忽儿，那袅袅的轻烟也消散了。她的眼眶发热，泪涌了上来，把手轻轻地按在嘉文的胸前，注视着那张年轻的、带着几分孩子气的脸庞，她觉得喉头哽塞着。他会好转，她知道。一颗猎枪的子弹不足以要他的命，他一定会复原，她知道。但，在这次打猎里，她似乎失去了很多东西，很多她自己也不知道是什么的东西。她只能确定一点，那就是：现在的她已经不是打猎以前的她了。

下山的路仿佛比上山时更艰巨，尤其抬着一个担架，每当面临陡坡的时候，担架上的人就有滚下来的危险。而路面狭窄，更不容担架平平稳稳地行进，栈道又脆弱不堪，随时都可能折断。这样艰辛地走了一段路，纪远的额上已全是汗，衬衫全被汗所湿透。迫不得已，他们放下担架来休息。嘉文发出一声呻吟，可欣立即灌了他一些高粱酒，酒蹿进他的胃里，带入了一股热气，他的眼睛睁开了。

"嘉文，"可欣捧住他的脸，凝视他，"你好吗？很痛吗？"

嘉文眨动着眼帘，看清楚了眼前的人。

"可欣。"他软弱地说。

"你要不要吃点什么？"可欣说，撕了一片面包，喂进他的嘴里，"不要愁，嘉文，我们马上送你去医院，只是一点儿轻伤，几天就会好的。你痛吗？"

"是的。"嘉文点点头，握住可欣的手，他的手是发热而汗湿的。"我打中了那只羌，"他天真地说，像个急需赞美的孩子，"是我打中它的！"

"我知道，"可欣说，泪又涌了上来，"我什么都知道，那只羌——确实是个狡猾的东西，一定——非常难得打中的。"她嗫嚅地说，喉咙逼紧地收缩着。怎样的一个孩子！受了伤，而他关心的是他打中了那只羌！

嘉文并没有清醒多久，就又昏睡了过去。担架的行进越来越变得艰苦。最后，纪远只得放弃担架，把背袋交给山地人背，而把嘉文扛在肩膀上。

太阳高高地张着，逐渐增加它灼热的力量。纪远努力维持着身子的平衡，肩上的重量使他喘不过气来，汗挂在他的睫毛上，迷糊了他的视线。脚下的栈道不时发出不胜负荷的破裂声，他尽快地迈着步子，越过栈道，越过岩石，越过荆棘和陡坡。他的衣服全划破了，手上已布满了尖利的山石所割裂的伤口。他的头发昏，喉头发痛，而嘴唇干枯。但他不肯放松自己，他必须把握时间，用最快的速度走到山下去。只有早到达山下，才能早把嘉文送进医院，嘉文的生命在他的手里。

脚下有根葛藤绊了一下，他差一点儿摔倒，用手扶住山壁，他停下来喘息。汗在他的衣服上蒸发，头发被汗湿透了，粘在他的额角上，他闭上眼睛，几乎要昏倒了。

"纪远，这儿！"有一个温柔的声音在他面前响起来，他睁开眼睛，接触到可欣恳切的眸子。她盈盈然地站在那儿，手里举着水壶。

"喝一点水，好吗？"她轻声地问，带着种使人不能抗拒的温柔。

他接过水壶，仰头咕噜咕噜地喝了好几大口，这是未经煮过的山泉，是可欣沿路在泉水所经之处接的。水清凉无比，沁人心脾。他的精神为之一振。喝完了水，可欣又递上了面包，仍然用那种使人不能抗拒的、温柔的语气说："你非吃一点不可！否则，你会支持不下去的！"

他吃了。同时，凝视了可欣好一会儿。

一条栈道又一条栈道，一块岩石又一块岩石，这山路仿佛无止境地长，仿佛永远走不到山下。纪远不肯把嘉文让给山地人去背，也不肯坐下来稍事休息。他有种顽固的、自我虐待似的坚持，虽然步履都已不稳定，却决不放下嘉文。

午后三点钟左右，他们终于来到昨天经过的独木桥边。瀑布依旧奔流飞湍，岩石依然耸立在激流之中，那条颤巍巍的独木，也依旧岌岌可危地架在岩石上。

"怎么过去呢？"胡如苇望着纪远说，"一个人单独走都不简单了，何况背着一个人！"

"我可以过去，"纪远简单地说，"你们先走，让我稍微休息一下。"

可欣望着纪远，嘴角动了动，却没有说出话来。三个山地人已经先过去了，放下背包再来接应后面的人。大家都一个一个地走了过去，大概因为多了一次经验，今天走起来远没有昨天那样惊险。纪远等他们都过去了之后，才走上了岩石。

岩石在多年水花飞溅之下，长满了一层绿色的茸苔，滑不留足。纪远背负着重量，只能手脚并用，尽管十分小心，仍然跌进水里一次，整个裤管都湿了。但，嘉文并没有跌倒。跨上了独木小桥，他摇摇欲坠地走了过来，等到达对岸，他已满头大汗，连手背上面都冒着汗珠。把嘉文放到担架上（这以后的路可以用担架了），他跌坐在石头上面喘息，本来红褐色的脸庞显出一种少见的苍白。

可欣走到他身边，拿出一条绣花的小手帕给他，低声地说："你擦擦汗吧！你实在不必这样自苦，可以让山地人背一段。他的呼吸很好，也没有热度，他不要紧的。"

纪远握住那条手帕。"我并不像你这样乐观，"他说，"他不该一直这样昏迷着。"

"或者是失血过多。"

"总之，我说不出有多抱歉。"纪远咬了咬嘴唇，皱紧了眉说。

"别这样，"可欣把双手放在他的肩膀上，突然一阵冲动之下，竟像个长辈般在他的额上印下了一吻，喃喃地说，"没有人怪你。"

她走开了。纪远有些晕眩，用手支着额，他必须多休息一会儿。有片暗影罩在他头上，他抬起头，看见嘉龄那对清亮的大眼睛。

"纪远，"她急促地说，似乎鼓足了勇气，"我今天早上不是有意怪你，你知道。我看到哥哥受伤就昏了，我并不是真的怪你，只是一急之下，就乱骂一通，你别介意哦。"说着，她学可欣的样子，也仓促地给了纪远一吻。但，她并非吻他的额，而是吻了他的唇。她以为没有人注意，悄悄地，她红着脸退了开去。可是，她才走到担架边，就接触到可欣洞烛一切的眸子。

"哦，我——"她有些不安，脸更红了。为了武装她自己，她干脆甩了一下头，做出一股满不在乎的样子来，先发制人地说："我喜欢他！这个纪远！"

　　可欣注视着嘉龄，嘴边浮起一个难以解释的、奇异的微笑——带着抹淡淡的哀愁。点了点头，她轻轻地说："当然，你没有做错什么。"

第
九
章

窗外在下雨。

白色的病房里静悄悄的，没有一点儿声息。杜嘉文躺在床上，合着眼睛，在聆听着窗外淅淅沥沥的雨声。他已经醒来好一会儿了，但他不愿睁开眼睛来。就这样躺着，用他的整颗心去体会着周遭的一切。他喜欢这种时刻，不用看，不用触摸，他也知道可欣在什么地方，她会坐在床前的椅子里，轻轻地呼吸，慢慢地移动，生怕一点儿小声音会惊醒了他。他满足于这一刻，也陶醉于这一刻。

悄悄地抬起眼帘，他在睫毛底下转动着眼珠，向床边的椅子里偷窥过去。不错，她在那儿，静静地坐着，像一座玲珑细致的雕像。她膝上摊开地放着一本书，但她并没有去看它，而把视线停在窗子上面，定定地凝视着什么。双手交叠地放在书上，手指纤细修长。嘉文转侧过身子，张开了眼睛，惊奇地看着她。她竟没有发觉他的醒来，那么专心地陷在凝思之中。他下意识地跟踪着她的视线，窗玻璃上，除了不住向下滑落的雨滴之外，什么东西都没有。雨把所有的景致都封住了。

他忍不住地轻咳了一声，可欣惊跳起来，书从膝上滑到地下，她的脸红了。"噢！"她微笑着，轻声地说，"你醒了！你这一觉睡得真好！"

"你在想什么？"嘉文问，伸手抓住了她的手，她那纤长的手指是冰冷的。

"什么都没想！"她抽出了自己的手，掩饰什么似的俯下身去，拾起那本书。他看了看书的封面，《安娜·卡列尼娜》。他不相信她真的在看书，因为，这本书她起码看过三遍了。

"可欣！"他温存地喊，语气里有点需索的味儿。

"嗯？"

"你不耐烦陪我吗？"

"谁说的？"可欣睁大眼睛望着他，用手整理着他的枕头。

"病床使你变成个多心的孩子了，别胡思乱想吧，好好地把身体养好，以后再也不要去打猎了，这次可怕的经验真是毕生都难忘记的！"

"我倒觉得打猎挺过瘾的！"

"我看你对于受伤都很感兴趣呢！"可欣冲口而出地说了一句。

"本来嘛，"嘉文笑了，握紧了可欣的手，不许她挣脱，"难得的享受，有你从早到晚陪着我，又不找借口离开。"

可欣淡淡地微笑起来，那微笑是深沉的，难解的，莫测高深的。嘉文怀疑地望着她，然后把她的身子拉向了自己，用手圈住她的肩膀，带着些不满的神色说："你变了，可欣。"

"变了？怎么变了？"可欣想站起来。

"别走！"嘉文紧紧地圈住她，"你变得让我有些不了解了，变得像一本拉丁文写的书。"

"什么时候你曾经彻底地了解过我？"可欣低低地，从喉咙里模糊地说了一句。

"你在说什么？"嘉文没听清楚。

"没什么。"可欣又想站起来。

"别动！"嘉文把她圈得更紧，"你干吗，总想逃开我？"拉下了她的身子，他用嘴唇寻找她的，"别走！可欣，我每一分钟都在为你发狂。"

"不要闹，嘉文，你会弄痛了伤口。"

"虽痛犹甜！"嘉文低声地说，箍住她身子的手臂加重了力量。她的发丝像瀑布般泻下来，埋住了她和他的脸。她没有太热烈的反应，也没有挣扎，只温顺地用唇贴住他的。但，她的身子僵硬，眼睛怀疑什么似的大睁着，注视着他的脸。

一声门响，纪远浑身湿淋淋的，提着一篮橘子走了进来，才跨进门，他就立即退了出去，砰然一声带上了房门，在门外嚷着说："对不起！你们亲热完了告诉我一声，我在这儿等着。"

"别开玩笑！纪远！"嘉文笑着喊，"你还不进来！"

纪远重新走了进来，把橘子放在嘉文床前的小茶几上，眼睛里含着抹笑谑的神气，在嘉文和可欣的脸上扫了一圈。嘉文的气色显得很好，白皙的脸庞漾出红晕，更带着几分女孩子气，眼睛里闪烁着热情和愉快的光芒。可欣却正相反，乌黑的眼珠深不可测，脸色也有些不正常的苍白，在她那近乎困惑和迷失的神色里，找不出丝毫兴奋和快乐的光彩。

"怎样？好吗？嘉文？"纪远问。

"好极了，我想再有四五天，就可以出院了！"嘉文说。

"等你出院了，我们给你开一个小庆祝会，我有一样礼物要送你。"

"是什么？"

"哈！不能说的！"纪远在床前的椅子里坐下，自顾自地剥起橘子来，"说出来就没意思了，我要给你一个意外。"

"你别花钱，你的经济情形我很清楚……"嘉文说了一半。

"算了！别提那个！"纪远打断他，"钱是一件讨厌的玩意儿！"拍了拍嘉文的肩膀，他用充满歉意的声调说，"嘉文，这次猎枪走火的事件，我实在抱歉透了！"

"你又来了！"嘉文说，"你到底要说多少个抱歉才够？"

"老实说，对你还没什么，每次看到你父亲那一脸的焦灼，我心里可真不是滋味。"纪远把橘子塞进嘴里，看了可欣一眼。

"可欣！"他喊，"你为什么默默无语？"

可欣淡淡地笑了一下："你们谈得很好，我说什么呢？"

"随便谈谈呀！"纪远拿起了桌上那本书，《安娜·卡列尼娜》。"他念着，看看嘉文，"你在看吗？"

"可欣在看。"

纪远的视线转向可欣，仔细地、锐利地，对可欣打量了一番。然后转向嘉文说："你该让可欣在外面走走，别把她关在医院里，你住院半个月，她起码瘦了三公斤。嘉文，你太自私了！"

"是吗？"嘉文也打量着可欣，迟疑地说，"我以为……"

"没有的事！"可欣急急地打断嘉文，堆上一脸不自然的笑，"纪远和你开玩笑呢，你就认真了！谁说我瘦了，恐怕还胖了些呢！而且，我高兴待在医院里面么！"

嘉文释然了。"不过，"他故作大方地说，"你真不该天天在医院里，为我请假太多也不好，我现在也没什么了，明天起，你还是去上课吧，马上就要期终考试了！我这学期，是非重修不可了！"

"你可以不参加期终考，以后再补考。"可欣说，"只是，出院之后就要啃书本了。好在你一向的成绩都好，一定没问题的。"她看着纪远，用不轻不重的声调说："纪远，你的衣服湿了。"

"当然啦，外面在下雨嘛！"纪远满不在乎地说。

"为什么不穿雨衣？"嘉文问。

"如果我有的话，一定会穿的。"

"怎么不买一件呢？"

"假如我有钱的话——"纪远顿了顿，笑了起来，"假如我有钱的话，老实说，也不会用来买雨衣！"

"你会用在许多不必要的花费上！"可欣插进来说。

"必要与不必要是每个人自己认为的，你认为不必要，说不定我认为必要呢！"

"例如这篮橘子——"可欣说。

"实在是不必要！"嘉文接了下去。

"你们两个别唱双簧，故意做亲热状给我看，明明欺侮我是孤家寡人，让我嫉妒得要死，何苦呢！"纪远带笑地皱了皱眉，"至于这篮橘子，我认为完全必要，因为，我最爱吃橘子，送到你这儿来，你未见得吃，我天天来看你，正好自己吃，又做了人情，又享了口福，一举两得，怎么不必要！"说完，他又抓起一个橘子，夸张地掰开，大口大口地吃着，仿佛要吃给谁看似的。

"给我一片！"可欣伸开手。

纪远给了她，她才吃进嘴里，就急忙吐了出来，叫着说："哎哟！好酸！"

"当然酸啦！"纪远跳了起来说，"我的橘子，怎么能不酸！"他向门口走去，头也不回地加了一句，"我要走了，嘉文，明天再来看你！"

"等一等，纪远！"可欣喊，"我也要回去了，和你一块儿走。"她转向嘉文，带着几分歉意说："我今天想早点回去，已经快到五点了，晚饭后我要准备期终考，明天上午去上课，下午再来，好吗？"

嘉文很不情愿地点了点头，虽然心中颇为恋恋，也不好说什么，那张光亮的脸孔一下子就暗淡了。可欣又给了他一个温柔和安慰的微笑，劝解似的说："晚上湘怡可能来看你，好好招待哟！"

"你的朋友，还有什么话说！"嘉文勉强地应了一句。

"得了，别卖我的账，你受伤那天，别人亲自帮你包扎伤口，她见不得血，为了你还晕倒了呢！这份心意，你也得感激呀！"

"这件事你起码提了一百次了！"嘉文说。

"怕你忘了呀！"可欣说着，向门口走去。跨出房门，才又笑着回头抛下了一句，"明天见！"

医院外面，细雨绵绵密密地洒着，空气冷而凝重，街道在雨的洗涤下闪着亮光。暮色已经很浓，和蒙蒙的雨雾糅在一起。纪远和可欣沿着人行道，并肩向前面慢慢地走着。可欣有一把小小的黑色雨伞，纪远帮她拿着，雨伞偏向了可欣，他那宽阔的肩头，有一边仍然浴在雨雾里。

路很长，也很静。他们默默地迈着步子，谁都没有叫车的意思。雨滴在伞面上聚集，从伞沿上滚落，纷纷乱乱地迸跳，跌碎。纪远一只手握着伞，一只手插在夹克的口袋里，嘴唇闭得很紧，眼睛定定地望着前方被雨雾封锁的街道，像在沉思着什么特别深奥而难解的问题。

"我和他从小就认识。"可欣突然开了口，声音是轻轻的、柔柔的、不慌不忙的，仿佛想寻回一点什么，"据说，我母亲未嫁之前，家里非常富有，而嘉文的父亲却落魄不堪。我的外祖父收留了杜伯伯，给他受了教育，以后，他离开我外祖父的家，到上海去了。他在上海卷进了金融界，事业非常顺利，我外祖父却在几次金矿的投资中破了产，母亲嫁给父亲之后，生活更苦不堪言。等外祖父逝世，杜伯伯就写信给我父亲，要我们从北平到上海去，他可以帮我父亲找到工作，我们去了，那就是我第一次看到嘉文——我四岁，他六岁。"

雨无边无际地洒着，轻飘飘的，冷幽幽的。

"到上海之后，我们毗屋而居，我和嘉文成天在一块儿玩，扮家家、跳绳、踢毽子……杜伯伯常常含笑望着我们，对爸爸说：'我们结成亲家吧！看他们不是标准的一对吗？'那时，爸爸在上海×大当讲师，我们的生活仍然很苦，杜伯伯时常接济我们。"

她垂下眼睛，望着地上水光中的倒影，继续说下去。

"抗日战争爆发，我们和杜伯伯一起迁往重庆，所有的旅费，也全是杜家资助。爸爸是个糊糊涂涂的书呆子，不大注意这些事情，妈妈总是于心不安。嘉文从小就死去了母亲，妈妈常把他当自己儿子一般，揽在怀里说：'嘉文，给我做女婿吧！也等于是我的孩子了！'也常常对我说：'可欣，好好和嘉文一起玩，一起做功课，我把你给杜家做媳妇吧！'于是我和嘉文背着人，总是亲亲热热的，像一对小情侣。在我心里，很小就知道这件事实，我终将属于嘉文。"

纪远的眼睛更深沉地注视着前方，默然地不发一语。

"由重庆而台湾，我们一直生活在同一个城市里，爸爸的事业有了发展，和杜伯伯却反而疏远了，但是，我和嘉文没有疏远。随着年龄的增长，我们的感情也一块儿增长。他有了任何烦恼的事情，必定先跑来告诉我，我也一样。在我十六岁那年的夏天，他就偷偷地吻过我，那是个美丽的黄昏……"她微笑了起来，笑容里竟莫名其妙地带着抹近乎凄凉的无奈，"是的，那是个美丽的黄昏，在他家的长廊下，他偷偷地吻我。我们紧张得牙齿碰了牙齿，谁都不知道接吻是怎么回事。但，却让我脸红心跳了好几天，我们悄悄地钩了小指头，发誓非卿不娶，非君莫嫁，他把棕榈树的叶子撕开，编成一枚小戒指送给我，告诉我，他用这枚小戒指，圈定了我的终身。"

一段小小的停顿，接着是她的一声叹息——不知为何而发，满足？愉快？无可奈何？她的声音又轻柔地响了起来。

"爸爸死了，杜伯伯代为料理丧事。可是，爸爸死后，妈妈就不大和杜伯伯来往了。据我猜想，杜伯伯和妈妈之间，一定有过一段不成型的往事——"她又笑了，"所谓不成型，就是根本说不出所以然来的那种感情。不过，妈妈却很急于要让我和嘉文的感情'成型'。"她深吸了口气，"我们不让妈妈多操心，我心里从没有过第二个男人，嘉文心里也从没有过第二个女人。我们自然而然地接近，自然而然地爱慕，自然而然地相恋。"

雨大了些，扫在伞面上，发出细碎的轻响。街边的一盏路灯突然亮了，接着，所有的路灯都大放光明。黄澄澄的光在柏油路面的积水中荡漾。

"嘉文的感情深挚细密，带着几分依赖性，这和他自幼丧母有关。我常常为自己庆幸，因为嘉文在感情上不是多变的，他专一而固执，有时，我甚至觉得他需要我的保护。他一直是个被宠爱着的孩子，所以他不能忍受丝毫的伤害。我记得，在我们小的时候，如果我对他有点恶作剧的行为，他都会伤心好几天。有一次，我们一起在花园里玩——"

她忽然住了嘴，抬起头来注视着纪远，像从一个梦中醒来一样，脸上布满了迷惘和错愕，讷讷地说："我一直谈这些，你会不会觉得讨厌？觉得不耐和没兴趣？"

"并不。"纪远走出医院之后，这还是第一次开口，他的视线从遥远的雨雾里收回来了，静静地盯着她，"但是，你为什么要告诉我这些事？为什么？"

"为什么？"可欣机械地重复了一句，灯光下的脸色暗淡而苍白，"我也不知道，或者——或者——因为嘉文是你的好朋友。"她顿了顿，又问："你不耐烦了？"

"我听得很有兴趣，"纪远说，站住了脚步，深深地凝视着她，"已经到了你家的巷口了，时间好像是不知不觉中滑过去的。你不请我去你家坐坐？"

"你有兴趣去？"可欣的眼睛亮了亮。

"不，还是改天吧！"纪远微笑了，"改一天，等你和嘉文结婚以后，我会天天到你们家里去，做你们的食客。"

可欣的脸色变得有些奇异而费解。默默地站在巷口，他们有一段时间的沉默，彼此注视着，谁也没有开口。好久之后，纪远才忽然地耸了耸肩，轻轻地笑了一声说："好吧！可欣，再见！"

"等一等，"可欣急促地说，"纪远！明天你去不去医院？"

"当然去。"

"什么时间？"

"和今天差不多。"

"那么，"可欣润了润嘴唇，"你还是送我回家，这样散散步比什么都好。"

"再听你谈你和嘉文的故事？"纪远问，眼睛亮而有神。

"除非你不爱听！"

"我很爱听，真的。"

"那么，你会听不完的，无数的细节，无数的片段，无数的点点滴滴。"

"好吧！"纪远点点头，"现在，再见吧！"

"再见。"可欣轻轻地说了句，接过了纪远手中的伞。纪远立即迈开大步，自顾自地走进雨雾中了。他没有回头，宽阔的肩膀挺而直，那脚步是坚决有力的。

握牢了伞柄，她慢慢地转过身子，走到家门口。取出钥匙，开了大门，她走上榻榻米。菜饭香正弥漫全室，沈雅真在饭桌上等着迟归的女儿。

"回来了？"沈雅真打量着可欣，仔细地注视着她那对黑幽幽的眼睛，"怎么回事？嘉文的病况不太好吗？"

"没有呀！"可欣仓皇地看了母亲一眼，"一切顺利，顶多再有一星期，他就可以出院了。明天，我要恢复上课了。"

"可是——"雅真迟疑地望着可欣，有些什么事不对了？

"可是什么？"可欣问。

"没什么，"雅真说，"你的毛衣湿了，去换一件来吃饭吧！你——是走回来的吗？"

"是的。"

"为什么？那么远的路，怎么不坐车？"

"哦，我——我没想到。"

可欣钻进了自己的卧室，长长地吐出了一口气，她没有及时换掉湿衣，也没有马上出去吃饭。拧亮了桌上的台灯，她对书桌上的一个镜框注视着——那是一张嘉文的照片，年轻的脸庞上笑意盈盈，眼睛里盛载着梦和欢乐。她在桌前坐下，用手托住下巴，对那张照片深深地沉思起来。

第十章

一连下了一星期的雨。

湘怡对着镜子，细心地把白衬衫的领子翻到绿毛衣外面来，又用牙齿咬了咬嘴唇，希望能增加它的红润。面颊太苍白了，她借用嫂嫂李氏的唇膏，淡淡地抹上一层，又觉得太过分了，再用手绢一起擦掉。把辫子末梢的黑绸结换成了绿色的缎结，再在大襟上别上一朵自制的黄色小绒花。自己对镜而视，朴实清新之余，也有着属于青春的动人韵致。把镜子倒扣在桌子上，她不由自主地长叹了一声。

"哼，我们家大小姐大概在害相思病了，一天到晚地唉声叹气！"

门边，李氏的声音冷冷地传了过来，湘怡迅速地抬起头来，对外间屋里张望了一眼，李氏正在缝纫机上忙碌着。轧轧机声里伴着冷嘲热讽。哥哥湘平在休假，躺在藤椅里，拿一张报纸蒙住了脸。

湘怡讪讪地站起身来，走到外间屋里，李氏抬起眼睛看了看她。"打扮得像个花蝴蝶似的，又是去医院看那个小白脸，对吧？"李氏撇了撇嘴，"人家是总经理的儿子，有钱嘛！"

"嫂嫂，"湘怡恳求地看着李氏，申辩地说，"人家已经要订婚了，根本不是……"

"是呀！"李氏立即抢白地接了口，"人家已经要订婚了。你还凑什么热闹呢？你也不自己衡量衡量，是不是块配得上经理少爷的料！我们给你介绍的张科长有什么不好？嫌人家年纪大，嫌人家没头发……哼，头发能做什么用呀？这不是滑稽吗？……"

"嫂嫂！"湘怡再喊。

郑湘平的报纸滑了下来，眼睛从报沿上望着湘怡。他是个白皙而清瘦的青年，虽然不过三十出头，孩子、家庭和生活的重担已经把他折磨得没有丝毫的生气，看来倒像个小老头了。平日，他是从没有什么主见的，太太说什么，他就做什么。对于太太的脾气，他深知而畏惧，听到湘怡语气里的抗议成分，他不禁放下了报纸。

"湘怡，"他插嘴说，"你那个男朋友家里到底是做什么的？"

"哥哥，"湘怡忍耐地说，"他不是我的男朋友，他是我同学的未婚夫！"

"好，那么你天天去看他干什么？"

"大家常在一起玩的嘛，他受了伤，总应该去看看嘛！"

"哼！"李氏在一边又应了声，"去看看！搽胭脂抹粉的！湘平，你妹妹是动了春心了！可是，人家看不上你介绍的！"

"湘怡，"那位哥哥皱皱眉，摆出一副"家长"的姿态来，沉着声音说，"张科长对你很不错，你的意思到底怎么样？"

"哥哥！"湘怡喊。

"这样吧，你们先做做朋友，大家多了解了解，这个星期天，张科长请你去碧潭玩，别辜负了人家的好意！"

"哥哥，"湘怡急急地说，"这星期天我有事！"

"有事？什么事？"

"嘉文出院，他们要给他开一个庆祝会。"湘怡不假思索地说出了口。

"看！可不是！又是那个杜嘉文！"李氏带着一脸胜利的笑说。

"我已经答应了张科长，"做哥哥的损及了尊严，不高兴地瞪起了眼睛，"你去赴张科长的约，姓杜的还是少和他来往，那种花花公子见一个追一个，准没安好心！"

"他……根本……没有……追，追我嘛！"湘怡憋着气说，眼睛里已蒙上一层泪翳。

"好了，好了，别说了。"那位嫂嫂做好做歹地说，"再说下去，小姐又该泪汪汪了，给邻居看到，还说我们做哥哥嫂嫂的欺侮了她呢！"

湘怡咬住牙，强忍住那股在眼眶里冲击的热浪。半天之后，才怯怯地说："我可以出去了吗？"

"听听这口气！"李氏说，"好像有谁不许她出去似的！要去就去吧，做出这个委屈样子来给谁看呢！"

湘怡垂下头，慢慢地走向门口，披上一件破旧的玻璃雨衣，穿上了鞋子。再回头对屋里张望了一眼，轻轻地说："哥哥嫂嫂，要我带什么东西回来吗？"

"算了算了，用不着，不敢麻烦你！"

湘怡不再说话，沿着那七弯八拐的走廊，向屋外走去。一路经过的房间，邻居太太们都对她好奇地张望着，她知道在李氏传播之下，她早已成为众所周知的小花蝴蝶。低着头，好不容易才走出那幢杂居了好几十户的日式房子。街上凉凉的风和冷冷的雨包住了她，她挺挺背脊，到现在才觉得自己能透出一口气来。

"怎样的一份生活？"她茫茫然地想着，向医院的方向迈着步子，"我的未来会怎样？和哥哥嫂嫂住一辈子？嫁给张科长？还是——？"她摇摇头，风很大，掀起了她的雨衣，暮色笼罩的街头寒意深深，她打了个冷战。"我还要过多久这种日子？什么时候才能获得解脱？"她仰头看看天，苍灰色的云层厚厚地堆积着，"如果一个人能知道自己的未来就好了，谁能明白五年之后的我是什么样的情况？十年之后呢？二十年之后呢？这些日子还遥远得很，但总有一天会来的，那时的我将如何？"

她把雨帽拉低了些，沉思地往前走着，眼睛注视着脚前的地下。到了医院门口，她抬起头，却一眼看到可欣和纪远肩并肩地走出医院。出于下意识，她在廊柱后面隐住了身子，没有和他们打招呼。他们也没有看到湘怡，纪远帮可欣拿着伞，两人慢慢地向街头走去。可欣在热烈地谈着什么，小小的、黑发的脑袋靠近了纪远宽阔的肩膀。

湘怡目送他们的影子消失在雨雾苍茫的街头，才转过身走进医院。她对自己摇了摇头，满心的困惑和不解。近来，纪远每日黄昏送可欣回家，几乎已经变成一条不变的课程。这也没有什么不对，但，又有些不太寻常。她曾问过可欣："你和纪远都谈些什么？"

"嘉文。只是谈嘉文。"

只是谈嘉文？当然啦，这是一个两人都很熟悉的题目，一个的好朋友，另一个的未婚夫。他们有的是谈不完的资料。一切都很正常，用不着她替古人操心。

上了楼，嘉文住在特等病房，拥有相当大的一间，还有待客的沙发和藤椅。她敲了敲门，里面，嘉文在说"请进"，她推开门走了进去。

"哦，是你，"嘉文说，他已经下了床，靠在沙发里，百无聊赖地翻弄可欣的那本《安娜·卡列尼娜》，"纪远和可欣刚刚走，你没有碰到他们？"他问。

"噢，没有。"湘怡很快地说，自己也不明白为什么要说谎，才说过她就脸红了。

"没碰到吗？"嘉文怏怏然地说，顿时又无精打采起来，重复地说了句，"他们刚刚走。"

湘怡在沙发上坐下，仔细地打量着嘉文，后者的神情有些落寞。"是不是明天出院？"她问。

"是的，其实今天就可以出院了，"嘉文有些懊恼地说，"住医院住得我难过透了！"

"何不去躺躺？"

"躺着也是无聊。"

"看书？"

"看不进去。"

"你躺着，我念给你听，怎样？"

"怎么敢——"

"有什么关系，反正我也没事干！"她很快地打断他，立即接过他手里的书，用温和而鼓励的眼睛望着他，"好吗?"

"不好意思。"

"别不好意思了，"她笑了，觉得很温暖，很开心，"你去躺着，我会让你很舒服，我喜欢服侍别人。假如我不是念了师大，我就要去念护专，我一定会成为一个好护士。"

"但是你怕见血。"

"怕见血? 谁说的?"

"可欣。"

"哦哦，"她的脸又红了，"是的，我有些怕见血。好了，现在，去躺着吧。"

他躺上了床，她打开了书，室内的光线昏昏暗暗，她的辫子垂在床沿上，低垂的睫毛在眼睑上投下了一圈弧形的阴影。她低柔地念了起来，圆润的声调如山泉轻泻。

"所有的幸福家庭都是相似的，每个不幸的家庭有它自己的不幸。……"

房门被陡地冲开了，嘉龄带着一头的雨珠闯了进来，一件花格呢的长大衣裹着她，垂着长穗子的围巾绕在脖子上。她看上去年轻、美丽，而且充满了用不完的活力。

"噢！好哥哥，你今天怎样?"她扑到床边，带笑地揉了揉嘉文的头发，又亲昵地挤挤眼睛，"星期天，我们给你筹划了一个大的庆祝会！"把嘴唇附在嘉文的耳边，她悄悄地说，"我预先泄露一个秘密给你听，你别告诉爸爸你知道了。星期天，爸爸准备当众宣布你和可欣订婚，现在正忙着帮你们订戒指呢！"

嘉文愣了愣，这消息带给他一阵欣喜的激荡，眼睛里立刻燃起了光彩。嘉龄不等他有任何表示，就站直身子，转向了湘怡，用迫不及待的语气说："湘怡，看到纪远了吗？"

"纪——远——？"湘怡有些心不在焉。

"是嘛，纪远！看到没有？我到处都找不到他！他的房东老太太说他成天到晚没人影子，这个纪远不知在搞什么鬼！"

"你找纪远做什么？"嘉文问。

"有事嘛！"

"嘉龄，少去找他，他的女朋友是用打来计算的，他对任何女孩子都没有诚意。"嘉文说。

"呸！说这些干吗？我又不追求他！"嘉龄瞪大眼睛，不耐地跺跺脚，"你到底看到他没有？"

"刚刚从这里出去，和可欣一起。"

"我追他们去！"嘉龄嚷着，把围巾抛向脑后，一转身就向室外冲去，连"再见"都来不及对屋子里的人说。嘉文目送她跑得没影子了，才调转眼光，对湘怡笑笑，说："嘉龄真是！"

湘怡没表示任何意见，只也微笑了笑，带着几分惘然和萧索。然后，她低下头，又用她清晰低柔的声调，念着刚刚被嘉龄打断的句子："所有的幸福家庭都是相似的，每个不幸的家庭有它自己的不幸。……"

纪远和可欣沿着人迹稀少的街道，向前面慢慢地踱着步子。雨在伞面上低吟，风在街道上穿梭。暮色堆积着，雨雾迷蒙，到处都是灰茫茫的一片。这几条街道，他们早就走熟了，在这些街道上，他们已谈遍了嘉文的一切：身世、个性、嗜好、外表、人品和种种种种的小故事。

这是雨雾中最后一次的散步，明天，嘉文要出院，这黄昏的漫谈也将结束。不过，也差不多了，关于嘉文的一切题材，都已谈尽了。如果继续散步下去，能谈些什么呢？

转了一个弯，距离可欣的家没有多远了，那条巷子已遥遥在望，巷口孤零零地竖着一个路牌。雨忽然加大，一阵狂风几乎吹翻了伞。纪远下意识地揽住了可欣的腰，似乎怕她被风吹倒。他的手停在那儿，不再放回原处了。

"在重庆的时候，"可欣搜索枯肠，竭力找寻着她和嘉文的片片段段，"我们的家住在沙坪坝，嘉文住在城里。大轰炸的时期，城里非常危险，杜伯伯的工作离不开城里，就把嘉文和嘉龄送到我家来寄住。"她仰头看看天，迎了一脸的霏霏细雨，"那真是一段快乐的日子！我和嘉文也不上学校，整天在田野和山坡上乱跑。有一次，我们在一个小树林里迷了路，我们从下午走到天黑，一直穿不出那个小树林，嘉文拉住我的手，叫我不要怕，但他自己的声音却是颤抖的。我们走了又走，疲倦得无法举步，天那么黑，碰来碰去都是树，最后，我们走到一个破破烂烂的、小土地庙的前面，那土地庙只有半个人高，里面供着一尊黑黝黝的土地爷。我坐在庙前的石头凳子上，背倚着一棵大树。我哭了，嘉文也哭了，我们紧紧地靠在一起，一直哭着哭着，然后，我的头倚着他的肩膀，他的手环抱着我，两个人都睡着了。"

她停住了，那静静的叙述，像在说一个久远的梦。纪远一声不响，步伐缓慢而稳定。

"后来，爸爸和妈妈拿着手电筒找到了我们，把我们抱回了家里，我们都太累了，只醒来一忽儿，就又睡着了。那一夜，妈妈怕我们受了惊，把我们放在一张床上，陪我们睡了一夜。半夜里，嘉文哭醒了，怕老虎咬了我，我也醒了，抱着嘉文不放……"她叹息了一声，幽幽地说，"孩子时期的感情！"

纪远仍然没有开口，可欣也沉默了下来。走了一段，可欣不耐那份寂静，开始轻轻地哼起一支歌来："记得当时年纪小，我爱谈天你爱笑，有一回并肩坐在桃树下，风在林梢鸟在叫。我们不知不觉地睡着了，梦里花儿落多少。"

"很美！"纪远忽然说。

"什么？"

"你的歌，你的人，你的故事。"纪远说，声调平静而深沉。

"你喜欢？"可欣问。

"你指什么？歌？人？还是故事？"

可欣的脸上一阵燥热，冷冷的雨驱不散她胸头突然涌上的热浪。暗中看了纪远一眼，他注视着前方被雨淋湿的街道，一副对什么都不在意的样子。

"我本来想学音乐。"她答非所问地掉转了话题。

"为什么没有学？"

"爸爸认为我学文史比音乐好，他学了音乐，却一生都不得志。"

纪远没有答话，他们继续向前面走，沉默又不知不觉地来临了。转入了可欣所住的巷子，纪远并没有及时告辞，他跟着她一直到了大门口。

"好了，到了，"可欣勉强地一笑说，"要不要进去坐坐？你从没有到过我家。你会和我母亲谈得来的，她是个最开明而随和的母亲。"她说得很急很快，似乎生怕遭受拒绝。

纪远笑笑，没说去也没说不去，可欣用钥匙开了门。纪远机械地走进了那小小的院落。冬末春初的季节，一枝早放的杜鹃在墙角绚烂地绽放着。可欣走到玄关，伸头看了看，屋子里静悄悄的，没有一点儿声息。她扬着声音喊了一句："妈妈！"

没有人应，她诧异地说："奇怪！"转向纪远，她邀请地说，"进来吧！"

走上了榻榻米，客厅的小茶几上，雅真留了一张小纸条：

可欣：

我出去购物，即返。

母留条

"妈妈出去了。"可欣放下纸条，脱掉大衣，抖了抖头发上的水珠，"我们请了一个阿巴桑煮饭和洒扫，是上班制的，大概还没有来煮晚饭。你今天就在我们家吃晚饭吧，好吗？"

"不，小辫子在等我。"

"小辫子是谁？"

"我房东老太太的孙女儿。"

"哦，"可欣很快地看了纪远一眼，"很漂亮吗？"

"谁？"

"小辫子。"

"当然，她非常漂亮，也非常可爱。"纪远说，打量着这幢小巧而雅致的日式房子。

"这是我的房间，你要不要进来坐坐？"可欣拉开了自己房间的纸门。

纪远走了进去，这间房间雅洁清爽，床上铺着浅绿色的被单，窗上是同色的窗帘，书桌上，一张嘉文的放大照片正静静地、含笑地注视着全室。

"你坐坐，我去给你倒杯茶。"

可欣说着，退出了屋子。纪远在书桌前的椅子里坐了下来，出神地凝视着嘉文那张照片。在照片旁边，一本厚厚的册子正放在那儿，册子里不知夹着什么，露出一角来。他无意识地翻开了那本东西，却一眼看到是枝早已枯萎的似曾相识的红叶！他猛地一震，心脏迅速地狂跳了，定了定神，他才认出那是本日记本，拿起了那枝红叶，他看到叶子下面所压住的两句话："相见争如不见？有情还似无情！"

他站起身来，倚着桌子，在心灵狂猛的激荡之下，呆呆地愣住了。

可欣捧了茶杯进来，把茶放在桌上，笑容可掬地说："阿巴桑已经来了，在厨房里，你就留下来吃饭……"她的话忽然停了，笑容在她唇边冻结，她的眼光从日记本、红叶……一直移到他的脸上，血色离开了她的面颊，张开嘴，她口吃地、讷讷地说："你——你——你在做什么？"

"不做什么。"纪远喉咙喑哑地说，把红叶放在桌上。然后，他慢慢地抬起头来，慢慢地掉转身子，接着，就突然拉住了可欣的手。在可欣还没有弄清楚是怎么回事以前，她的身子已经被拥入了他的怀抱。那是两只强而有力的胳膊，紧紧地箍住了她的身子。她来不及挣扎，他的嘴唇火一般地贴住了她的。一阵眩晕的热力贯穿了她，她昏迷了，麻木了，神志陷入了完全的迷惘，而整个身子都像虚脱般地失去了力量……时间滞重地滑了过去，她什么都不知道，当她终于抬起了眼睑，她发现他那对燃烧着的、亮晶晶的眼睛正一瞬也不瞬地盯着自己，那眼神狂热而专注。她逐渐地醒悟过来，逐渐地恢复了神志。咬紧了牙，她用尽全身的力量，对那张漂亮的、微褐色的脸庞挥去了一掌。

　　这一掌在寂静的房间里显得特别的清脆和响亮。纪远放开了她，默默地退后了一步。她被自己的行为所震吓住了，有生以来，这还是她第一次打人。有两秒钟之久，她只能睁着大大的眼睛，瞪视着这面前的男人。接着，她就神经质地、爆发地大叫了起来："纪远！你这个不要脸的伪君子！你怎么能做这种事？嘉文把你当最知己的朋友，敬爱你，信任你，你怎能做这样的事？你对不起嘉文！他是君子，你是流氓！你还站在这儿干什么？你给我滚出去！滚出去！滚出去！我一辈子也不要再见你！你滚出去！马上滚！……"

　　纪远一声也不响，那张脸是坚毅的，一无表情的。他没有为自己辩白，也没有多说任何一个字，只静静地转过身子，顺从地向门口走去。他刚刚跨出纸门，可欣就发出一声尖叫："纪远！"

　　纪远停住步子，可欣迅速地扑了过来，一把抱住了纪远，哭着喊："我没有要你走！纪远，我没有要你走！"

用手勾住了纪远的脖子，她把满是泪痕的、颤抖的嘴唇贴向了纪远的面颊，整个身子紧倚在他的怀里，泪竭声嘶地哭着喊："我怎么办呢？纪远？我怎么办？"

她的嘴唇碰着了他的，她紧贴着他，主动地送上了她震动全身心的、最炙热最强烈的吻。

寒假开始了，天气仍然了无晴意。连天的阴雨，使气压变得低郁而沉闷。那永远暗沉沉的天仿佛紧压在人的头顶上，让人有喘不过气来的感觉。

这是星期天，但绝不是一个美好的旅行天气。

湘怡斜倚在船栏杆上，悄悄地对旁边那个中年男人看了一眼，那位绅士正襟危坐着，目不斜视地瞪着前方雨雾迷蒙的潭水，那颗光秃得像个山东馒头似的头颅庄严地竖在脖子上，一股凛然不可侵犯的样子。一件长大而陈旧的黑大衣，裹在他瘦骨嶙峋的身子上，使他充满了说不出来的一种不伦不类的样子。尖翘的下巴缩在大衣领子里，双手紧紧地插在大衣口袋中，乍然一看，这人倒有些像一个从什么古老的坟墓中爬出的木乃伊，浑身上下找不出丝毫的"人气"。

风很大，细雨在水面划下一圈又一圆的涟漪。游船单薄的竹篷不足以拦住斜飞的雨丝，寒风更使船的行进变成了艰苦的搏斗。船头那个戴着雨笠的船夫，不时对舱内投以好奇而诧异的瞥视，奇怪着从何处跑来这样两个神经病的游客，在这种天气会跑来划船！

湘怡冷得一直在发抖，牙齿都快和牙齿打战了。那个张科长依旧默默无言。她暗中看了看表，下午两点四十分，嘉文家里的庆祝会应该已经开始了，现在准是音乐洋溢、笑语喧腾的时候，而她却伴着这样一个木乃伊在寒风瑟瑟的湖面上发抖！

"咳！"木乃伊突然咳了一声，使湘怡差点儿惊跳了起来，转过头去，她发现那位科长的眼光不知何时已经落在她身上了，正直直地瞪视着她的脸。眼珠从眼眶中微凸出来，却又木然的毫无表情，像一只猫头鹰，更像一条金鱼。

"咳！"木乃伊再咳了一声，清清嗓子，"郑小姐，你算过命没有？"

"算命？"湘怡张大了眼睛，被这个突兀的问题弄得呆了呆，"没有。"

"命是不能不算的，一定要去算一算。"张科长一本正经地说，"我以前那个太太就是命不好，算命先生说她会短命，我没在意，娶过来没满五年就死了。算命很有点道理，过一两天我带你去算算。"他死盯着湘怡的嘴唇和鼻子，点了点头，"不过，你的人中很长，鼻准丰满，一定长寿。而且，我看你有宜男之相，会多子多孙……"他满意地把下巴在空中划了个弧度。又下了句结论："不过，命还是要算一算，有时候看相是不太准的！"

一阵寒风，湘怡冷得鼻子里冒热气。这个男人在干什么？他以为她一定会嫁给他？怕再娶个短命鬼？她暗暗地再看看表，快三点了。可欣他们在做什么？

"郑小姐！让我看看你的手！"张科长的脖子伸了过来。

"哦，哦。"湘怡又吃了一惊，莫名其妙地伸出手去。

"不，不，"张科长大摇其头，"是右手！不是左手！"

湘怡换了一只手，那个科长把面孔贴近她的掌心，上上下下地张望不停，接着严肃地抬起头来，煞有其事地说："郑小姐，你小时候生过重病没有？"

"重病？"湘怡奇怪地看着面前的男人，他到底在做什么？

"我不知道，大概没有。"

"这还算不错，"张科长满意地点点头，"小时候生过重病的人，身体就不好，身体不好就会短命，我以前那个太太小时就生过重病，所以活不到三十岁就死了。娶太太就应该娶身体好的，能吃苦耐劳的……唔，郑小姐，你会做家事吧？"

湘怡收回了自己的手，本能地挺了挺背脊，这算什么话？这人八成神经有问题。"不，"她急促地说，"一窍不通。"

"那可不成，应该让你嫂嫂多训练训练你。女人生来就是该做家务的。唔——你对养孩子有没有经验？"

"什么？"湘怡直跳了起来，"养孩子？！"

"我的意思是说——带孩子。"

"噢，"湘怡咽了口口水，"也一点儿都不懂。"

"那可不成，那可不成！"张科长一迭连声地说。

"是的，"湘怡急忙表示同意，"我也这么想。"

"不过——"那位科长眨了眨眼睛，"我可以教会你。我曾经教过好几个下女，可是，下女都笨得很，我那个孩子比较活泼，只要常常装成动物，在地上爬爬，他就很高兴了，他喜欢骑马——唔，郑小姐，你会装成马吗？"

"噢，噢，"湘怡冷得更厉害了，嗫嚅地说，"我想——我会比那些下女更笨。"

"是吗？"张科长把脑袋挪后了一些，衡量着她，"没关系，可以训练，可以训练。"

"我不信——你训练得出来。"湘怡鼓起勇气，睁大了眼睛说，"而且，我小时候算过命。"

"是吗？怎样？"那位科长的身子向前俯了俯，大大地关心起来。

"算命先生说，我命中没有子嗣……"她转动着眼珠，望着水波荡漾的湖面，"却有八个女儿！"

"什么？女儿是赔钱货！"

"我的命硬，注定要结三次婚……"

"什么！"

"而且……"湘怡不敢看面前那张脸色越变越可怕的脸，"我有克夫之命，娶了我的人会遭横祸……"

"什么！"

"我又漏财，注定一生穷苦……"

"什么！"那位科长跳了起来，急急地喊，"船夫！船夫！把船靠岸！我下午还有事哩！"

好不容易，湘怡总算摆脱了那位张科长。没有耽误一分钟，她直接就奔向了嘉文家里。想象中，那庆祝会一定愉快而热闹，现在应该正是最欢乐的时候，他们会在跳舞？唱歌？说笑话？胡如苇准要表演一手他四不像的《苏三起解》。嘉龄和纪远的歌喉，可欣的微笑……嘉文！他真是世界上最幸福的人！

走进了杜家的花园，音乐声已清晰可闻！不是舞曲，不是帕蒂·佩姬也不是强尼·霍顿，却是柴可夫斯基的《D大调小提琴协奏曲》。客厅里人影纷纷，但，没有欢笑也没有叫闹，有什么事不对了？推开了玻璃门，湘怡跨进客厅，厅内确实是一副庆祝会的样子，圣诞节用剩的彩纸和花球又都悬挂了起来，几盆冬青树从院子里移进室内，亭亭然地竖立在屋角。被邀请的客人们（大部分都是嘉文和可欣的同学，以及一些年轻的亲戚）正散在房间的各个角落，不耐地握着茶杯，三三五五地聚在一起，低声地谈论着，不知在等待什么。看情形，这庆祝会似乎还没有正式开始。

湘怡在人群中找寻可欣和嘉文，一个都不在。她再搜寻纪远、嘉龄和胡如苇，也都不见人影。只有阿珠笑容可掬地在人群中递送着饮料。她走过去，迎住了阿珠，问："少爷呢？"

"在里面，和唐小姐在一起。"阿珠指指客厅后面的走廊。

"小姐呢？"湘怡再问。

"不知道。"

湘怡困惑地凝了凝神，就推开客厅通走廊的门，走到嘉文的房门口，在门外听不出里面有什么动静。她敲了敲门，没有等回音就把门推开，才推开她就懊悔了。可是已来不及关上。门里，嘉文坐在一张安乐椅里，可欣却坐在他脚前的地板上，把披垂着浓郁的黑发的头仆伏在他的膝上。嘉文的手覆着她的头，不知在向她低诉些什么。湘怡没料到门里是这样一个缠绵的镜头，想退开已经迟了，听到门声，可欣迅速地从地上跳了起来，嘉文也抬起了头。看到可欣，湘怡更加吃了一惊。她没有化妆，也没有修饰，散满发丝的脸庞上泪痕狼藉。湘怡愕然地说："怎么？你们吵架了？"

"不是，"嘉文抢着说，因湘怡的来临而有些如释重负，"你来得正好，湘怡。可欣大概太累了，你劝劝她吧！她说了许多莫名其妙的话，我听都听不懂。"

"到底是怎么回事？"湘怡更弄不清楚了，"外面一屋子客人没有人招呼，你们两个躲在这儿淌眼泪。杜伯伯怎么也不在家？"

"他去订酒席，忙晚上的宴会。"嘉文说。

"晚上还有个宴会吗？"湘怡问。

"是的。"嘉文神秘而愉快地微笑了，走到湘怡的身边，低低地说，"湘怡，你劝劝可欣，最近接二连三的事使她受不了，她有点儿紧张过度，说什么配不上我啦，怕我娶了她会后悔啦——尽是些莫名其妙的话。你安慰安慰她，我先出去招呼一下客人。"说完，他不管三七二十一地，就把可欣拉到湘怡身边，自己溜到室外去了。

湘怡望着可欣，后者已经拭去了面颊上的泪痕，看来平静得多了。"怎么了，可欣？"湘怡问。

"没什么。"可欣说，走到书桌前面，拿起一面小镜子，整理着散乱的头发。她的脸色苍白凝肃，眼睛迷茫而凄苦，但她显然在竭力控制自己的情绪。"客人是不是都来了？"她从镜子里望着湘怡问。

"我看差不多到齐了。"

"纪远呢？也来了？"她不动声色地问。

"我没看到纪远，也没看到嘉龄和胡如苇。"

"胡如苇找嘉龄去了，嘉龄找纪远去了。"可欣静静地说，拿出粉盒来掩饰刚刚的泪痕。

"是吗？"湘怡泛泛地问，狐疑地看看可欣。

"我猜是这样。"可欣阖上粉盒，拂了拂头发，又整整衣裳，她看来又容光焕发了。带着种勉强提起的精神，和几分做作的声调，她提高声音说："走吧！我们去让那些男孩子活泼起来！"

走进客厅，可欣首先换掉了那张不合时宜的唱片，一支伦巴舞曲活跃地跳了出来，可欣拉着嘉文的手，翩然起舞，一部分的客人加入了，室内的气氛立即改观。伦巴过去之后，是支吉特巴，可欣笑着对嘉文说："你的身体刚好，这支舞曲对你太激烈了一些，还是看别人跳吧！"

她走开去，端起了茶几上的糖果盘子，去请那些没有跳舞的客人吃。嘉文倚着窗子，眼光不自觉地跟随着可欣轻盈的身子旋转，那细弱的腰肢摆动了裙幅，那张柔和的面孔透露着刚毅的神情。这是可欣，温柔里有着刚强，顺从中有着叛逆，这是可欣，一本最难读也最费解的书——但，却多吸引人哩！你永不会对这本书厌倦。——这是可欣！他的可欣！只要望着她，你就能感到喜悦与满足的情绪在体内流动。这是可欣，他的可欣！

室内的气氛是越来越热闹了，一些人包围住了嘉文，询问这次打猎的详细经过。嘉文的兴致被大家所鼓动，开始热心地叙述了起来，夸张描写的地方当然不在少数，尤其关于他如何打中那只羌。可欣在大厅中绕来绕去，招呼那些客人，而一当大家都喧闹起来之后，她反而沉静了。找了个不受人注意的角落，她静静地坐下来，出神地凝视着房门口。

客厅门口人影一闪，嘉龄穿着一身火似的红衣服跑了进来，她后面紧跟着的是气喘喘的胡如苇。嘉龄显然在发脾气，胡如苇却在一个劲儿地赔小心。走进室内，嘉龄把大衣摔在沙发椅里，自己往椅子里重重地一坐，噘着嘴说："你跟着我干吗？你这个糊涂鬼！"

"别把气出在我身上好不好？小姐？纪远那个人你知道，没一天肯安分的，谁晓得他——"胡如苇苦着脸说。

"别跟我提纪远！"嘉龄没好气地嚷，"你懂得什么？纪远，纪远，纪远！我听得都烦死了！"

"好，好，好，不提，不提。"胡如苇一迭连声地说，"跳舞，怎么样？"

"没兴趣。"

"那就陪你聊天。"

"也没兴趣。"

"那——"胡如苇的一字眉蹙起来了，失去了主意，终于憋出一句话来，"我就陪你这样坐着。"

嘉龄望着胡如苇，抿了抿嘴唇，忍不住扑哧一声笑了出来，用手按在他的肩膀上，她笑着摇了摇头，叹口气说："糊涂鬼！你这人虽然傻兮兮的，脾气却实在好！来，我们跳舞吧！让纪远下地狱去！"

胡如苇喜出望外，顿时咧着嘴笑了。他们站起身，卷进了人堆里，一步滑行跟着一个旋转，嘉龄的圆裙飞成了水准状态。可欣浑身紧张地望着他们进来，又整个松懈地瘫软在椅子里。他没有来！他们也没有找到他！他在何处？他会来吗？当然，这是嘉文伤愈的庆祝会，是他打伤了嘉文的，他应该来！他一定会来！他必须要来！但是，他在哪儿？他在何处？他真的会来吗？自从那天晚上，他就逃避得无踪无影，他在躲避她？他在害怕？他——也会迷惘失措？他——也会犹豫畏惧？他——那个纪远？

"可欣，想什么？"一个声音打断她的思潮，嘉文已摆脱了那群包围者，不知何时起就站在她的面前了。他在她身边坐下来，握住她的双手，温柔地说："你今天到底是怎么了？可欣？为什么这样不高兴？有谁——惹你生气了吗？"

"没有，你别多心。"可欣勉强地说。

"那么，就快乐起来！看到你难过，我也心中酸酸的。"嘉文受了委屈似的说，"不要这样忧愁——你在担心什么吗？"

"真的什么事都没有。"可欣说，凝视着嘉文，面对着那张温文秀气的脸庞，和那对一往情深的眼睛，禁不住长叹一声，幽幽地说："嘉文，你真爱我？"

"天知道！"嘉文嚷了起来，"你在怀疑我吗？可欣？"

"不，不，我没有怀疑，就是太没有怀疑了。"可欣无可奈何地说。

"你放心，"嘉文沉着脸，一本正经地、诅咒发誓地说，"我对你这份心，也只有上帝知道了，我这辈子——不只这辈子，还有下辈子呢，下辈子还有再下辈子呢，我都不会变的，永远不会变的！今天如此，明天如此，几千几万年还是如此！信不信由你！"他越说越急，脸色都变了，"我们从小一块儿玩大的，你还不信任我!"

"我没有不信任你,真的,一点儿都没有不信任你。"可欣劝慰地解释着,又幽然地叹口气。

"但是——嘉文,世界上比我好的女孩子——还——还多得很呢!"

"你这是什么话嘛!"嘉文更急了,抓着可欣的手一阵乱摇,"你怎么了吗?可欣?你是存心怄我,是不是?你何必说这些呢?什么意思嘛,我真越来越不了解你了!"他坐近了她,焦灼的眸子热切地盯着她的眼睛,急促地说,"我告诉你一件秘密好不好?你以为今天就是单纯地为我开庆祝会吗?"

"怎么——"可欣怀疑地转动着眼珠。

"我跟你说吧,爸爸和你母亲联络好了,今天晚上在圆山饭店有个盛大的宴会,就算我们的订婚宴。爸爸瞒着我们,为了要给我们一个意外的惊喜!戒指都打好了,你的是个一克拉的白金钻戒——这些都是嘉龄泄露给我的消息,你可别露马脚,就装作不知道吧。本来我也不想告诉你的,但是看你一直不开心,疑神疑鬼的,还是先告诉你,现在你知道了吧?我们的生命是在一起的,永远不会分开……你即将属于我,我也属于你……"

可欣瞪大了眼睛,呆呆地坐在那儿,一动也不动。随着嘉文兴奋地述说,她的脸色越变越苍白。好半天,她就那样坐着,嘉文的声音像飘浮在雾里,她抓不住任何的音浪,许久之后,她才喃喃地说了一句:"怪不得——妈妈逼着我去订衣服。"

"所以,"嘉文在说他自己的,"你还担心什么?我们订了婚,也可以不等大学毕业就结婚,我们可以住在这幢房子里,假若你不喜欢——"

"我问你，"可欣神经质地抓住嘉文的手，她的手指冰冷而战栗，"纪远知不知道这消息？"

"你是说我们今天订婚的消息？"嘉文说，丝毫没有发现可欣的异态，"他知道，嘉龄告诉了他。"

可欣猛地从沙发里站了起来，用手扶着墙壁，她的身子摇摇欲坠。嘉文跳起身，一把扶住她，恐慌地喊："你怎么了，可欣？"

"我要一杯水，"可欣呻吟地说，"一切都太突然，我受不了。给我一杯水！"

"我去拿！"嘉文叫着说，跑开去端了一杯水来，可欣握着杯子，连喝了几大口，神色稍微稳定了一些，靠在墙上，她闭着眼睛喘息。客厅里音乐喧嚣，嘉龄又在卖弄她的歌喉："我住长江头，君住长江尾，日日思君不见君，共饮长江水……"可欣不敢张开眼睛，她知道嘉文正惶恐地注视着她，咬住嘴唇，她喑哑地说："听我讲，嘉文，我不要今天晚上订婚。"

"你是什么意思？"嘉文更加惶恐了。

"我不要今天晚上订婚，"可欣重复地说，声音已无法控制地带着颤音，"我就是不要今天晚上订婚，一定不行！我不要！你非阻止不可！"她猛烈地摇头，泪珠已经夺眶欲出。

"你——是不是觉得不够隆重——？"嘉文嗫嚅着问。

"不是！不是！不是！"她一个劲儿地摇头，泪珠滑下了面颊，"我不要！我就是不要！就是不要！"

"好！一切依你！我设法去通知爸爸，好不好？你别哭，你哭得我的五脏都碎碎掉了！"嘉文拥着可欣，拍抚着她的肩头，急促地说。

可欣坐回到沙发里，双手紧握着那个茶杯，身子仍然不受控制地战栗着，她竭力想让自己平静下来，却身不由己地抖索得像寒风中的枯叶。迷蒙中，她忽然听到有人大喊了一声："纪远来了！"她再一次惊跳起来，抓住沙发扶手，她对门口望过去，那儿，没有纪远的影子，却有个工人模样的人，捧着一样稀奇古怪的东西，拦门而立，嘉龄喊了起来：

"纪远送的礼物！哥哥快来看！是你打到的那只羌！纪远把它制成标本了，和活的一样！"面对着那工人，嘉龄又一迭连声地问："纪远到哪儿去了？他自己为什么不来？你是从什么地方来的？"

那工人摇摇头，送上礼物和一封信，说："纪先生叫我按住址送来，我是专制标本的。"

"哥哥来看！纪远还有一封信给你！"嘉龄又叫。

嘉文赶了过去，打发了那个工人，接过信和礼物。所有的客人都涌过去研究那只栩栩如生的动物，从牙齿、皮毛到脚爪，议论不停。嘉文拿着信退到可欣身边，拆开封套，取出信笺，说："信是写给我们两个人的。"

摊开信纸，他们一同看了下去：

嘉文、可欣：

首先恭喜你们，一次值得纪念的打猎之后，又有一个值得纪念的日子，我无言以表达自己的情绪，我想，你们会了解的。

　　我把嘉文的猎获物制成标本送来，希望嘉文能喜欢它。人生难得有几次成功的狩猎，我嫉妒嘉文是个胜利的猎者。许多幸运者在猎场中永远胜利，有些人却注定失败。我经常打猎，却不知猎到了些什么？（太酸了，不像我纪远的口气了，一笑。）这次打猎给我的印象太深刻，穷我这一生，我不会再打猎了。——老实说，我但愿有个大力量能让我淡忘这一次的打猎！！

　　请原谅我不能来参加你们的订婚宴，每个假期我都必须用工作来换得下学期的生活费和学费。所以，当你们接到这封信的时候，我已经在深山的矿场中做测量工作了。这工作会苦一些，但我会喜欢这份工作——它能填满我的时间——"忙碌"也是一种幸运！

　　祝福你们！比你们所料想的更多、更深、更切！

　　　　　　　　　　　　　　　　　　　　　纪远

嘉文收起了信纸，沉默了几秒钟，才喃喃地说："一个好朋友！他为打伤我的事自责太深了。"

可欣默默不语。

嘉文又说："他不该做那份工作，我不懂他为什么。"

"什么工作？"可欣问。

"矿场的工作。他原接了一个建筑公司的工作，只要绘绘图就行了，待遇也高得多。矿场那个职位，等于是去做苦力，我不明白他是怎么回事。"

可欣站起身来，把手里的杯子送到窗边的茶几上去，她的步履蹒跚，眼睛里泪雾迷蒙，站在窗子旁边，她神经质地把杯子在桌面上转动，杯里的液体跟着旋转了起来，一圈又一圈，一圈又一圈，动荡着，摇晃着……有一些液体溢出了杯子，更多的液体跟着泼洒出来，迅速地浸湿了桌布，向四边扩散开来。

"纪远！纪远！纪远！"她心中狂喊着，把额角抵着窗棂，闭上了眼睛。"纪远！纪远！纪远！"这两个字像一根针一般刺痛她每根神经。"纪远！纪远！纪远！"她看到在矿坑里发狂般工作着的纪远，她看到那用生命掘向矿石的纪远，那是纪远，她知道，他会卖命工作的！而且——他可能不再回来！

她的手一阵痉挛，杯子摔在地下砸碎了，在玻璃碎片中，那些液体四散奔流，她转身奔进了浴室，关上房门，仆在门上，把头埋进臂弯里，无声而沉痛地哭泣起来。

第十二章

　　新的学期来临了。嘉文顺利地通过了补考，成了大三下的学生。他和可欣、湘怡，都在念大三。他们这一群里，只有纪远是念工的，也只有他是大四的学生。其他全属于文学院。嘉文念了西洋文学，胡如苇学的是经济。而嘉龄，她最特殊，高中毕业后就放弃了书本，用她自己高兴的方式来打发时间。杜沂对儿女的兴趣、志愿，全采取了顶开明的放任主义，何况，他从没有对嘉龄有过太高的期望，所以也就由她高兴去过日子，只希望在嘉文的婚事有一个交代之后，再给嘉龄物色一个好丈夫。

　　时间总是那样规则地，一分一秒地滑过去。每天日升日落，月转星移，缺乏变化的流动。但是，这一群年轻的孩子之间，却什么都不对头了！可欣自从那天晚上拒绝订婚之后，和嘉文间就变得尴尬而不自然。嘉文始终没弄清楚，可欣到底为什么抵死不肯订婚，这一点，杜沂和沈雅真也同样地困惑不解。但是，可欣消瘦了，苍白了，一日比一日沉默，也一日比一日憔悴。嘉文无法向她追问原因，也无法涉及婚姻这个题目和她谈话，只要他提起任何一个字，可欣失神的大眼睛里立刻会浮上一层泪影，用她那震颤的、凄苦无告的声调恳求地说："别问我！请你别谈这个！请你！"

嘉文只好把要谈的话又咽回去，他不能忍受可欣的眼泪。不过，当无人的时候，他会暴躁地拿茶杯和书本出气，把它们向墙上地上乱砸，烦恼地撕扯自己的头发，发狂地对空旷的房间喊："这是怎么回事？到底为什么？为什么？"

于是，他也跟着可欣憔悴，跟着可欣消瘦，跟着可欣苍白。许多时候，他们两人默默相对，彼此都哀苦失据，惶惶然像一对丧家之犬。

嘉龄，她越来越不安于家居生活了，终日不见人影，偶尔在家的日子，也比嘉文和可欣好不了多少。嘉文和可欣都属于内向的人，有了烦恼和脾气向自己发泄。嘉龄却不同，有了烦恼专向别人发泄。阿珠和嘉文都成了她吵架的对象，连杜沂也免不了遭受女儿的埋怨和不满。整个杜宅，不知从何时开始，就笼罩在一种不景气的气氛中。连那时时来做友谊拜访的胡如苇，也连带遭了殃，不是听到嘉文的唉声叹气，就是碰到嘉龄的横眉怒目。这位好脾气的青年也不常笑了，垮着他的一字眉，分担着杜家每一份子的烦恼——还要加上一份他自己的。

纪远回来了。这是一群人中变化最大的一个，黑了，瘦了，变得不爱理人了。毕业班的功课原本就重一些，他又在埋头做毕业论文，但这些，都不足以作为他不理人的缘由。事实上，他空闲下来的时间还多得很，他把这些时间干脆利落地投进了舞厅和声色场所。他的女朋友本来就多，这一下更增加了一倍有余，经常，他带着些不三不四的女孩子回到家里来，惹得房东老太太怒目以视。而他却带着满身酒气，扶着老太太的肩膀，嬉笑地说："阿婆，我原是个道道地地的坏蛋，你别希望我成为循规蹈矩的书生。"

这些话阿婆不见得听得懂，但她会摇着她那思想简单的脑袋，伤心着这无家的孩子的堕落。可是，她也原谅这些，只因为在她的生命中所遇到的男人，她的丈夫，她的儿子，也都有过酗酒和玩女人的阶段。她认为这是男人成长过程中的必经过程，而用经验丰富的眼光，望着这男孩在善恶之间的挣扎。

纪远回来之后，几乎没有和嘉文正式见过面，他回避着嘉文，如果在学校里碰到了，他也总给他一副爱理不理的、阴阳怪气的面孔。说不到三句半话就找个借口溜走了。嘉文几次想和他深谈，谈谈可欣，谈谈他的烦恼，让纪远帮他拿拿主意，却苦无机会。一次，刚刚开口说了句："你知道可欣……"纪远立刻打断他，匆促地说："我有个约会，必须走了！"

他仓促地避开，走得那样急，好像有火烧了他。剩下嘉文呆呆地站在那儿发愣。好半天，才回过神来，怅然若失地垂下头，无精打采地踢着地上的小石子，自言自语地说："未婚妻对你不好，朋友也都离开你了，杜嘉文，你是什么地方出了毛病？"

在这些人里面，只有郑湘怡显得最平静，最安详。她依然在兄嫂的冷言冷语下生活，依然过着穷苦而难挨的日子。对于周遭所有的人的变化，她都睁着对大大的、清澈的眸子，冷静地注视着。然后在自己的小日记本里，写下她的看法和感想："生命的本身就是挣扎和矛盾，上帝造人，比别的动物多造了一份灵性、智慧和感情。而这三件东西，就是使人类永远在挣扎和矛盾中翻滚和浮沉，无法解脱，无法快乐的主要因素。"

天气渐渐地热了，亚热带的春天特别短促，杜鹃花只绚烂了短短的两个月，就已意态阑珊。四月，春的痕迹淡了，低气压使气温骤然提升，郁积的云层带来了初夏第一次的豪雨。

夜并不太深，窗外的雨和风在喧嚣着。可欣倚着窗子，在淡绿色台灯的光线下，凝视着窗外黑色的雨。窗棂震动，窗外一片昏蒙，雨声如万马奔腾，敲打着，追赶着，急骤的声调使人心慌意乱。可欣的额角靠着玻璃，用牙齿轻轻地咬着嘴唇。雨洗不掉许多记忆，也带不走杂乱的思潮。

大门在响，给她们煮饭的阿巴桑下班了。她听到她冒雨出去，一会儿，门又响了，阿巴桑又折了回来，她忘记什么了？侧着头，她无意识地听到阿巴桑和母亲间对白的片段："那个人又在巷口。"阿巴桑略带紧张的声调。

"什么样子的人？"沈雅真不安地询问。

"看不清楚呀，帽子遮住脸，什么都看不见。"

"很高？"

"很高很大，太太要小心点呀！"

阿巴桑走了。沈雅真推开女儿的房门，带着一脸担忧的神色走进来。"可欣！"

"嗯？"可欣迷茫地抬起眼睛。

"夜里把窗子关紧了睡觉，大门也要锁好闩牢，阿巴桑说最近每天夜里她走的时候，都看到一个服装不整的男人在我们门口荡来荡去，我们家没有男人，一切还是小心一点好。我看，趁早去养一只狼狗，要不然真有点提心吊胆的。张太太家里，连白天买菜时都丢了东西。"

"哦。"可欣应了一声。

"你在想什么，可欣？"沈雅真蹙起眉头，疑惑地望着女儿。

"我？我——没有想什么。"可欣回过神来，勉强地望着母亲，"你说什么？一个男人？"

"是的，一个男人，每晚在我们门口逛，你说多可怕？"

"一个——男人——"可欣缓缓地转动着眼珠，神思恍惚。突然间，她惊跳了起来，一把拉住雅真的手臂，急促地问，"你说什么？一个男人？怎么样的男人？"

"谁知道！"雅真惊疑地望着可欣，"你紧张些什么？"

可欣抛开了雅真，猛地转过身子，向大门口跑去。雅真追在后面，急急地喊："你到哪里去，可欣？你发神经病了？"

"我去看看！"可欣喊着，已经跑到玄关，穿上鞋子，冲到院子里去了。

"下那么大的雨！可欣！你还不回来！"雅真直着喉咙喊，"要去也打把伞呀！"

可欣根本没有听她的话，她的身子迅速地穿过雨线密集的院子，消失在大门外面了。雅真站在玄关的地板上，扶着纸门，呆呆地瞪视着外面大滴大滴的雨点，和檐前一泻如注的雨水。过了许久，可欣才慢慢地走了回来，她的衣服被雨淋得透湿，头发紧贴在额上，向下淌着水。但她一点儿也没有在意那继续向她包围的雨点，却像个梦游病患者那样轻缓地迈着步子，机械化地关上大门。走上榻榻米，她斜靠在墙上茫然地望着沈雅真，凄楚地摇了摇头，做梦般地低声说："他走了！我没有找到他！"

雅真凝视着可欣，半晌之后，她轻轻地拉住可欣的手，把她带回房间里，用一条干毛巾包住她滴着水的头发，又找出一身干衣服给她，冷静地说："把你的湿衣服换下来，然后把你的故事告诉我。"

"哦，妈妈。"可欣无助地摇着头，"不，妈妈。"

"你先换掉衣服。"雅真温和地带点命令的语气说。

可欣顺从地换掉了衣服。

"现在，告诉我吧，可欣。"雅真握住可欣的手，"把一切的事情都告诉我，你到底发生了些什么？你和嘉文之间是怎么回事？说吧！可欣，把我当你最好的朋友，假如你有秘密，除了告诉我，你还能告诉谁呢？"

可欣凄苦地摇头，软弱地说："不，妈妈，你会对我失望。"

"那么——"雅真的心冷了一半，不信任似的说，"我所怀疑的是真的了？你——不再爱嘉文了？"

"哦，妈妈，你别说！"可欣跳了起来，"什么都别问我，妈妈！嘉文——嘉文——"

"他爱上了别人？"

"没有！不是他！他很好！"可欣语无伦次地说，"我没有不爱他，我一直爱他，从小爱他，从几岁的时候就爱他，爱了他十几年了……"

"那不就很好了吗？"雅真放下了心，"那么你还烦恼些什么呢？只要你爱他，不就没事了吗？……"

"可是……可是……可是……"可欣喃喃地说。

"可是什么?"

"可是,就糟在还有一个'可是'呀!"可欣喊了一声,冲到书桌旁边去。

"到底是怎么回事?"雅真大声地问,有些沉不住气了,可欣扑朔迷离的谈话和不清不楚的态度使她生气,而隐藏在可欣态度之后的"真实"又使她担惊害怕。

"妈妈,我必定要嫁给嘉文吗?"可欣倚着桌子,垂下眼睛,低低地问。

"你是什么意思?"雅真的心头掠过一阵恐慌,"你变了心!是吗?那个男人是谁?"

可欣默然不语。

"说吧!他是谁?"雅真提高声音问。

可欣回过身子,面对着雅真,慢慢地抬起头来。雅真本能地愣了一下,可欣的脸色那么苍白,而眼睛那样清亮——那种神情,是她从没有在可欣脸上看到的。那样严肃、纯洁而焕发着光辉。她轻轻地从桌上拿起一样东西,送到雅真的面前。雅真看过去,那是一枝干枯的、变色的却风姿楚楚的红叶!

雨停了,天边有一弯月亮。

纪远踩过了大大小小的水潭,迈着不稳的步子,向家里走去。他的衣服还是湿的,一顶咖啡色的遮风帽压在眉毛上,双手插在口袋里,一副落拓而潦倒的样子。街面的水光中,反映出他瘦长的影子,孤独地掠过每一条大街,和每一条小巷。终于,他走到了"家"门口,在口袋中摸索了半天,才找出开大门的钥匙。他醉眼蒙眬地把钥匙向锁孔里插去，锁孔在眼睛前面摇晃，插了半天也插不进去，他发出一阵模糊的低声的诅咒。

"呀"的一声，大门从里面打开了，阿婆瞪着一对不以为然的眼睛，狠狠地盯着纪远。

"就知道是你！又喝醉了酒，天下的男人都是一个样！"她愤愤地说，掉头向里面走。又回头加上一大串，"有位小姐来找你，坐在你房间里不肯走，你去看吧！再这样，你休想租我的房子，我下个月就把房子租给别人去！"

"好了，好了，阿婆。"纪远不耐烦地摆了摆手，打了个酒嗝，"一位小姐？去告诉她我不在家！"

"她不肯走，一定要等！"

"去赶她走！"纪远简单地说。

"你去赶，我没办法！"

纪远跌跌冲冲地走进了房间，房内，桌上的台灯亮着，灯前的藤椅里，正坐着一个少女，手臂放在藤椅的边缘上，头靠在手臂上，已经由于过分疲倦而睡着了。纪远甩了甩头，酒意醒了一大半，睁大眼睛，他凝视着那张年轻而姣好的脸庞，在灯光下柔和如梦。轻轻地关上房门，他走过去，一件绿色的雨衣躺在榻榻米上，她的头发依然湿润，显然，她是冒雨而来的。纪远把手放在她的肩膀上，轻轻地摇了摇她，低声地喊："嘉龄！醒一醒，嘉龄！"

嘉龄呻吟了一声，打了个哈欠，突然醒过来了。张大眼睛，她受惊地坐正了身子，望着面前的纪远，一时似乎有些恍惚，接着就精神一振，说："哦，是你！你总算回来了！"

"你知道几点了？嘉龄？"纪远温和地说，"你该回家了！"

"你回来就赶我走！"嘉龄点点头，注视着纪远，"我不知道时间，你知道时间吗？"

"我不需要知道，但是你需要知道！"

"你喝了酒！"嘉龄冷冷地说，把书桌上一个堆满烟蒂的烟灰缸推到纪远面前，"你也学会了抽烟！这就更'纪远化'一些了！纪远，不平凡的纪远，现在更不平凡了！人人都知道你，人人都谈论你，酒家里的纪远，舞厅里的纪远，女人心目里的纪远！"

"你来做什么，嘉龄？"纪远打断了她，"你等在我这里就为了教训我，是不是？"

"我只要看看所谓的大众情人是什么样子！"嘉龄说，挺了挺肩膀，清醒的眸子里燃着火，"我只要看看你！看看你到底是哪一号的人物！"

纪远把帽子脱下来，丢在书桌上，斜睨着嘉龄，两人对视了一段很长的时间，然后，纪远冷冰冰地说："好了，你看够了吧！现在，你该可以回去了？"

"是的，我可以回去了！"嘉龄说，慢慢地从椅子里站了起来，"你不必再赶我，我现在就回去！"她弯下腰，拾起地上的雨衣，缓缓地向门口走。才走了两步，她又站住了，雨衣从她的手上滑到地下，她回过头来，突然爆发地喊了一声："纪远！你——"她说不出下面的话来，嘴唇颤抖，喉咙堵塞，泪水迅速地涌进了眼眶，她扑奔他，用手勾住他的脖子，紧紧地贴住了他。纪远本能地环抱住她的腰，但却避开了她的嘴唇。

嘉龄的头挪后了一些，燃烧着的大眼睛很快地暗淡了，泪水滑下了她的两颊。"你到底要什么？纪远？"她喑哑地问，"我还比不上那些舞女和酒女吗？你到底要什么？纪远？假如你要的是那些，我也——"她咬了咬牙，"——可以给你！"

纪远一阵战栗。他凝视着那对被泪水浸透的黑眼珠，慢慢地用手捧住了那张年轻的脸，再轻轻地把自己的嘴唇印在对方的唇上。只是那样温存地、亲切地一触，就立即抬起了头来，恳切而凄凉地望着她。

"嘉龄，"他低声地说，"我不配被你爱，你知道吗？"

"别说这个！"嘉龄摇了摇头，"如果你不要我，你就说不要我，别讲那些！"

"嘉龄！"纪远叹口气，推开了她。走到桌边去燃上一支烟，"嘉龄，"他背对着嘉龄说，"不要来爱我，不要对我迷信，你年轻而美丽，有更值得你爱的人。"

"你知道我不要听这些，"嘉龄固执地说，逐渐冷静了下来，"告诉我真话吧，纪远。你不爱我，是不是？"

纪远回过头来，他的眼睛奇怪地闪着光。

"你要听真话？"他用不稳的声调问，嘴边挂着一丝难解的苦笑，"我又怎能把真话告诉你？我不爱你？嘉龄，我爱你，但不是男女之间那种爱情，你懂吗？我可以玩弄一些女人，因为那种女人出卖的就是青春。但是你——嘉龄，你是一个纯洁而善良的好女孩，我像喜欢一个妹妹一样地喜欢你，所以，我不能欺骗你，也不能玩弄你。你懂了吗？现在，你好好地回去吧，行不行？"

"我还是不懂，"嘉龄困惑而迷茫，"那些女人有你喜爱的地方？"

"你一定要揭穿我？嘉龄？我喜爱——天知道我喜爱什么！但是我不能不逃避，不能不找个方式来麻醉自己，否则我要发疯要发狂，你懂吗？"

"我不懂。"嘉龄可怜兮兮地说，"你为什么要逃避？为什么要麻醉？"

纪远走近了嘉龄，用两只手握住她的胳膊，恳切地注视着她。他眼睛里那种奇异的光已经没有了，代替的，是种沉痛而无可奈何的神情。"嘉龄，何必一定逼我说出来？你是很聪明的，不是吗？我在感情上遭遇过挫折，我久已发誓不愿再卷入感情的旋涡，可是——"他叹了口气，"别再让我说了！好吗？你回去吧！"他用手支住头，不支地倒进椅子里，酒精、烟和淋了雨所受的寒气同时向他逼近，他觉得眼光模糊而头痛欲裂。

"我懂了，"嘉龄喃喃地说，"你在爱一个人，你已经有了所爱的人。是吗？"

纪远沉默不语，继续用手支着疼痛欲裂的头。

"我懂了——"嘉龄重复地说，脸色苍白得像块大理石，眼睛却幽幽地闪着光，"我早就应该懂了。"她走向纪远，把她冰凉的手压在他的手背上，"纪远，告诉我，那是谁？是她吗？是——"

"别问我！"纪远粗暴地喊。

"我知道了，是她！是唐——可——"

"别提那个名字！"纪远像触电般跳了起来，鲁莽地大喊，眼睛里布满了红丝，"你怎么还不走？你怎么还不回去？你到底要缠绕我到什么时候？"

"我就走了！"嘉龄点着头，身子向门边退去，"我不再缠绕你了，我回去了。"

"慢着！嘉龄！"纪远喊。

嘉龄停住步子，疑惑地抬起头来。

"嘉龄，"纪远恳求似的看着她，"不要怪我。"

"噢！纪远！"嘉龄叫了一声，奔过来，扑进了纪远的怀里，把头埋在他的膝上，失声地哭了出来。纪远紧揽着她，默然不语。在这一刻，她分不清楚自己的感情和眼泪，为自己？还是为哥哥和唐可欣？而纪远，在他混淆的神志里，已经什么都弄不清楚了。

第十三章

　　从没有一个时期，沈雅真像最近这样困扰。可欣的表白，带给她的是完全的意外，和彻骨彻心的失望。时代已经变了，不再是她年轻的那个时代，她深深地明白这一点。儿女的婚姻，早已操在儿女自己手里，父母除了贡献意见之外，没有力量干涉，更无法硬作主张。可是，这段爱情带给可欣的又是什么呢？她看到的只是可欣的消瘦、苍白，和越来越无助的眼神。

　　"可欣，放弃那个纪远吧！听我一句话，纪远绝不会比嘉文更好！"她努力想挽回那段即将破裂的婚姻。

　　"妈妈，你对我说这些，又有什么用呢？"可欣带着哀愁的微笑说，"你不必担心纪远，他不会娶我的，也不会来追求我。难道你还不知道？他像逃避一条毒蛇似的躲开我。所以，妈妈，我也不会嫁给纪远的！"

　　"那么，你为什么又拒绝嘉文呢？"

　　"我可以嫁给嘉文，"可欣闷闷地说，"只是，妈妈，你不觉得这样的婚姻是一桩欺骗吗？"

"只要你永不说穿心里的秘密，谁又知道这是欺骗呢？许许多多的夫妇，都这样过了一生。"

"你也要我去做这许许多多夫妇中的一对？永远过着同床异梦的生活，像你和爸爸一样？"

"可欣！"雅真惊异而责备地喊。

"对不起，妈妈，我不是有意的。"可欣说，歉然地红了脸，逃到自己的房间里去了。

雅真默然了，是的，她不能让可欣用一生的幸福做投资，她知道没有爱情的婚姻是什么。上一代已经在同床异梦的婚姻里埋葬了全部的感情生活，她怎能再让下一代也做相同的埋葬？可是，这场变故怎么会发生的？可欣原是那么死心塌地地爱着嘉文，怎么会在短短的几个月时间内，转变得这样突然和干脆？抓着可欣的手，她仍然抱着一线希望说："你怎么知道你对纪远的感情不是一时的迷惑？你和嘉文有十几年的感情基础，你认识纪远不过只有几个月！或者再过一个时期，你会从这种沉迷中醒过来，发现自己只是自以为在恋爱……"

"很不幸，妈妈，"可欣嘴边又浮起那个哀愁的微笑，带着深深的一抹无奈，"我是从沉迷中醒过来了，纪远使我从那个沉迷中醒来，十几年，我一直在沉迷里。现在，我才知道我对嘉文只有属于母性的那种怜恤之情，而没有爱情。妈妈，并不是我现在自以为在恋爱，而是以前自以为在恋爱。"

"纪远到底什么地方比嘉文强？"雅真不服地问，她是那样喜爱嘉文，在她的心目里，没有第二个男孩子能比嘉文更完美了。

"纪远是个男人。"可欣轻轻地说。

"这话怎么讲？嘉文是个女人？"

"不是，"可欣叹了口气，"嘉文是个孩子，他需要的不是妻子或爱人，他需要的是母亲。但是一个女人不能永远做别人的母亲，她要被人保护，要安全感，要接受宠爱。这些，都是女性的本能，对吗？"

雅真新奇地看着可欣，忽然间，她觉得说一切的话都是多余了。可欣已经长成，她不只有了成熟的身体，也有了成熟的思想。雅真不能不承认可欣的分析是对的，嘉文属于那种尚未成熟的典型，他与可欣间的距离，就在于他还没有成熟，而可欣已经成熟了。

"有一天他也会成熟。"雅真喃喃地说。

"你说嘉文？不，妈妈，他是那种永不会成熟的人，他永远会要别人保护他，帮助他，而不能独立自主。"

"你太武断！"

"十几年，妈妈，不是很短的时间，够让我认清一个人。虽然我依然喜欢他，但，那不是爱情！"

"那么，"雅真放弃了努力，"你决定不嫁给嘉文了？"

"是的，妈妈。"

"你叫我如何向杜家开口？"

"给他们真实，总比终身欺骗好，是不是？"

"或者，他们宁愿要终身欺骗。"雅真长叹了一声，绝望地站起身来，凄凉地说，"我无法强迫你做什么，可欣，你已经到了能自主的年龄。我做女儿的时候，是父母做主的时代，我做母亲的时候，又是女儿做主的时代。年轻的时候，我只能听凭父母，现在，我又只能听凭你。好吧，你有权选择你的物件，我不干涉你。只是，你自己去解决你的问题，你自己去向嘉文和杜伯伯说清楚——不过，我告诉你一句话：伤害别人比被人伤害更痛苦，无论如何，嘉文是个善良忠厚的孩子，何况，他对你一往情深，又禁不起打击。"

"这就是我的苦恼呀！"可欣叫，"我怎能告诉他呢？我又怎样告诉他呢？"

"那个纪远呢？"雅真嘲讽地问，"他是你心目里的英雄，是吗？他有勇气和你恋爱，怎么不挺身而出呢？"

"他逃避了！"可欣悲哀地说，"友谊战胜了爱情。"

"友谊？"雅真摇摇头，"可欣，那不过是个罗亭而已。"

"或者他只是个罗亭，"可欣无奈地微笑，"不过，做了罗亭是一种悲哀，但，处在罗亭的地位，如果不做罗亭，说不定是更大的悲哀呢！"

雅真再度用新奇的眼光望着女儿，她不再说话了，什么都用不着说了。可欣应该会处理她自己，她已不是个蹒跚学步的孩子，她有思想，有见识，有判断的能力。"母亲"的力量已不生效力了，孩子长成了，就是独立的个体，你不能对他们苛求什么。她离开女儿的身边，把自己关在小房间里，陷入迷惘的沉思中。依稀恍惚，她耳边漾起一个恳求的低音："走吧！雅真，去西山看红叶？去北海划小船？"

那是杜沂，多少多少年以前了。她从没有应允过，旧的礼教把她束缚得太严了。假若当初她也有可欣反叛命运的这种精神，一切又是怎样的后果？可欣，她有自由去选择她的物件，而她拒绝了嘉文。多年的梦想、期望和等待都成了泡影！两家再也不可能结合成一个家庭，她的可欣，不投入杜沂儿子的怀抱，却投向另一个男人！最可悲的，是她竟无力挽回这桩婚事！她沉坐在椅子里，把头埋在臂弯中，孤独地品茗着那份深切的失意和落寞。

而可欣呢？她继续在苍白下去，继续在憔悴下去，继续在矛盾的洄流里载沉载浮。那个罗亭始终没有再来找她……时间滑过去了，一切岑寂得像暴风雨前的天空。

嘉文对着镜子，把胡子剃干净了，洗好脸，再换上一件洁白的衬衫，他喜欢把自己弄得清清爽爽地去见可欣。窗外的夜色很好，是夏天常有的那种夜晚，星星在高而深远的天际闪烁，偶尔飘过的微风卷尽了一天的暑气。可欣现在在做什么？但愿今晚能说服她出去走走，碧潭的游舫，萤桥的茶座，台北不乏情人们谈天的地方。但愿可欣今夜有份好心情，他们可以把数月来积压的不快和忧郁气息一扫而空。但愿……但愿……但愿！

走出房间，他一眼看到嘉龄斜靠在客厅的沙发中，握着一杯冰水，膝上摊着本小说，唱机上旋转着一张唱片，斯特拉文斯基的《火鸟》组曲。天知道她什么时候爱上了斯特拉文斯基！她的头斜倚着沙发靠背，双脚蜷在坐垫上，看来像一只无处安排自己的小倦猫。

"怎样了？嘉龄？"他本能地站住步子，觉得嘉龄的神情中有份不寻常的萧索。

"怎样了！哥哥？"嘉龄扬起睫毛来反问了一句，眼睛里蕴蓄着奇异的悲哀。

"我吗？没有怎样呀！"嘉文诧异地说。

"可欣——好吗？"嘉龄摇着茶杯，冰块碰着杯子发出叮当的响声，"她对你怎样？你们什么时候订婚？"

嘉文注视了嘉龄好一会儿。"你听说了些什么，嘉龄？"他问。

"我什么都不知道！"嘉龄重重地说，烦恼地把茶杯放在桌子上，一滴水从杯里跳了出来，冰块叮然一声，伴着唱片中突然响起的沉重的合音。嘉龄从椅子里站了起来，凝视着嘉文："哥哥，你很爱很爱可欣吗？"

"这还要问？当然啦。"

"假若——我是说假若，可欣爱上了别人呢？"

嘉文狐疑地瞪大了眼睛。

"你是什么意思？"

"没什么！"嘉龄说，走过去扭开电扇的开关，突然而来的风使书页飞卷着，"爱人而不被爱是一件痛苦的事，对吗，哥哥？"

嘉文怜悯而同情地看着他的妹妹，走过去，他亲切地把手放在嘉龄的肩膀上，低声地问："你爱上了纪远，是不？那是个爱情拴不住的男人，你早就应该醒悟过来了。"

"你怎么知道那是个爱情拴不住的男人？"嘉龄用同样怜悯而同情的眼光看着哥哥，声调里充满了压抑不住的激动和惨切，"可怜的哥哥！你又何尝比我聪明？或者，我们杜家的人注定了有同一的命运！"

"你在说些什么？"嘉文不解地说，"什么东西使你变得这样语无伦次？"

"我语无伦次？"嘉龄冲口而出地喊，"你别再糊涂下去了！我打包票可欣不会嫁给你了！"

"你说什么？"嘉文蹙起了眉。

"她不会嫁给你了！你懂吗？"嘉龄喊了起来，"你像个大糊涂蛋，比我还糊涂！糊涂透顶！她爱上别人了！别人也爱上了她！只有你那么傻！打什么鬼猎！别人把你的未婚妻都猎走了……"

嘉文抓住了嘉龄的手臂，把她没头没脑地一阵乱摇，摇得她气都喘不过来。他红着眼睛，愤怒地嚷："你昏了头！你这个信口开河的臭丫头！你再胡扯八道！你再撒谎！我撕烂你的嘴……"

"哈！我撒谎！我是撒谎！你的可欣不会变心！好哥哥！你怎么不去问问唐可欣？问她去！去吧！赶快去！我告诉你，纪远亲口对我说……"她猛地住了口，用手蒙住了嘴，瞪大眼睛，望着脸色变得惨白的杜嘉文。她身子向后退，倒进了沙发里，喃喃地说："我向纪远发过誓不说出来……我是昏了头……这个天气太热了……我不知道我在说什么……我不知道……我发过誓不说出来……"

杜嘉文面如死灰，直直地瞪视着嘉龄。他呆了足足有三十秒钟，就猛然转身，对着大门外面直冲了出去，嘉龄跳了起来，追在后面喊："哥哥，你到哪里去？纪远说过他不破坏你们！哥哥！你听我说，哥哥！……"

嘉文没有理会嘉龄，他所听到的话，早已像电殛般震动了他。所有的血液都向他脑子里涌去，他神志昏乱，情绪激荡，在近乎疯狂的感觉中，什么都听不进去了。他没有意识，也不能思想，只模糊地知道嘉龄告诉了他一些可怕的事情，而他必须找到可欣来推翻它。他奔跑着，在大街上横冲直撞。连他自己也不知道是怎么样来到可欣家里的，但他终于面对着可欣了，一头一脸的汗和尘土，气喘得像只刚刚从赛马会场上退下来的马匹。

"可欣，你告诉我，嘉龄那些话都是假的！"他抓着可欣的手，惶然而紧张地喊。

"怎么了？嘉龄的什么话？"可欣被他吓了一大跳，看到他一脸的恐慌和无助，立即又涌起了那份母性保卫孩子的、本能的感情，"你别急，慢慢地说，什么事情急成这样？嘉龄对你说什么了？"

"可欣，你不嫁我了？"嘉文急急地问，迫切地望着可欣，像个急需安慰的孩子。

"什么？"可欣大吃一惊，脸色倏然地变了，"谁说的？你听到些什么话？"

"你说，那些都是假的，对不对？你说，你说！"嘉文嚷着，摇着可欣的手，"所有都是骗人的！可欣，你马上和我结婚，我们也不要订婚了！马上就结婚，也不要等毕业！好不好？你说！你说话呀！"

可欣木然地站在那儿，睁着大大的眼睛，瞪视着嘉文，一语不发。

"你为什么不说话？可欣？"嘉文更加恐慌了，汗珠从他的眉毛上滚下来，"你只要告诉我一句，那些关于你和纪远的话都是谎话！你告诉我！那些全是嘉龄编出来骗我的！你告诉我！我只听你的！可欣，你说话呀！"

可欣依旧呆呆地站着。

"可欣!"嘉文大嚷,猛烈地摇着可欣,"你说话!你说话!你说话!你告诉我!你为什么不告诉我?"

可欣艰难地咽了一口口水,把她冰冷的手压在嘉文的手背上。终于,用她不稳的声调说:"嘉文,你听我……我……我……我实在不想伤害你,嘉文,我……我……我抱歉……"

"你是什么意思?"嘉文恐怖地喊,"不,不,可欣,你也哄我,你们……你们联合起来开我的玩笑,不,不,可欣,不,可欣……"

"嘉文,"可欣挺了挺背脊,突然决心面对现实了,直视着嘉文的脸,她低低地说,"那是真的,嘉文。我抱歉……但,那是真的。"

"不!"嘉文绝望地叫了一声,转过头去,想找一样支持自己的东西,"我不相信这个,你们都骗我,你们全体骗我!你们都是骗子!都是撒谎家!"他抬起头来,一眼看到站在可欣房门口,正用一对悲哀的眼睛望着自己的沈雅真。像个溺水的人发现了浮木一般,他立即扑奔了过去。"伯母,"他祈求地说,"您告诉我这是怎么回事?您告诉我!她们都在开我的玩笑,对不对?您告诉我!"

"嘉文,"沈雅真张开了她的手臂,"我的孩子!我如何能帮助你?"她摇摇头,眼睛里蓄满了泪。

嘉文愣住了,他浑身战栗地站在那儿,望望沈雅真,又望望唐可欣。然后,他的身子向房门口退去,一面退,一面喃喃地说:"我懂了,我明白了,我知道了……"

"嘉文,"可欣喊了一声,"你别走,我有话对你说!"

"不！我懂了，我想通了！"嘉文说着，突然冲出大门，奔向大街。

"可欣！"沈雅真喊，"去追他！我不放心！"

可欣没有等母亲再吩咐，已经跟着嘉文的脚步，冲出大门去了。

嘉文像一只淹在水中的困兽，拼命和自己挣扎。突来的变故使他丧失一切理智，他在街上漫无目的地行走，不知道自己要走向何方。短短的半小时内，他的世界已碎成了千千万万片。他眼前浮动着无数变幻的光影，每个光影里都是可欣和纪远的脸。可欣和纪远！可欣和纪远！！可欣和纪远！！！这两个名字在他耳边雷鸣似的轰响着，可欣和纪远！！！怪不得可欣不肯订婚！怪不得纪远要躲避他！怪不得……原来他脚下的土地早已动摇，但他竟昏蒙地不肯相信世界末日的来临！现在，他该如何处置自己？

他走着，摇晃着，像个醉汉般东倒西歪。于是，忽然间，他发现自己停在纪远的门前了。当他发狂般地按门铃的时候，他还不能确知自己要做什么，可是，当纪远穿着汗衫出现在院子的台阶上时，他全身的血液都沸腾翻滚了起来。

"是你？嘉文？有什么事？"纪远站在台阶上面，淡淡地问，夜色里看不清嘉文的神情，院子里有一棵玫瑰花，放射着浓郁的香气。

"你过来，纪远。"嘉文喉咙逼紧，喑哑地说，双手在暗中握紧了拳，浑身肌肉因紧张而痉挛着。

"怎么？"纪远蹙了一下眉，嗅出空气里那种不寻常的火药味。但他并没有介意，走下台阶，他站在嘉文的面前，"你从家里来的？为什么这样——"

他的话没有说完，嘉文突然扑向了他，在他还没有弄清楚是怎么回事以前，他的下巴上已挨了嘉文一拳。没想到平日文质彬彬的嘉文，这一拳却相当有分量，他在毫无防备之下，被打得身子一歪，头撞在门边的一棵尤加利树上。他有两秒钟的昏晕，甩了甩头，刚刚站直身子，嘉文的第二拳又到了。他本能地闪向一边，大声地喊："你这是做什么？为什么不好好地讲话？"

"我对你没有话讲！"嘉文沙哑地说，继续猛扑纪远，"我恨不得挖掉你的心肝五脏，你这个狼心狗肺的东西！我杜嘉文瞎了眼睛，才会把你当朋友，当知己！"

纪远又闪避了嘉文的一拳，退到台阶旁边，他心中已经有些明白是怎么一回事了，不愿向嘉文还手，他只是一味地闪避。就在闪避之中，他猛一抬头间，忽然看到随后赶来、气喘吁吁的唐可欣，正站在敞开的大门前面，紧张地注视着他们。他怔了怔神，接着听到可欣一声尖叫："小心！纪远！"

他转过身子，一样黑黝黝的东西对他当头飞来，他回避不及，这东西击中了他的头颅，立即破碎了。接着，第二件又飞了过来，纪远看清是阿婆摆在花架上的花盆，他闪过了第二个，第三个又来了。嘉文把一排花盆全砸光了，才连头带脑对着纪远直冲过来，他撞中纪远的胸口，纪远因为不肯回手，在形势上就吃了大亏。嘉文又势如拼命，大有不死不休之态。这一撞使纪远站立不稳跌倒在台阶上。纪远在看到可欣后，心里已如洞烛，什么都明白了。对于嘉文的扑打，完全采取不抵抗的态度，倒在台阶上之后，他也没有设法站起来。嘉文扑过去，跨在纪远身上，开始没头没脑地对纪远乱打一通，一直打到他自己精疲力竭，他才摇摇欲坠地站起身来，俯视着纪远。阿婆和小辫子早已闻声而至，小辫子吓哭了，阿婆跳着脚在叫："我要叫员警去！我要叫员警去！"

纪远躺在地上，眼前发黑，浑身痛楚。血从他的眉毛上、鼻子里、嘴里涌出来，浸湿了他的汗衫，流到台阶上。眉毛上面是被花盆打伤的，血流得很凶，使他的眼睛都无法睁开来。但，他的神志依然非常清楚，他听到嘉文带泪的声音，迷惘而无力地说："你为什么不还手？你为什么不和我对打？纪远？"

他拭去了眼睛上的血，吃力地睁开眼睑，嘉文苍白的脸看来孤独而无助。

"是我欠你的，嘉文，"他低声地说，嘴边浮起一丝苦笑，"我一直欠你一顿打。现在我们扯平了。"

"扯不平的，纪远，"嘉文喃喃地说，"如果你要抢走可欣，还不如当初那一枪打中我的心脏。"他转过身子，摇摇摆摆地向门外走去，他的声音苍凉而凄楚，这比他的拳头更让纪远觉得难以忍受。

"不要放他走！不要放他走！我要叫员警去！"阿婆仍然在直着喉咙喊。

"让他走，阿婆，"纪远说，"所有的损失都由我来赔偿你。"他皱紧眉头，伤口像撕裂般地痛楚着，用手支着台阶，他试着想站起来。

一只手温柔地压住了他，有条小手帕按到他额上的伤口上，他听到个轻柔而熟悉的声音在说："不要动，纪远。"接着，那声音又请求似的说："阿婆，你能去找个医生吗？"

他张开了眼睛，接触到可欣带泪的眸子，那样哀哀欲诉地注视着他，万万千千的言语都包含在那一对眸子里了。他震动了一下，所有的伤口都不再疼痛，凝视着那张消瘦的脸庞，他不知道该说些什么。润润嘴唇，他耳边却响起嘉文凄凉无助的声音："扯不平的，纪远。"是的，扯不平的。伤口又痛楚了起来，咬住牙，他残忍地说："你在这儿干什么？"

"纪远！"可欣低喊。

"你为什么不跟他走？去吧！跟他走！他是你的未婚夫，你留在这儿做什么？"他继续说，面部肌肉痉挛地扭曲着。

"纪远？"可欣不信任地望着他，"我没有跟他订婚，我根本没有跟他订婚！"

"那么，你是个傻瓜！这样好的丈夫你还不要，你要怎样的人？"

"纪远！"可欣跳了起来，瞪视着他，"你这个……你这个……流氓！你是没有良心的！没有感情的！你是个冷血动物！"

"哈哈！"纪远轻蔑地笑了起来，"你到今天才知道我是个冷血动物？今天才知道我是没有良心的？你认识我未免太晚了一点！告诉你，良心和感情都是不值钱的，有它的人倒霉了！现在，你可以走了吧？"

"是的，我可以走了。"可欣点点头，机械地转过身子。

"我并不笨到要惹人讨厌的地步！"她慢慢地向门口走去，走到门边，她站住了，停了几秒钟，她又回过头来。她清亮的大眼睛深深地望着纪远，然后，她折了回来，停在纪远的身边，轻轻地说:"够了,纪远,别再对我演戏了,好不好?这样,不是更痛苦吗?"

纪远猛地跳了起来,忘了伤口,也顾不得疼痛,他恼怒地大喊起来:"我叫你走!我叫你走!你别死缠住我!去找你的未婚夫去!去!去!去!我不要你!你知不知道!你别在这儿惹人讨厌,自作聪明!"

可欣被打倒了,她哀号了一声,用手蒙住脸,痛哭着奔出大门,消失在巷子里了。

纪远倒了下来,心力交瘁。把头埋在臂弯里,他浑身一点力气都没有了。喃喃地,他低声喊:"我的天!我的上帝!"

泪水滑下他的眼角,和血混在一起。

第十四章

　　暑假开始了，嘉文的寥落使杜沂十分不安，他试着和儿子接近，但，嘉文永远是那样一副无精打采的样子，好像天大的事也无法使他动心。关于嘉文的婚变，杜沂已经从雅真那儿获得了事情的真相。虽然雅真一再地为这件事表示歉意，杜沂却始终不能释然。纪远，杜沂知道这个男孩子，他打了嘉文一枪，又抢走了嘉文的未婚妻，世界上居然有这种事情！而可欣又居然会爱上他！时代变了，到处都是令人费解的事。

　　随着暑假的来临，杜沂希望可以转变嘉文的心境，他提议阖家去日月潭小住。嘉文没有反对，嘉龄也无异议，于是，他们去了。在涵碧楼住了十天，嘉文天天关在旅舍里睡觉，既不览湖光山色，也不划船游泳。嘉龄也终日无情无绪。日子单调而窒闷，十天比十个月还显得漫长。于是，杜沂明白了，他只是一个可怜的父亲，他的爱心无法代替孩子们需要的那份感情。结束了旅行，他们回到台北，比去以前更加消沉。

这种沉闷的空气使杜沂难以忍耐，更让他不安的，是嘉文的茶饭无心，两个月来，他几乎没有好好吃过一顿饭，他不念书，不吃饭，不刮胡子，不洗澡……好像和整个的"生活"都脱了节，消瘦得像个幽灵。父亲的爱心不允许他坐视下去，一个午后，他去拜访了雅真和可欣。

雅真带着一脸的歉意和悲哀迎接他，讷讷地问："嘉文好吗？"

杜沂摇摇头。

"嘉龄呢？"

杜沂再摇摇头。

"我很抱歉……"雅真不安地说，"孩子们大了，有他们自己的意见，我只觉得自己老了。"

杜沂注视着雅真，她看来确实憔悴而苍老，但那脸庞神情，仍依稀可以找出少女时代的风韵。他奇怪在这么多年之后，她仍然让他心动。感情，真是件难以解释的东西！振作了一下，他摆脱了那份缠绕着他的思想，问："可欣在家吗？"

"在她的房里，和湘怡在一起。"

湘怡，他记得那个名字，仿佛是个安安静静的女孩子。他没说话，可欣已经听到了他的声音，推开纸门，她和湘怡一起走了出来。杜沂望着可欣，本能地吃了一惊，可欣变了，她不再是个生动明丽的女郎。她的眼睛凄凉暗淡，神情庄重凝肃，但，却焕发着一种特殊的美丽。苍白和哀愁没有使她减色，反增加了她的妩媚动人。她一直走到杜沂面前，恭敬而亲切地坐在他的身边，轻声地说："您找我吗，杜伯伯？"

"可欣，"杜沂清清嗓子，觉得十分难以开口，"你一定要这样做吗？你和嘉文——难道没有一点点和好的希望？"

"杜伯伯，"可欣垂下眼帘，绞着一条小手帕，"我祝福嘉文，希望他找到——比我更好的妻子。我……我……我很难过，您不知道我多怕伤他的心……"眼泪涌进她的眼眶，她语音哽咽，"我这样做，绝不会比他快乐。"

"那么，你为什么一定要这样做呢？"

可欣的眼睛抬了起来，她含泪的眸子直视着杜沂，里面闪烁着奇异的光彩。

"我可以嫁给他，杜伯伯，假若你们一定要我嫁给他的话，不过，那又有什么用呢？杜伯伯，您曾经尝试过和您不爱的人结合吗？"

"可是，你一直爱着嘉文的，是吗？"

"是的，"可欣哀愁地点着头，"像个姐姐爱她的小弟弟，但你不能和你的小弟弟结婚。如果没有纪远，我会和他结婚，然后长时期地自苦、挣扎、后悔……许许多多的婚姻都是这样的结果。可是，纪远出现了，他使我知道什么叫爱情……"

"好，"杜沂望着可欣，"你决定嫁给纪远了？"

可欣摇头。

"他不要我，他已经走了。"

"走了？走到哪里？"

"预备军官训练。不过，受完训他也不会回台北了，我知道他。爱上他是一件倒霉的事情，注定要受苦，要受折磨，可是，我不知道怎样可以不爱他！"她猛然咬住小手帕，泪如泉涌，遏制不住地哭了出来。站起身，她奔进她的房里，拉上了纸门。

房间内有片刻的沉静，然后，杜沂抬起头来，他接触到雅真湿润的眼睛。

"从有人类开始，"雅真低声地说，"没有人能逃得过感情的烦恼。"闭上眼睛，她叹了口长气，"那个纪远已经走了，我现在比较了解可欣为什么会爱纪远了，那确实是个奇特的孩子。杜沂，她已经够痛苦了，别逼她吧，时间可以改变许多东西，我们何不等待一段时间呢？说不定一切又会变回头呢！"

杜沂苦笑了一下，站起身来，他知道一切都过去了，嘉文不会再获得唐可欣，他在她眼睛里看到了震动灵魂的那种爱情——而这爱情不属于嘉文。转过身子，他落寞地说："好吧，让时间去转变一切！我走了，雅真！"

"等一等，杜伯伯！"一个轻轻柔柔的声音在他身后响起来，他有些惊奇地回过头去，屋角处，那个不被人注意的、安安静静的女孩子走了过来，两条长辫子悠闲地垂在胸前，"我跟您一块儿走，我想去看看嘉龄和嘉文。"

"哦？"杜沂有两秒钟的神思恍惚，这个少女身上有着什么特殊的东西？那样宁静安详，与世无争。他奇怪自己怎么从来没有注意过嘉文那年轻的一群中，有这样一个出色的女孩子。"当然，好的，好的。"他一迭连声地说，"我们走吧！"

和雅真说了再见，杜沂和湘怡走出了唐家的大门。杜家和唐家离得并不太远，杜沂提议散步走着去。黄昏的风柔和地吹拂着，落日在巷子的尽头沉落，彩色斑斓的云层飘浮变幻，几只晚归的鸽子在天际翻飞，找寻它们的归巢。杜沂凝视着身边那纤小的少女，一件无袖的白衬衫，一条蓝布的裙子，简单的衣着衬托着一张轻灵秀气的脸庞。

"你住在哪儿？"他问。

"厦门街。"

"和父母在一起？"

"不，父母在大陆没出来，我跟哥哥嫂嫂住。"

"哦？"杜沂望望那洗败了的衣服领口，那哥哥和嫂嫂一定相当疏忽。"我记得你，"他说，"你常和嘉文他们一块儿玩的，是吗？"

"我和可欣是同学，"她抬起眼睛来，很快地扫了杜沂一眼，"很久没有看到嘉文了，他好吗？"

杜沂脑子里灵光一闪，突然想起来了。嘉文受伤的时候，有个女孩子常在他床边一坐数小时，默默地不大说话，也不引人注意，那就是湘怡。他心情猛地振作了，有种模糊的预感使他兴奋，他摇摇头，深思地说："不，他的心情很坏，或者，年轻的朋友们常来走走，会让他振作一些。"

湘怡再望了杜沂一眼，她的眼光智慧而含蓄，带着点探索的意味。杜沂坦白地回望着她，"喜爱"和"鼓励"都明显地写在他的眼睛里。湘怡不再说话，垂下了头，她凝视着地下落日的影子，一层薄薄的红晕在她面颊上散布开来。

到了杜沂家里，嘉龄已经出去了，嘉文躲在他的房间里蒙头大睡。杜沂直接走到嘉文门口，敲了敲门，说："嘉文，有朋友来看你。"

"谁？"嘉文在屋里闷闷地问。

杜沂推开了房门，示意湘怡进去。湘怡有些不安，犹疑地站在房门口，杜沂鼓励地说："进去吧，你们年轻人谈谈，我去叫阿珠给你们调两杯柠檬水来！再有，你今晚就留在我们这儿吃晚饭吧！"

湘怡迟疑地跨进了屋里，房门在她身后合拢了。她局促地对室内望去，一间凌乱不堪的屋子，一个潦倒不堪的男人。嘉文正从床上坐起来，惊讶而狼狈地望着湘怡，因为天气太热，他赤裸着上半身，连汗衫都没有穿。他慌乱地翻着被褥，找寻他的衣服，找了半天也没有找到，湘怡不声不响地走了过去，从地板上拾起一件衬衫，递到他的面前，轻声地说："你是在找这个吗？"

嘉文接过了衣服，惶惑地望着湘怡，后者的面颊上漾着红晕，清澈的眼睛柔情似水，用一副充满了关怀、怜悯和深情的神色注视着他。他觉得一阵激荡，又一阵凄楚。凡陷在痛苦中的人，都渴望被了解和同情，他也是这样。而当了解和同情来临的时候，却又往往倍感伤怀。他的喉咙哽塞了。

"你从她那儿来的，是吗？"他问。

"是的。"她答，把她的手温暖地压在他的肩膀上，"那一切都让它过去吧，不管世界变成什么样子，人总得好好地活着，是不？"

"活着——为什么呢？"嘉文无助地问。

"为许许多多东西，或者，就为了生命的本身，人必须对自己的生命负责。何况，还有那么多令人可喜的事情呢！约翰·克尔的《茶与同情》，格蕾丝·凯利的《后窗》，最近全是好电影！天气又那么晴朗——蜷伏在床上才是浪费生命呢！"

嘉文用一对怀疑而困惑的眼睛望着她。

"或者——"湘怡红着脸说,"你愿意请我看一场电影吗?"

"你——有兴趣?"嘉文犹疑地问。

"怎么会没有?"

"那么——"嘉文顿了顿,"晚上去?"

湘怡凝视着他,眼睛里流转着蒙眬的醉意,轻轻地点了点头,脸红得更加厉害了。

窗外的落日已经隐没,暮色正逐渐地扩散开来。或者,这将是个美丽的仲夏之夜——那些黑夜的小精灵,会在夜色里散布下无数的梦。

人生总会发生许许多多的变故,每个人的一生,写下来都是厚厚的一本书。不管有多少故事在不断演变,不管有多少事情在不断发生,时间总是那样自顾自地流过去。日升月沉,花开花落,一转眼间,又是圣诞红怒放的季节了。

可欣抱着一大沓书,和湘怡并肩走出了校门,沿着和平东路,她们缓缓地向前走着,风很大,她们围着围巾,仍然感到寒意。

"可欣——"湘怡先开了口,带着几分不安,"我一直想问你一个问题。"

"什么?"可欣问,把围巾拉紧了一些,寒风下,她看来有些弱不胜衣。

"可欣,"湘怡咬了咬嘴唇,"这半年多以来,纪远没有一封信给你,也没有一点消息给你,你对他难道还没死心?我想,他可能永远不会再露面了!"

"不错，"可欣点点头，"我也这么想。"

"那么，你还等待些什么呢？"

"我根本没有等待。"

"这话怎么讲？我不懂。"

"纪远的躲避，早在我意料之中，"可欣淡淡地说，好像并不关怀，"我也丝毫不存着和他结合的念头，那一段故事已经过去了，我把它藏在心里，知道自己爱过，也被爱过，就够了。这些日子以来，我已经学会如何处理自己了，除了按部就班地过日子以外，我不对任何事情抱希望。没有希望，也就可以避免失望。"

"既然你对纪远已经不抱希望，"湘怡谨慎地说，注视着可欣，"你和嘉文有没有破镜重圆的可能性呢？"

可欣怔了怔："你是什么意思，湘怡？"

"我就是问你，你对嘉文还有没有些微的爱情？假如嘉文——仍愿意和你重归旧好，你愿不愿意再考虑和嘉文的婚事？你知道……"

"湘怡！"可欣打断了她，"你和嘉文之间不是已经很好了吗？"

"我们——是很不错，"湘怡顿了顿，"不过，我还是要问你，你对嘉文一点儿爱情都没有了吗？"

"湘怡，"可欣长叹了一声，"我告诉你我心里的话吧，对嘉文，我当然有一份感情，十几年青梅竹马的友谊不是一朝一夕可以抹杀的。不过，自从发生纪远的事件以后，我已经认清没有和他结合的可能性了。不管我和纪远能不能团聚，我都绝不考虑和嘉文重合。你懂了吗？湘怡？婚姻是终身的事情，我不能欺骗他，也不能欺骗我自己。——而且，我对纪远——"她又长叹了一声，幽幽地说，"——始终未能忘情。"

湘怡深深地注视着可欣，沉默了一段短短的时间，然后，湘怡轻声地说："那么，可欣，我要告诉你一件事情。"

"什么事？"

"我和嘉文——预备在圣诞节订婚了。"

可欣很快地抬起头来，望着她的朋友。接着，她热情地握住了湘怡的手，亲切而恳挚地说："我猜到可能有这一天，恭喜你，湘怡。我不能希望有比这个更好的结局了。"

湘怡苦笑了一下，神情中有些萧索和落寞。低着头，她默默无语地走了很长的一段，才用低低的声音，像叙说一个梦似的说："我爱他已经很久很久了。可欣，那时他是你的未婚夫，我只能把这份感情放在心里。"

"是吗？"可欣十分惊奇，"我居然没有看出来！"

"从你第一次把他介绍给我的时候开始。"湘怡继续地说，"我参加你们每一个聚会，只因为有他！我从不敢希望有一天能得到他，我只要能看看他，听听他的声音，也就满足了。我做梦也没有想到会和他订婚。"

"湘怡！"可欣低喊着，"这一切真有些奇妙，不是吗？或者，他生来就该属于你的，注定了要属于你的！湘怡，我很高兴，真的！"她的眼眶湿润了，"他是那样一个天真的——孩子，你会给他快乐的，你比我更适合于他！"她激动地摇着湘怡的手，"祝福你们！湘怡！但愿我能够参加订婚礼！"

"你要听我说吗，可欣？"湘怡忧郁地问。

"怎么？"

"我不希望你参加订婚礼，也不希望你参加婚礼，请你原谅我的自私，可欣，我请求你不再和他见面！行吗？"

"怎么——"可欣抗议地喊。

"他没有忘记你，可欣。"湘怡静静地说，"他爱着的还是你，这就是我的悲哀。"

"怎么！"

"是真的，可欣。他和我在一起的时候只是谈你，谈你们的童年，谈你们的细微琐事，谈得伤心了就哭……我答应和他订婚，完全是一种冒险，我希望日子久了，他可以慢慢地把你忘记。所以，可欣，假若你已经决心放弃他了，你就避开他吧！"

可欣困惑地望着湘怡。"我还是不了解，"她闷闷地说，"他既然向你求婚，当然是爱上了你……"

"可欣，"湘怡微笑地打断了她，"嘉文的个性你还不了解吗？他就是那样一个没长大的孩子，他并不是爱上了我，而是……一种需要。你懂了吗？我不是他的爱人，是他的一块浮木！"

"浮木？"

"是的，仅仅是块浮木。他现在像个溺水的人，必须抓住一样东西来支持他，否则他会沉下去。我就是他抓住的东西——一块浮木！"

"湘怡，"可欣愣了一会儿，"你决心嫁他了？"

"我决心！"湘怡说，"我爱他，我要帮助他，帮助他长大，帮助他独立，帮助他找回他自己。我不顾一切后果——虽然，这种婚姻的基础并不稳固，很可能会变成悲剧，但我顾不了，我爱他！"

可欣揽住了湘怡，紧紧地握着她的手。"你们会幸福的，"她保证似的说，"他会爱上你，总有一天会爱上你。你们一定会幸福的，我料定会幸福！你是他所需要的那种类型。湘怡，我向你保证，我一定避开，不再和他见面。但是，你们结婚以后，你不可以冷淡了我，你一定要常常来看我，和我联络，告诉我你们的一切情形，好吗？"

"当然，可欣。"

她们站在街边上，这已经是该分手的地方了。两人默默地对视着，彼此都还有满心的话讲不出口，好一会儿，两人就这样站在那儿，最后，还是可欣先开口："你家里已没有问题了吗？"

"还需要一番革命。"湘怡微笑着说，"不过，我想，补偿我哥哥一些钱，也就差不多了。"

可欣点了点头。"那么——再祝福你一次，湘怡，再见了。"

"再见。"湘怡轻轻地说。

可欣转过身子，刚刚准备离去，湘怡又叫住了她："可欣！"

可欣站住了，询问地回过头来。

"我也祝福你！"湘怡说，深深地望着她，"愿有情人终成眷属！"

可欣笑了，摆了摆手，向家中的方向走去。笑容没有在她脸上停留太久——因为，眼泪早已夺眶欲出了。

第十五章

一九五六年，夏天。

一件"不可能的"工程在这年夏天开工。六千多个退除役官兵和无数的失学青年、工程师、技工、学生从台湾各个角落里涌向中央山脉。开路、架桥、炸山、筑隧道……艰苦而惊心动魄的工程开始了——人的信念撞开了坚厚的山壁，把"不可能"的工程变成了一件"不可思议"的工程。

刚刚有过一次台风和豪雨，山路就显得特别地崎岖、泥泞和陡峻。纪远和几个同伴，穿着笨重的长筒爬山鞋，扛着十字镐，背着行囊（里面装满了踏勘工具、绳索、急救包和一些乱七八糟的东西），从那条临时搭起的栈道上走回到工地。望见那一排数间茅草小屋和帐篷时，他不禁长长地吐出一口气。就是这样，不住地勘查、测量，勘查、测量，从一座山翻到另一座山，整日与岩石、树木、泥泞为伍，和蚂蟥、蚊蝇、毒蛇作战，在崇山峻岭、杳无人迹的地区穿出穿进，这种生活，他已经过了整整的半年了。

半年来（从一九五五年冬天到一九五六年夏天），他跟随着许多经验丰富的工程师，深入山区，研究路基、桥梁、隧道、涵沟、挡土墙、驳坎等种种问题，踏遍了合欢山、黑岩石、羊头山、馒头山、立雾大山等重重山峦，在艰苦而困难的工作中，早已和城市脱离了关系，嘉文、嘉龄、可欣、湘怡、胡如苇……这些距离他已经很远很远了。他心中和眼睛里都只有山林树木和峭壁绝崖。整整半年内，他只到过花莲一次，台中一次。他没有再去台北，料想中，他在朋友们的记忆里大概已经褪色了。

横贯公路正式开工以后，纪远原准备离开山区，再回到人的世界里去，但是，那轰轰烈烈的工程把他留住了，他舍不得离开，不为了那为数可观的薪水，是为了那种气魄和精神，对他具有绝大的感召和吸引力。而城市中，却有着过多该埋葬的记忆。他留下了。日日与岩石、钻孔机为伍，与赤裸着上身、汗流浃背的荣民们相对。他不可否认，自己经常会陷在一种苦闷、迷惘和暴躁的情绪里。于是，他会抓一把铁锤，脱掉了上衣，加入那些工作的人中，用铁锤猛敲着那些顽石，他工作得那样发狠，似乎要用自己的生命去撞开那巍巍然屹立着、坚不可移的山壁。每当这时候，他的同事的工程师们，以及工务段的驻扎人员和医务人员，都会微笑着说："纪远又在发泄他用不完的精力了！"

一天的苦工，会使他饱餐一顿，然后倒在任何一个地方，帐篷内、草寮中，或铁皮顶的"成功堡"里，甚至于露天的岩石和草丛内沉沉睡去。他最怕无眠的夜晚，那交叠着在他脑海中出现的人影常让他有发狂的感觉，于是他只有爬起来，找一瓶酒喝到天亮，再带着醉意去击打那些永远击打不完的岩石。工务段的人常纳闷地说："常看到纪远喝酒，就没看到他醉过，别人喝了酒要睡觉，纪远喝了酒就敲打岩石！"

在他们心目里，纪远是个不可解的青年，二十几岁的年纪，肯安于深山莽林的生活，没有丝毫怨言及不耐。工作起来像条蛮牛，不工作的时候，就沉默得和一块大山石一样。有时，他们拍着他的肩膀问："喂，纪远，你的女朋友在哪儿？"

纪远会瞪人一眼，一声不响地走开去。久而久之，大家对他的女朋友不感兴趣了，他们给了他一个外号，叫他作"不会笑的人"。他性格里那份活泼轻快已经消失了，山野把他磨炼成一块道地的"顽石"。

在这些同事中，只有小林和纪远比较亲近，小林也是个刚刚跨出大学门槛的青年，只有二十三岁，是成功大学学土木工程的，和纪远一样，他在横贯公路的工作是半实习性质。

大概由于年龄相近，他对纪远有种本能的亲切。他属于那种活泼爽朗的类型，常不厌其烦地把他的恋爱故事加以夸张，讲给纪远听，然后说："纪远，你准经过了些什么事，使你的心变成化石了，有一天，这块化石又会熔解的，我等着瞧！"

但他等不出什么结果来，山石树木里没有熔解化石的东西。

沿着那条栈道，纪远和他的同伴们回到了工务段的成功堡里，这一段的负责人是位经验丰富的老工程师，他正为台风后的种种问题大伤脑筋。这一次的台风也实在不幸，使部分的工程坍塌，又使一些技工寒了心，坚持要辞工不干，看见了满身泥泞的纪远，老工程师担心地问："前面的情形怎么样？"

"和猜想的情形相同，山崩了，路基都埋了起来。不过，"纪远坚定地咬了咬牙，"并不严重，我们可以再炸通它。"

老工程师忧虑地笑了笑，叹口气说："但愿每个工人都有和你一样的信心！与其雇用这些技工，真还不如全部用荣民。"

纪远没说话，他们把调查的结果绘制了一个草图，交代了草图之后，他回到他的草寮里。小林刚刚到溪流那儿去洗了澡回来，嘴里哼着一个不知道从哪个荣民那儿学来的牧羊小调："小羊儿呀，快回家呀！红太阳呀已西斜！红太阳呀，落在山背后呀，黑黑的道路，你可别迷失呀。你迷失了，我心痛呀，我那远行的人儿，丢开了我怎能不记挂？"

简单的调子也有一份苍凉和动人的韵味，纪远在铺着稻草的"床"上坐下来，脱去了笨重的鞋子，头也不抬地说："有谁记挂着你吗？唱得这么起劲！"

"可惜没有！"小林说，微笑着审视着他，"情形如何？"

"山崩了！"纪远简单地说，继续脱掉上衣和长裤。衣服和裤子上都全是泥泞。"该死！"他咒骂着，在衣服上掸掉一条蚂蟥，"这种生活也厌气透了！"

"你也有厌烦的时候，纪远？"小林发生兴趣地说，"我以为你要娶山做老婆了。喂！纪远，你对婚姻的看法怎样？"

"没有看法！"

"你是个愤世嫉俗的人！"小林说，"我不知道是什么原因让你逃避到山里面来？"

纪远怔了一下，抬起眼睛来，他深沉地注视着小林，不过，他的眼光并没有停在小林身上，而是穿透了他，望着一个不知是什么的地方。

"逃避到山里面来？"他闷闷地说，"或者我是逃避到山里面来——以前也有一个人这样说过。但是，说我是个愤世嫉俗的人是不对的，我并不愤世嫉俗。"他的眼光从遥远的地方收回来了。凝注在小林的脸上，"要了解一个人是困难的，每个人都是复杂而矛盾的动物。"

"曾经有人了解过你吗？"小林不经心地问。

"是的。"纪远慢吞吞地答，"她看我就像看一块玻璃一样，我每个纤细的感情和思想都逃不过她。被人了解是件可怕的事情，使你觉得周身赤裸而一无保护。可是——假若这份了解里有着欣赏爱护的种种成分，你会甘于赤裸，也甘于被捕获。"

"那么，你为什么还要逃开呢？"

"不能不逃开。"纪远惘然地望着草寮外被落日染红的岩石和峭壁，"人生的许多事情都只能用四个字来解释：无可奈何。年龄越大，经历越多，这种无可奈何的情绪也就越深切。我从不认为自己是个懦怯的人，面对困难而征服它，是我一贯的生活方针。可是，感情不是这样的，你不能像对付一块顽石一样地敲碎它，也不能像征服峭壁一样炸通它——它比横贯公路还让人困扰。是一条永远筑不通的路。"

"她在什么地方？"小林不动声色地问，他惊奇着自己竟"踏勘"进了这块顽石的内心深处。

"她——？"纪远的神色更加迷惘，"谁知道？结了婚？生了孩子？出了国？多半是这样。他们会很幸福的——然后，我会被遗忘……十年二十年之后，他们会偶然地提起来，那个纪远，成为茶余饭后的谈话资料，那个纪远！"他的脖子涨红了，突然间，他跳了起来，游移的神志陡地清醒了，瞪视着小林，他咆哮地说："见了鬼！我干什么要和你谈这些？你这个讨厌的，探听别人秘密的小鬼！"抓起了换洗衣服和毛巾，他愤愤地走出草寮，向溪边走去，草寮外的夕阳温柔地迎接着他，晚风吹凉了他脑中聚集的热血。他对自己摇了摇头，苍凉地自语了一句："我是太累了，太疲倦了！"走到溪边，他望着水中自己的倒影，抚摸着多日未刮胡子的下巴，又低低地加了一句，"我到底只是一个人哪！不能变成块石头！"

早晨，纪远在锤打石块的敲击声中，钻孔机的吼叫声中，和荣民工作时的"吭唷"声中醒了过来。隔夜的宿酒未消，脑子里仍然有些昏昏沉沉。面对着满山的阳光，他挺了挺背脊，希望振作一下涣散的精神。夜里，他有一个奇怪的梦，梦到自己在浓雾弥漫的荒山中行走，匆匆忙忙地找寻着方向，但是雾把什么都掩盖了，走来走去都碰到峭壁林立，要不然就突然发现自己站在悬崖的边缘，而惊得一身冷汗。然后，他听到一个熟悉的声音在遥远的地方呼唤着自己，呼唤的声音越来越近，他身不由己地跟随着这声音走去，于是，忽然间雾散了，他眼前出现了一条道路，他顺着这道路向前走，那呼唤的声音更近了，他变成了渴切的奔跑："等着我！"他嚷着，不停地向前奔跑，跑着，跑着……陡然间，他眼前一亮，可欣亭亭地站在那儿，一对哀哀欲诉的眼睛火热地注视着他，他一惊，醒了，什么都没有了。

"她在哪儿？她怎样了？"望着暴露在阳光下的岩石，他在心中低问着。可欣的幻象缠绕着他，苦恼着他，再挺了挺背脊，他为自己的软弱而恼怒了。"我是怎么了？着了魔吗？"抓起一把铁锤，他加入了工作着的荣民群众里。

劈不完的岩石，那么多那么多。前面在炸山了，轰然巨响，碎石纷飞。纪远握紧了铁锤，向那些石块猛力锤去，一锤又一锤，他胳膊上的肌肉凸了起来，裸露的背脊曝晒在烈日之下，大粒大粒的汗珠渗透了毛孔，又沿着背脊流了下来。

更多的汗珠跌进了石堆之中，立即被滚烫的石头所吸收。太阳升高了，火般地炙晒着大地。纪远发狂地挥着铁锤，似乎恨不得一口气把整个中央山脉击穿。"可欣在哪儿？可欣怎样了？"尽管手的工作不停不休，脑子里仍然无法驱除那固执的思想。他停了下来，用手抹了抹满是汗水的脸，困惑地扶着铁锤站着。"都是小林不好，"他想着，"全是他几句话勾出来的。"但是，可欣到底怎样了？到底在何方？

"喂，老弟，休息一下吧！"他身边的一位荣民碰碰他，递给他一支新乐园。

燃起了烟，他注视着峭壁下的河谷。烟雾袅袅上升，消失在耀眼的阳光之中。有多久没有回台北了？两年？两年是多少天？这世界能有多少不同的变化？或者，他应该回台北去看看了，去看看老阿婆，去看看小辫子，去看看他所离弃的世界。他揉灭了烟蒂，重新举起铁锤，但他的思想更不宁静了，那念头一经产生，就牢牢地抓住了他：回台北去！回台北去！！回台北去！！！他猛劈着石块，每一击的响声都是同一音调：回台北去！

有一个人从山坡上滑了下来，连跑带跳地来到他的身边，他看过去，是小林。不知是什么东西让这孩子兴奋了，他眼睛里亮着光彩，喘着气喊："纪远！"

纪远停止了工作，询问地注视着小林，"什么事？"

"来，来，"小林不由分说地夺过他手里的铁锤，带着难以抑制的兴奋说，"丢下你的工作，跟我来吧！有一件出乎你意料的事情。"

"你在捣什么鬼？"纪远狐疑地问。

"你跟我来就是了！"小林嚷着，拉着纪远就走。

纪远不解地蹙起了眉，不太情愿地跟在小林后面，离开了那喧闹的施工地段。小林显然陷在一种神秘的愉快里，不时回过头来对着纪远微笑。这孩子永远有一颗快乐而热情的心，纪远不能对他卖关子的态度有所呵责。走到了工务段的成功堡前面，小林回过头来，笑着说："你进去吧！我想，那溶剂出现了！"

纪远瞪了小林一眼，他在说些什么鬼话？一声不响地，他走进了屋内，突然阴暗的光线使他的视线有几秒钟的模糊，然后，他看到老工程师正含笑地注视着他："唔，纪远，你有一位朋友来看你！"

他跟着老工程师指示的方向看去，一瞬间，他眼花缭乱，什么都看不清楚。用手揉了揉眼睛，他再对那个方向看过去，那人影依然存在，似清晰又似朦胧地站在那儿，如真如幻，如虚如实。他瞪大了眼睛，在巨大的惊愕和惶惑之中，完全呆住了。

"好吧，纪远，你们谈谈吧，我出去视察一下。"老工程师含蓄而了解地望着面前这一对青年，径自走了出去，并且好意地带上了房门。

室内继续沉寂着，纪远的额上在冒着汗珠，用手挥去了汗，他润了润干燥的嘴唇，仍然不能相信自己看到的是真的。

好半天，才能用喑哑的声音问："你——怎么来的？"

"走来的。"那人影说，一抹凄凉的微笑浮上她的嘴角，她看来比他镇定得多，"我费了许多时间才打听到你在这儿，一星期前我乘苏花公路的车子到花莲，被台风阻住，三天前动身，步行了三天，才到这儿——一个背粮食的山胞带我来的。"

纪远凝视着她，依然是披肩的长发，深邃而智慧的眸子，和修长的身段。一件镶着小花边的白衬衫，一条藏青色的长裤，裤脚布满泥泞。这是她？唐可欣？他陡地振作了，再挥去额上的汗，他喃喃地喊："老天爷，这真是你？可欣？"

"是的，是我，"可欣宁静地说，"怎样？不欢迎？是吗？"

"说真的，"纪远迷乱地说，"我简直不知道该说什么好，你是这样一位——不速之客。"他走到桌子旁边，慌乱地想找点什么来镇定自己。终于，他从冷开水瓶里倒出一杯水来，递给可欣说："你一定渴了，走了那么多路，你要喝水吗？"他的语气还算冷静，但他握着茶杯的手泄露秘密地颤抖着。

"是的，谢谢你。"可欣接过了水，静静地注视着纪远。

"你使我吓了一跳，真的。"纪远语无伦次地说，觉得手脚都无处可放，又急需找些话来说，"台北的朋友都好吗？嘉——嘉文怎样？"

"他很好，到今年年底，他就要做爸爸了。"

"是吗？"纪远狠狠地盯着可欣，那苗条的身段并不像个将做母亲的人呀。

"他去年夏天和湘怡结了婚，你总没有忘记湘怡吧？"可欣也同样盯着他，"他们生活得很快乐，湘怡是个标准的妻子，他们都热心地在等待着孩子的出世。"

"是吗？"纪远只能无意义地重复着这两个字，他脑子里纷乱成了一团。可欣会跑到这深山穷谷里来找他，嘉文已和湘怡结了婚……展露在他面前的事实使他惊悸惶惑，还有一份不敢相信的狂喜之情。他的心脏在撞击着胸腔，猛烈到使他晕眩的地步，他怕血管会在他脑子里爆裂。但是，眼前这个少女是多么地冷静呀！"那么，你呢？也好吗？"

"是的，也很好，"可欣微笑着，"就像你看到的。"

"没有朋友？没有——结婚？"纪远冲口而出地问，他控制不住自己的舌头。

"结婚？"可欣依然在微笑，沉静而显得莫测高深，"我正在考虑中。"

"是吗？"纪远额上的青筋在跳动，"那是怎么样的一个人？你的同学？"

"很难讲他是怎么样的一个人，"可欣说，走到桌子旁边，把茶杯放在桌上，那杯水一口也没有喝过。她现在站得离他近了，发亮的眼睛深深地望着他，"两年前他离开了我，最近我才把他找到，我还不能断定他要不要我——在感情上，他是个怯弱的动物。"

纪远盯着她，他们默默地对视着，有一段很长的时间，两个人谁也不开口。纪远的呼吸沉重而急促，心脏跳得连肌肉都悸动着。然后，他伸出手来，轻触着可欣垂在肩上的头发，他那样小心翼翼，仿佛她是纸做的，碰一碰就会碎掉。他的手从她肩上移到她头顶上，又从头顶上滑下来，沿着她的面颊抚摸到她的下巴，他的眼睛温柔地注视她，低低地从嘴唇里吐出几个字："你这个小傻瓜！"

接着，他的胳膊圈住了她，他的吻开始强烈地落在她的发上、面颊上、嘴唇上，带着深深的战栗的需索。他吻得那样多，好像这一生都不会停止。好不容易，她才喘过气来，把凌乱的头发拂向脑后，她看到他哭过了。他的眼圈红着，面颊上泪渍犹存，在这充满了粗犷的男性的脸上，显得特别奇异。他揽住她，把她黑发的头揿在他裸露的胸膛上，那结实的、带着汗和泥土气息的肌肤贴紧她的面颊，她可以听清那心脏是怎样沉重而狂猛地擂击着。他的声音低沉、温柔而诚挚地在她耳畔响起来："你一定吃过许多苦，受了许多折磨，是不是？可欣？但是，这些都过去了，你将不再受苦了，你会有一个最负责任的丈夫。"

可欣的眼眶湿润，她永不会懊悔自己这一段长途跋涉的追寻，她终于找到了她所要找的。经过这么一段漫长的时间，期待、挣扎、奋斗……这个男人才属于了她，永不会再离开她了。含着泪，她抬起头来，打量着她的未婚夫，那被太阳晒成黑褐色的皮肤，那满是胡子的下巴，那裸露的肩膀和胸膛，他简直像个道地的野人！摇摇头，她满足地叹息了一声，低低地说："我看到你劈开那些石头，你那个姓林的朋友指给我看的，你可以劈开那些石头，纪远，但是你再也无法把我从你身边劈开了。"

回答她的是纪远有力的胳膊，那手臂里是个安全、温暖而坚实的所在，她再叹息一声，初次感觉到三日跋涉后的疲倦。就这样，当老工程师推门进来时，发现这一对情侣正默默地依偎在一块儿。看到了他，纪远抬起了他亮晶晶的眼睛。

"您愿意帮人证婚吗，工程师？"

"证婚？"老工程师怔了怔，"什么时候？"

"就这一分钟！"

"什么！"老工程师吃惊地叫了起来，于是，他诧异地看到了那个"不会笑的人"的笑容——那样幸福、甜蜜而愉快。

这一夜，在一块远离人群的大岩石上，并躺着一对沉浸在幸福中的人，喁喁细诉着亚当、夏娃时期就有过的言语。山树迷离，星月朦胧，连小草都沉醉在他们的低语里。

第十六章

窗口最后一抹夕阳的余晖，斜斜地射在客厅的小茶几上。

湘怡站在茶几前面，正在修剪着一束刚刚从花园里采进来的花朵，把它们一枝枝地插进花瓶里。每插进一枝，她就侧着头打量一番。夕阳在她的手上、身上、头发上和那些花朵上，都淡淡地染上一层微红，这份闲暇的工作在慵慵散散、困困倦倦的气氛中缓慢地进行着。

一枝玫瑰，一朵百合，一匹凤尾草……湘怡修着，剪着，插着，却显然有些心神不属，看看手表，五点半，再过不久，嘉文该下班回来了。嘉文这个工作，完全不是学以致用，念了外文系，却在银行里当职员，难怪他就牢骚满腹了。可是，有多少大学毕业生，要找这样的工作还找不到呢！又是和杜沂在一个银行，可以一块儿上班下班，获得许许多多的便利，在这人浮于事的时代，能有这样一个工作实在不错，湘怡总认为嘉文的牢骚有些过分和多余。

困扰着湘怡的，还不只嘉文的牢骚。大学毕业以后，嘉文凭着纪远打他那一枪所受的伤，不知怎么竟获得了免役。杜沂对嘉文爱护备至，出于一位父亲的自私，总觉得军训太苦了，能免则免。湘怡的想法就不同，她了解嘉文，像一棵温室里培养出来的脆弱的小树，见不得阳光也禁不起风雨。军训正可以训练训练他，又不是真的身体吃不消，何不接受这种训练呢？但，嘉文既不愿受训，杜沂又赞成他们早日成婚，再加上又获准了免役，嘉文向来秉性温顺，也就不坚持自己的意见了。就这样，他们在毕业那年的暑假就结了婚，到现在已整整一年了。

结婚后这一年中，湘怡实在不能说有什么不满意的地方。他们和杜沂住在一起，嘉文原来的房间修缮改装后成了他们的新房。杜沂宠爱而欣赏他这个儿媳妇，绝不亚于以前的喜欢可欣。嘉龄和嫂嫂并不接近，但也从没有像一般小姑子那样难以伺候，她的生活和湘怡的距离很远，她大部分时间停留在外，湘怡除了上课（毕业后她被分发到×中实习）就永远守在家里。就是嘉龄在家的时间，她们相处得也十分和洽。嘉龄常常拍抚着湘怡的肩膀，笑着说："湘怡，"她始终没有改口喊她嫂嫂，这是习惯使然，"你真是个道地的贤妻良母，你怎么能这样安分地待在家里面？要我，永远也做不到！"

"有一天会做到，当你碰到一个能使你安定下来的人的时候。"湘怡说。

"不会！"嘉龄皱皱眉，"告诉你，湘怡，我血管里一定有份反叛的血液，让我永远无法安静。"

湘怡不再说话，或者嘉龄说的也是实情，湘怡知道嘉龄母亲的故事。看到嘉龄经常游荡在外，和随时更换的男友，常使湘怡有种模糊的隐忧，担心着这个少女的前途。不过，这到底不是需要她来担心的事情，何况嘉龄正在成长，又何况，她还有个可以管束她的父亲。

这些都不让湘怡困扰，时间很空很闲，一年实习满了之后，她没有继续教书。家庭和谐而自然，再不用看哥哥嫂嫂的脸色，洗那些洗不完的衣服，听嫂嫂的冷嘲热讽。若干年来，她才初次觉得自己是自己的主人。下女爱戴而信服新的少奶奶，家用丰富得用不完。每天浇浇花，整理整理花园，偶尔下厨房做两样杜沂和嘉文爱吃的菜，给未出世的婴儿象征性地做几件小衣服……日子流过去了，没有什么能让她不满意的地方。可是，生活里总有那么一点儿看不见痕迹的暗潮在起伏酝酿，问题在哪儿呢？湘怡心里也隐隐明白症结所在，因此，她无法毫无保留地欢笑，无法一无顾忌地享受陈列在她面前的幸福之杯。每当夜深人静，她会对着躺在她身边的嘉文的脸沉思，久久无法入睡。

最后一枝花插进了瓶里，湘怡退后两步，做末一次的打量，然后满意地把花瓶放在茶几的正当中。抛去了剪下的残枝败叶，她在沙发中坐了下来，感到几分疲倦。一个小生命正在她体内茁壮成长着，她以过多的喜悦来等待孩子的出世，现在才是九月，孩子会在十二月底出世。她常常会陷在一种恍惚的情绪里，用许多时间去揣测孩子是男抑或是女？

一阵门铃响，湘怡从沉思里惊跳了起来，等不及阿珠去应门，她已经抢先走进花园去开了大门。门外，出乎她意料的只有杜沂，而没有嘉文。来不及掩饰脸上的失望，杜沂已经看出来了。

"怎么？"杜沂有些诧异，"嘉文没有回家？"

"没有呀！"湘怡不安地说，"他不是在上班吗？"

"下午他早退了，"杜沂说，立即传染了湘怡的不安，"或者他临时要办什么事，大概马上就会回来了。怎样？今天晚上有什么好菜吗？"他故作轻快地问。

"炒了个素什锦，"湘怡说，脸上掠过一个悄悄的微笑，"医生说您不能吃油腻。"

"吃一点儿油腻也没关系呀，"杜沂皱了皱眉，"你早上不是说要炖个蹄髈吗？"

"您别急，爸，"湘怡笑得很甜，"素什锦是用猪油炒的。"说完，她笑着溜进了厨房里。

杜沂用欣赏的眼光望着湘怡的背影，他从没有看过比湘怡更安静、更柔顺的女孩，而且，她又对所有的人都那么体贴关怀，包括这个做公公的他。这些年来，他虽然有一儿一女，却很少享到儿孙之福，没料到这个儿媳竟使他充分享受到做父亲的好处。也由于过分喜欢湘怡，他对嘉文就有份薄薄的不满。闺房之事，他做父亲的当然不便过问，但他总觉得嘉文待湘怡缺乏一份热情。例如早退而不回家，这已经是一星期里的第三次了，这孩子到底在搞什么鬼？

吃晚饭了，嘉文仍然没有回来，倒是嘉龄先回家，一进门就嚷饿。湘怡原准备等等嘉文，但看到杜沂和嘉龄都没有等的意思，只好暗中留下一盘菜，预防嘉文没吃饭回来时可以热热吃，就开了饭。嘉龄用眼光对周围一扫，耸耸肩说："怎么！哥哥又没回家！"望着湘怡，她半开玩笑半正经地说："你当心，湘怡，哥哥该管了。对男人可不能脾气太好，对不对，爸爸？"她转向父亲，做了个鬼脸。

"你少管闲事，吃你的饭吧！"杜沂说，不满地瞪了她一眼，"你整天忙些什么？见不到人影。"

"交朋友，玩，跳舞！"她坐正身子，突然说，"对了，爸爸，我去学声乐，好不好？"

"好呀！"杜沂说，"这才是正经念头，你想和谁学？明天去打听打听看。"

"申学庸，怎样？"

"只怕人家不肯收你！"

"为什么，难道我的嗓子不够好？"嘉龄抗议地问，立即拉开嗓门，唱了两句"我住长江头，君住长江尾"，又自下批评，"标准的女高音嗓子！"

"好了，饭桌上也不肯安静！"杜沂说，"吃饭！别唱了！"

湘怡暗中看了嘉龄一眼，她奇怪嘉龄那洒脱和满不在乎的个性，失恋对于她仿佛也没什么，她怀疑嘉龄心里还有没有纪远的影子？注视着嘉龄愉快的神情，她问："你有男朋友了吗，嘉龄？"

"男朋友？太多了！"嘉龄立即看出了湘怡言外之意，冲口而出地说，"我才不是那种会对一个人死心塌地爱到底的人，像哥哥那样永远忘不掉唐可欣！"话一出口，嘉龄马上感到不对头，但是已出口的话又收不回来了，不禁一阵燥热，脸就红了。饭桌上有一段短时间的尴尬，还是嘉龄先打破了沉默，用轻快的声音嚷："湘怡，我今天又收到胡如苇一封情书，他被分发到海军气象所服役，你猜怎么，这糊涂鬼在向我求婚呢！"

湘怡抬起眼睛来望了望嘉龄，为了掩饰自己那份微微的不安，更为了避免让嘉龄难堪，她也用活泼的、发生兴趣的口气说："那么，你预备怎样呢？胡如苇很不坏呀！"

嘉龄耸耸肩，又挑挑眉毛。"很不坏？我承认。只是——爱情不来兮，无可奈何！"

"我看你不是爱情不来兮无可奈何，"杜沂望着充满了青春气息的女儿，竟然也冒出一句俏皮话，"你是爱情太多兮，应接不暇！"

湘怡扑哧一声笑了出来，嘉龄瞪圆了眼睛，鼓着腮，抗议地喊："爸爸！什么话嘛！"

喊完，禁不住也笑了。饭桌上的空气顿时轻松了起来，刚刚那一阵小小的尴尬已经过去了。吃完饭，阿珠撤去了碗筷。湘怡走进客厅，扭开唱机，放上一张水上组曲，音乐琳琳琅琅地流泻出来，萦绕于初夏的夜色里。小茶几上的玫瑰放着幽香，花园里的虫声唧唧。夜，永远有着它神秘的、难解的魔力，会使温馨的更加温馨，而寂寞的更加寂寞。水上组曲、韩德尔、巴哈、贝多芬、托斯卡尼尼、海菲兹、门德尔松……湘怡不知道自己在胡乱地想些什么，而夜却在音乐家的音符下滑过去了。

深夜，一家人全睡了。也可能有人在无眠地挨着长夜，但，最起码，这幢住宅静得没有丝毫声息。湘怡倚着卧室的窗子，静静地坐着，她听到院子里树叶坠地的声音，巷口馄饨担敲梆子的声音，以及远处屋顶上一只夜游的猫在呼唤的声音……只是没有嘉文回家的声音。她膝上放着一件未完工的婴儿服装，却无心于针线。时间在期待中变得特别滞缓，思虑却相反地在每一秒里纷至沓来。他到何处去了？会不会出了事？车祸？生病？还是流连于某种场合乐而忘返？

时间不知道过去了多久，终于，大门有了动静。湘怡凝神倾听，钥匙在锁孔中转动，大门开而又合。是的，嘉文回来了。她听到了脚步声踩在花园的碎石子路上，放下了婴儿衣服，她从椅子里跳了起来，看看手表，已经一点多钟。免得惊醒老人起见，她轻悄而迅速地走进客厅，打开客厅通花园的玻璃门。嘉文果然站在门外，月光下的脸色显得苍白，一向清亮的眼睛晦暗而疲倦。

"怎么这样晚回来？"湘怡低低地问，没有等答复，就又催促地说，"快进来，不要吵醒了爸爸和嘉龄。"

嘉文一声不响地走进卧室，把领带从脖子上扯下来，抛在床上，身子就沉重地倒进椅子里。湘怡小心地看了他一眼，那布满红丝的眼睛和气色不佳的脸庞，他遭遇到什么不如意的事了？走过去，她轻轻地把手放在他的手背上，立即吃惊似的说："你冷了，这么晚回来，应该多带件衣服。"

"我不冷，还热得很呢！"嘉文有些烦躁地用手抹抹脸。

"晚上到哪里去了？"湘怡柔声地问，怕过分追问他的行踪会使他不高兴。

"有朋友请吃晚饭！"嘉文简单地说。

吃晚饭？吃晚饭又何至于吃到半夜一点钟！但是，湘怡不想再追问下去，男人有自己的世界和自由，她不愿成为一个干涉丈夫一举一动的妻子，许多失败的婚姻就由于妻子过分唠叨和专权。不过，等待和担心的滋味实在不太好受，她走开去整理床铺，一面说："以后晚回家，先打个电话给我好不好？免得我着急。"

"急什么呢？"嘉文打了个哈欠，淡淡地说，"又不是小孩子会迷路！"

湘怡不再多说什么，铺好了床，她回过头来问："要不要洗个澡再睡？我去帮你烧洗澡水，这么晚别叫阿珠了，她一天工作也怪累的。"

"洗澡倒可不必，"嘉文精神不佳地揉了揉额角，"有吃的东西没有？我饿得要命！"

想必那位请吃饭的朋友不够慷慨。湘怡急忙说："有，有。我帮你留了一碟炒肉丝，没有汤，这样吧，给你下一碗肉丝面好不好？"

"好吧，什么都行！"

湘怡蹑手蹑脚地到了厨房，幸好煤球炉还有余火，加上两块炭，她用最快的速度做了一碗面出来。端到卧室里，嘉文看来已经十分不耐了。

"等不及了？"湘怡笑着问，"没办法，火一直上不来。赶快吃吧！"

嘉文坐在桌子旁边，津津有味地吃了起来，湘怡把椅子搬到他身旁，津津有味地看他吃。她喜欢看他饥饿的样子，就像许多母亲喜欢看孩子的饕餮一样。嘉文把一碗面狼吞虎咽地吃完了，精神立即振作了许多，心情也开朗了，用手巾擦了擦嘴，他满意地抬起头来，望着坐在一旁的湘怡。灯光下，湘怡的脸沉静秀气，眼睛柔情脉脉，他的良知一动，有些为自己的晚归抱歉起来。

"湘怡,"他凝视着她,温存地说,"你真好。"

一句没有粉饰的、直截了当的评语,却使湘怡一阵心跳而脸红了。站起身来,她走到嘉文身后,把两只手搭在他肩膀上,低低地说:"只要你喜欢我,我就心满意足了,嘉文。"

嘉文被那深情款款的语气所感动了,回转身子,他搂住了湘怡的腰,后者那藏在睡袍下的臃肿身段更提醒了他,对一个孕妇来讲,深宵等门一定太疲倦了。他歉疚地,带着些稚气的激动说:"以后我一定不这么晚回家,湘怡,你猜我到哪里去了?本来我不想告诉你的,但是你这么好,我不能对你隐瞒,我是⋯⋯"

湘怡一把捂住了嘉文的嘴,用一对受惊的眸子瞧着他,紧张地说:"别讲!嘉文,如果你去了什么坏地方,还是不要告诉我吧!我宁可不听!"

"不过,"嘉文挣开了湘怡的掌握,固执地说,"我一定要告诉你,要不然我会睡不着觉。湘怡,我对不起你,让你这么晚还为我等门,而我却⋯⋯却⋯⋯在外面荒唐,我是受了魔鬼的引诱!⋯⋯"

"别说吧!嘉文,请你不要说!"湘怡低喊,祈求地看着嘉文,脸色发白了,"我什么都不要听,我也不怪你,这么晚了,还是睡觉吧,好不好?"

"可是,你一定要听我!湘怡。"嘉文那孩子气的固执一发,就绝不肯改变,"我并不是本心要学坏,完全是小张和小陆两个人死拖活拉地要我去,我也知道这不是好事情,可是,到时候就身不由己地跟他们去了！……"

"老天！"湘怡喊了一声，决心面对现实了，"你痛快点说吧，你到底去了什么鬼地方？"

"跟小陆他们在一块儿赌钱。"

"赌钱？"湘怡诧异地问，接着，就突然感到一阵解脱后的松弛。噢！不过是赌赌钱而已！这傻孩子神神秘秘、吞吞吐吐的，她还以为他去了什么酒家妓院呢！赌钱虽然不好，比起那些来还好得多。她松了一口气，注视着嘉文那对坦白、求恕的眼睛，和那股犯罪后懊恼的神情，她像个溺爱的母亲般地吻了他，"好了，嘉文，别放在心上了，只希望你以后不再受他们的引诱。"

嘉文高兴起来，良心上的负荷一旦交卸了，他觉得自己和婴儿一样的纯洁，捧住湘怡的脸，他深深地吻她，缠缠绵绵地吻她。刚刚那种犯罪似的感觉已消失得干干净净，他又自认是世界上最好的丈夫。

"湘怡，你真好，湘怡。"他重复地说，重复地吻她。

"好了，好了，"湘怡说，眼眶没来由地有些潮湿，"早些睡吧，明天还要上班呢！"

嘉文没有放开她，他的眼睛在她脸上上上下下地睃巡，似乎在找寻什么，眼光里罩上一层朦朦胧胧的光彩，使他的脸像浮在雾里。湘怡的心脏收紧，潜意识地体会到什么。每当嘉文如此看她，她就感到自己被遗失了。那是奇怪的一刻，她知道他看到的不是她。

"为什么把头发盘起来？"他低声问，声音里有种不寻常的暗哑。

"天气太热了，披下来会出汗。"她说。婚前，她习惯于梳两条辫子，婚后，她就依照嘉文所喜欢的样式，让头发自然地垂在背上。

"这使你看起来老气。"嘉文说，伸手抽掉了湘怡头上的发针，立即，发髻散开了，浓厚的头发像水般披泻下来。嘉文的眼光恍恍惚惚地在她脸上移来移去，他的胳膊变得坚硬而有力。"你真美，可欣。"他喃喃地说，声音轻得像梦呓。然后，他的唇轻轻地触过她的，那样温柔，那样小心，似乎怕碰伤她。"可欣，可欣，可欣。"他低叫。

湘怡浑身痉挛，跟着痉挛同时来到的，是一种穿透骨髓的寒冷。她战栗起来，注视着神思恍惚的嘉文，她没有勇气，也不忍心去点穿他。而另一种近乎绝望的、受伤的感觉让她神经紧张。她用带泪的声音低喊："放开我，嘉文，让我去。"

嘉文的胳膊箍得更紧了，他的唇开始火热地贴住了她，她可以感到他身体的颤动，和那呼吸的热气。他嘴里仍然在不停地低唤："可欣，可欣，可欣。"

"放开我，"湘怡挣扎着，眼泪滑下了她的面颊，"放开我，嘉文，你会弄伤我们的孩子！"

嘉文猛地放开了她，湘怡最后那句话像闪电一样击醒了他。用手抹抹脸，他茫然地注视着湘怡。接着，一层红晕飞上了他的面颊，他自己所弄的错误使他懊恼，而又愧对湘怡，还有份难以解释的沮丧。于是，他逃避地往床上一躺，拉开棉被，盖住身子，讷讷地说："对不起，我太累了。"

湘怡没说话，默默地拭去了泪痕，她把嘉文吃过的碗送进厨房里去洗干净了，再接好第二天要用的煤球。当她回到卧室里来的时候，嘉文已经闭上眼睛，仿佛是睡着了。她灭掉了灯，在嘉文的身边平躺了下来。听着嘉文均匀的呼吸，她痛苦地合上眼睛。

"或者我错了。我不该嫁给他。"她迷惘地想着，用手指缠绕着自己的长发，她明白了。他刻意把她打扮成她——唐可欣。她是个替身，另一个女人的替身。翻转身子，她把面颊扑进枕头里，轻轻地啜泣起来。

一只手伸了过来，怯怯地抚摸着她的肩膀，嘉文的头凑向了她，用那种孩子闯了祸而不知道如何去善后的口气，嗫嗫嚅嚅地说："原谅我，湘怡，我不是有意的。"

湘怡抽噎得更加厉害了。

"真的，我不是有意的。"嘉文仍旧低声下气地说着。

湘怡把手放在嘉文的肩膀上，忍不住泪水的迸流，她哭泣着说："我没有怪你，嘉文，我伤心的就在于你不是有意的呀！"把头深深地埋进枕头里，她哭不尽自己的沉痛、悲愁和无可奈何。夜被眼泪湿透，又被眼泪冲走，窗外，黎明已经近了。

第
十
七
章

　　同一个晚上，纪远和可欣在台北完成了他们小小的婚礼，没
有请客，没有宴会，也没有蜜月旅行。下午三点钟，在法院公
证，晚上，他们自己准备了一些酒菜，碰了杯，吃了所谓的交
杯酒，唯一的宾客是从横贯公路赶来参加的小林。午夜，小林告
辞，家里就剩下一对新夫妇和沈雅真默默相对了。

　　和嘉文类似，这对小夫妇没有分居出去，他们的新房是设
在原来雅真那幢房子里，也就是可欣的卧室，稍加布置和改装而
成。雅真对于这个婚礼，有一肚子的委屈和不满，多年以来，她
幻想过几百次可欣的婚礼，热闹、隆重、漂亮……数不清的宾
客，数不完的玫瑰花，可欣打扮得像个小仙子，和嘉文手挽手地
周旋于宾客之间……可是，如今，她的女儿终于结婚了，新郎不
是她幻想中的男孩子，一切也都和想象中差了十万八千里。旧的
社会关系因婚变而打断，杜家和唐家自从毁婚后就断绝了来往。
这婚礼，如此简陋，如此潦草，如此凄凉（在她眼睛里是这样），

尤其是——和预料中差别得如此之大！使她充满了说不出的失望和伤心。她不了解这年轻的一对，从可欣毁婚之后，母女间就有一层无形的隔阂，现在，她感到这层隔阂更深了。

"妈妈，"可欣把母亲的茶杯里斟满了热茶，送到雅真面前，用一对坦白、热情而光亮的眼睛注视着母亲，"你要喝茶吗？"

"可欣，"雅真用手握住了女儿，低声地说，"让我再看看你。"她的语气和神情，都好像女儿要远离了一般。

可欣靠近了雅真，用手揽住雅真的肩头，对母亲展开了一个温柔、幸福而宁静的微笑。

"妈妈，"她亲切地说，"我知道你是怎么想的，不过，婚礼只是形式，主要的是结婚的人有没有诚意。妈妈，我也愿意有铺张的婚礼，但是，在经济情形不允许的情况下这样结婚也不错了。最重要的，是我嫁给了一个我所要嫁的人。好妈妈，我告诉你一句话，我相信在这一刻，全世界没有一个比我更快乐更幸福的人！"

雅真还能说什么呢？"快乐"和"幸福"是世界上最稀有的两样珍宝，如果可欣已经获得了，那么，她还能有什么更好的希望呢？越过可欣的肩头，她的目光停留在纪远的身上，那个年轻人正斜倚着桌子，端着一杯茶，微笑地注视着她们母女。

"过来，纪远。"雅真伸出另一只手，对纪远说。

纪远放下茶杯，走了过来。雅真握住了他，深深地注视着他的眼睛，好一会儿，才点点头说："纪远，你并不是我选择的女婿。"

"我知道。"纪远望着她。

"到现在，我对你了解得还太少，"雅真继续说，"我甚至不知道是不是喜欢你，不过，我已经准备要喜欢你了。"她不自觉地微笑起来，这年轻人身上有某种令人心折的力量，"说实话，有一段时间我相当反对你，但是，为了可欣，我只得隐忍。所有做母亲的，对儿女都会有过多的希望，我对可欣也是。不过，随着时间和经历，我的看法也改变了很多，我现在只希望可欣快乐，因为快乐是世界上最难得到的东西。"她把可欣的手交在纪远的手里，用两只手紧紧地握住它们，"纪远，我现在把可欣给你了，我不要求你将来发大财、成大名、立大业，只要你向我保证一件事，保证永远让可欣快乐。"

纪远注视着雅真，他的眼睛诚恳真挚，严肃地点了点头，他郑重地说："我向您保证。伯母。"

"你应该改口了，纪远，"可欣插进来说，"你该叫一声——"

"我知道，"纪远的嘴角浮起一丝微笑，"一个对我很陌生的字。我从小就失去母亲，父亲是个漂泊江湖的艺人——他自己有个技术团，我跟着他东奔西跑。没多久，他和一位女艺人同居，强迫我学习许多我不愿学的东西，我逃走了。从此，我流浪了很多地方，做过学徒、苦工、泥水匠……一直在半工半读，我知道只有不断奋斗，才可能闯出天下，我不想再做个江湖艺人。后来，我来到台湾，又考进大学——命运对我是很宽大的。这样子长大，我几乎没有享受过家庭温暖，我也不记得什么时候我曾叫过'妈'，"他的目光朦胧地、热切地望着雅真，带着份孺子的渴慕之情，低低地说，"我纪远何其幸运。您已经接纳了我，是吗？我可以叫您一声——"他用舌头润润嘴唇，显然这个陌生的字有些难于出口，"妈？"

雅真突然感到热泪盈眶，一刹那间，她有拥抱这个男孩子的冲动。从纪远简单的叙述里，她读出许多不简单的血与泪。这孩子没有隐瞒他的身世，从童年到现在，这是多么漫长的一段时间！她明白可欣的感情了。嘉文可能是株温室里的奇卉，纪远却是棵禁得起风暴的大树。在他那枝丫和密叶之下，应该是个安全而可靠的所在。她长长地吐出一口气，她懂了！明白了，也放心了。握紧那两只手，她喃喃地说："什么都好了，我现在有两个孩子了。"凝视着纪远，她纳闷地又加了一句，"奇怪，我刚刚才在准备喜欢你，现在我就已经喜欢你了。"用手背揉揉湿润的眼睛，她在满足与欣慰的激情中，早已忘记曾为婚礼的简陋而有过的伤心和失望了。

夜深了，一对新人回到新房里。窗外繁星满天，月华似水，房间里意密情深，温馨如梦。可欣和纪远依偎地站在窗前，看着那星月朦胧的小院子里，几点流萤在夜雾中穿来穿去。纪远的手臂拥着可欣的肩，后者的头倚靠在前者坚实的胸膛上。室内静悄悄的没有丝毫声息。书桌上燃着一对红色的喜烛，这是雅真特别安排的，烛光荧荧，更增加了一份梦般的情调。

"我从来没有听说过。"可欣轻声地说。

"什么东西？"

"关于你那些事，你的家庭，和你的童年。"

"你没听过的事还多着呢！"纪远笑了笑，"慢慢地我会告诉你，一些挣扎，一些苦痛，和——一些罪恶。"

"一些罪恶？"可欣愣了愣。

"是的，有一些罪恶，"纪远轻轻地说，把可欣更揽紧了些，

"如果我说出来，你会不要我了。我不是那种平平稳稳长大的人，在许多痛苦的经验里，为了生存，人常常什么都肯做……"

"你偷过？抢过？"

"或者。"纪远笑了，"我偷过农夫田里的甘蔗和地瓜，抢过锯木厂的木片和木屑，捡过香烟头，甚至乞讨……"

可欣战栗了一下。

"你吃惊了？"纪远的笑变成了一声叹息，"你该多了解我一些，我的历史说出来会使你害怕。可欣，你并不知道你嫁了怎么样的一个丈夫。"

"我知道。"可欣说。

"知道些什么？"

"知道你是个具有顽强的生命力的人，知道你是个永远倒不下去的人，"她的面颊贴紧了他的胸，"还知道——你是个时代考验中长大的人。是个我宁可牺牲一切，也必须要嫁的人！"

他用手触摸她柔软的长发。"你被爱情热昏了，"他幽幽地说，"我了解自己，在坚强的外表下也藏着懦弱，还不只懦弱，我自私、孤僻、虚伪……有许许多多你看不见的缺点。"

"这些缺点每个人都有，不是吗？好人与坏人的差别，只在于这些缺点的轻重之分而已。我很明白你只是一个人，我也并不希望你是个神。"

纪远托起了可欣的下巴，凝视着她的脸。"还有，"他吞吞吐吐地说，"我必须告诉你，我并不——纯洁。"

可欣的脸红了。好一会儿，才说："你还有什么要告诉我的？"

"有。"

"什么？"

"最庸俗的三个字——我爱你。"

室内那样静，静得可以听到烛花的爆裂，噗的一声，那样清脆地绽开。跳动的火焰向上奔窜，荧荧然焕发着梦似的光华。穿过窗棂的风低且柔，院中的小草在轻轻碎语，树梢的夜雾氤氲迷离，广漠的穹苍被星星穿了无数透光的小孔，像撒满了流萤，在那儿明明灭灭。半规晓月，掩映在云层之中，忽隐忽现。夜，是属于诗的，属于梦的，属于幻想的，属于爱与泪的。

"告诉我，"可欣轻声地说，她的头枕在纪远的胳膊上，一头长发柔和地披泻在枕头上。月光从视窗斜射进来，一片淡淡的银白，和烛光那朦胧的红糅合在一起，"你从什么时候开始爱上了我？"

纪远轻笑了一声，把头转开，回避地说："我也不知道。"

"你知道的，告诉我。"

"应该是见第一面的时候。"纪远望着窗外，"你给我一个奇怪的印象，使我在你的面前无法遁形。"

"你常在别人面前遁形的，是吗？"

"不错。"纪远笑着，有一抹不寻常的羞涩。

"后来呢？"

"后来？该是打猎的时候，我知道很难逃过你了，我为自己的感情生气，整个打猎的过程中，我都神思恍惚，而我也明白，自己那镇静的外表骗不过你，这就让我更生气。假若我不是那样神思不定，大概也不会发生猎枪走火的事件，而事件发生后，我一直有种错觉——"他蹙起眉，语声中断了。

"怎么？说下去吧！"

"我认为——我潜意识里可能有犯罪的企图。每一个人的潜意识里，都会有犯罪的意识，一种与生俱来的罪恶性。饥饿的时候幻想抢劫，愤怒的时候幻想杀人。那次打猎的途中，我不能否认我曾想过，如果没有嘉文，我不会放过你！接着，那意外发生了，枪弹打中的不是别人，偏偏是嘉文，这使我觉得自己是个谋杀者。"

"噢！"可欣轻轻地吐出一口气。

"我不顾性命地救助他，怕他会死去。当我背着他走过山岩的时候，我不住地在心中发誓……"他又一次地顿住了。

"怎样？"

"算了，别提了！"纪远微微地寒战了一下，"都已经是过去的事了。"

"告诉我，我要听。"可欣固执地说。

"我发誓——"纪远低沉地说了下去，语气里带着浓重的寒意，"只要他能够好起来，我愿意为他牺牲一切。只要他能够好起来，我终身做他最忠实的朋友，永不负他！我确实想这么做的，可是，在医院里那一段日子，天天见到你，在你眼睛里读出一切：挣扎、努力、痛苦、爱情！这使我有种疯狂般的感觉，在你的眼光下，我又一次无法遁形。"

"你都看出来了？"可欣低问，声音里有着带泪的震颤和叹息，"我在你面前，又何尝能够遁形！"

"然后是那些黄昏，细雨中的、落日下的、暮色迷蒙的。我听着你用可怜兮兮的声音，叙述着你和嘉文的恋情，每个小节，每个片段，你不厌其烦地述说，只为了武装你自己的感情。你的挣扎击破了我最后的努力，一枝红叶掀开了所有伪装的面具——"他叹口气，在可欣脖子下的手臂加重地揽住她，"可欣，记得你对我的指责吗？说我对不起嘉文，是个伪君子，是个流氓！"

"记得。"

"我所感觉到的，比你骂的更坏。但是，当时我对自己说：'下地狱去吧，纪远！毁灭吧！沉沦吧！什么都好，只是不要让我再逃避这段感情！'"

"可是，你依然逃避了。"

"是的，"纪远对自己微笑，"我坏得还不够彻底，我想起自己的誓言，想起嘉文的脆弱和友谊，我逃避了。我不知道我的逃避是懦弱还是坚强，许多时候，这二者之间是分不开的，当我在山中的矿穴里钻出钻进时，我觉得自己是最坚强的人，也是最懦弱的人。"

"你是懦弱的，"可欣的肌肉突然僵硬，以怨愤和委屈的声调说，"你躲开了，把一切的重担都堆在我的肩膀上。你希望我怎么做？接受嘉文？还是拒绝嘉文？你知道我不愿做感情的骗子，欺骗得了嘉文，也欺骗不了自己。你躲开了，躲得远远的，让我单独去应付那种难以应付的场面，你是懦弱的，纪远，而且自私。"

"是的，你说得对。"纪远侧过身子来，脸上有那种被人看穿秘密后的难为情，他俯过身子，轻轻地吻了她，"向你道歉，可欣，你说得一点儿也不错。我确实把担子移交到你的肩膀上去，我逃开，然后看你们如何发展。"

"你回来后，表现得更加恶劣。"可欣的责备意味更深了，长久以来积压的委屈一起涌上心头。

"我能怎样做呢？"纪远抑郁地问，"从矿场回到台北，我知道你们没有订婚，嘉文像个丧家之犬，惶惶然莫知所从。我不敢见你，不敢面对现实。每晚，我在你家的巷子里徘徊，遥望你的窗子，只要在窗玻璃上看到你的影子，我就感到内心抽痛，疯狂地想见你，疯狂到几乎无法克制的地步，于是，我只好再度逃开，喝酒买醉。直到嘉文跑来打我，我才明白，我只有远走，走到再也见不到你们的地方去，或者才可逃开这段恋情。"他拥住了可欣，他的吻遍盖在她的面颊和嘴唇上，"我是个逃兵，可欣，怪我吧，骂我吧，打我吧！我确实表现得恶劣透顶，把所有的委屈和难堪都留给你受，可欣，你比我坚强。"

没有什么慰藉可以比情人们的心语更让人感动，可欣平躺着，不动也不再说话。两滴泪珠在她睫毛上颤动，烛光下显得特别地晶莹。她在微笑，一种心底的沉迷的微笑。烛光也在微笑，月光也在微笑，任何东西上都浮动着沉迷的微笑……她扬起睫毛，凝视着窗子，夜是太美了，美得让人想拥抱它。当然，夜是美的，不只夜是美的，黎明也同样地美，同样地迷人。

窗玻璃由灰蒙蒙的暗淡转为明亮的白，接着就染上了朝霞绚丽的嫣红。可欣蹑手蹑脚地下了床，纪远还在沉睡着，曙色下的脸庞安详平稳，那红褐色的皮肤和方正的下巴显得健康而"男性"。可欣披上一件晨衣，站在窗前，深深地呼吸了几口新鲜的空气，望着朝阳爬上了台北的屋顶，她竟想引吭高歌一番。不过，她毕竟没有高歌，她不想惊醒纪远，在纪远醒来之前，她还有件工作要做。

走到书桌前面，她坐了下来，桌上的红烛已经燃完了，烛台上还留着两朵烛花。在书桌的一角上，放着一瓶玫瑰，这是新娘的花束，鲜艳的花瓣散放着浓郁的香气。她沉思了一会儿，轻轻地打开抽屉，取出一张信笺，提起笔来，她对着信笺默默地凝想。半晌，才在信笺上写下去：

湘怡：

我还记得我们同窗共砚的时代，每人都有那么多的憧憬、梦想，尤其关于恋爱和婚姻的。如今，没有多久，你已将为人母。而我呢，在昨天，也已为人妻了。去年，你的婚礼我没有参加，今年，我的婚礼你也没有参加。对我们这样一对知己说起来，是何等微妙的尴尬！不过，你答应过我，我们的友谊永远不变，我们的来往也永远不断。我没有通知你我的婚期（我有所顾忌，你会明白的），但是，今晨起床的第一件事，就是想到了你。祝福我吧！湘怡，我不知道要说些什么，只是，今晨的鸟鸣那么动人，晨曦那样美丽，我必须有人分享我的快乐！

你好吗？你的他也好吗？我那样关怀你们！来看看我吧！湘怡，告诉我你们的一切情形，但愿和我们同样欢乐！别离弃我，好湘怡，来一次吧！什么时候我们两家可以在一块儿促膝谈心，融融洽洽。则我别无所求！

告诉我，哪一天你们就不再拒绝我和纪远了？当那一天来临的时候，我才能交卸下良心上的负荷。不过，你们是快乐的，对吗？祝福你们！祝福你们！一千千，一万万，一亿亿！也同样祝福我自己！

　　问候杜伯伯，假若他愿意来我家走走，我想妈妈和我都会很开心的。

可欣

　　信写完了，她再看了一遍，就折叠起来，准备封口，临时，她又摘下一瓣玫瑰，在上面写下两句话："且让心香一瓣，寄上我祝福无数！"

　　把花瓣和信笺都封进了信封里，她在信封上写下杜家的地址和湘怡的名字。正准备站起身来，她听到身后有个带笑的声音说："要我帮你拿出去寄吗？"

　　她跳了起来，回过身子，接触到纪远笑谑的眼神。红着脸，她噘起嘴说："好哦！偷看别人写信！"

　　"小新娘已经有秘密了，"纪远说，一把抱过可欣，吻着她的脖子和面颊，"别给嘉文写信，我会吃醋。"

　　"是湘怡。"

　　"我知道，"纪远笑了，"我在和你开玩笑。"推开可欣，他审视着她的脸，"告诉我，他们并不快乐吗？还是你怕他们不快乐？假如我们去拜访他们，会有什么不妥当吗？"

　　"噢，不。"可欣受惊似的摇着头，"现在还不行，纪远。罪疚的感觉还没有放松我们，我期待若干年后，这一切都成为过去，我们两家能恢复友谊。目前，我们只能等待，对吗？"

"好吧，让我们等着。"纪远说，坐在椅子上，揽住可欣的腰，"现在，我也有一件秘密要告诉你。"

"什么？"

"一件很意外的消息。前天我去拜访我的教授，居然有一封信在等着我，我被教授推荐给国外××公司，他们通知我去接受一项考试，如果考取了，就被聘为助理工程师。"

"什么时候考？"

"还有一星期。"

"噢！"可欣叫了起来，"那么急促！考取了之后怎样呢？"

"到美国去，先实习半年。"

"噢！"可欣愣住了。刚刚才结婚，难道就又是离别吗？但，这是纪远的好机会，他一定要考取！到国外去学习更多的东西，再回来做事。可是……可是……这一去会是几年？她呆呆地望着纪远，被这突然的消息弄得心乱如麻，简直不知该说什么好了。

纪远拥住了她，他的唇滑过她的面颊，凑在她耳边，低低地说："我不一定会考取，可欣。但是，如果考取了，按照那公司的规定，可以携眷上任。我承认我对事业是有野心和抱负的，但，还没有大到可以让我离开你的地步。"

"噢！"可欣再度惊叹了一声，瞪大了眼睛。除了这声惊叹外，她什么也不能表示了。

第十八章

"你们是快乐的，对吗？"但是，什么是快乐呢？这两个字太抽象了，太不具体了，也太不容易把握了。湘怡放下手里的信笺，呆呆地注视着窗外的阳光。他们终于结婚了，可欣和纪远，纪远和可欣……很久以来，她就觉得这两个名字是该连在一起的，这两个名字是一件东西，一个整体，不容分割，也不能分割。"你们是快乐的，对吗？"她叹了口气，望着窗口挂着的一对鹦鹉和笼子，这鹦鹉是嘉文为了表示歉意而买来送给她的。鹦鹉和笼子，笼子和鹦鹉，她不知道自己在想些什么。但是，如果快乐能像鹦鹉一般，可以关在一个笼子中，让人一直占有，那又有多好！

站起身来，她走到花园里，拿起水壶来浇花，又修剪着花枝。这是她每天早上的固定工作，当杜沂父子去上班之后，她就开始她的园艺工作。这个花园，自从她走进杜家以来，已经和以前完全改观，扶桑、月季、玫瑰、丁香、金盏……各种花都绚烂怒放，连草坪都饶有生趣，绿得可爱。她以一种艺术家的心情来看着那些花开花谢，叶生叶落。细心地剪除枯叶败枝，除去草坪中的杂草，常会工作数小时而不知疲倦。但是，今天不行了，她心不在焉地剪掉了初生的蓓蕾，又对一株百合浇了整壶的水，最后，她干脆放下水壶，在一棵大榕树下坐了下来，用手抱着膝，望着一对蝴蝶在花丛中上下翻飞。那是两只黄色的小蛱蝶，并不美丽，但，迎着阳光的翩跹姿态，也别有动人的韵致。这使湘怡想起《长干行》中的句子："八月蝴蝶黄，双飞西园草。感此伤妾心，坐愁红颜老。"

坐愁红颜老！湘怡的脸红了，她不该坐愁什么，嘉文守在她的身边，并没有远离。如果说因为他偶有迟归的现象，自己就愁这愁那，也未免心胸太狭窄了。但是，是什么因素使她这样心神不定？可欣那封信吗？她终于和纪远结婚了！这该是一项好消息……她换了一个姿势坐着，是的，这是好消息，但是，如何告诉嘉文呢？不过，嘉文已经是她的丈夫，难道还怕他会为另一个女人的结婚而难过吗？她只需要轻描淡写地说："嘉文，你知道吗？纪远和可欣已经结婚了！"

但是，这是不行的！她烦恼地用手抹抹脸，树荫下十分阴凉，她却在出汗。不能这样直截了当地说，嘉文是个易于受惊的人。仰靠在树干上，她抬头注视着澄碧的天，和悠悠白云，心底突然涌起一股凄凉和苦涩的情绪，怎样一个可怜的妻子呀，担心着另一个女人会使她的丈夫"失恋"。怎样的一种心情，怎样的一个地位，又有怎样的一份挚而重的怜惜及深情！她的嘉文，她那天真、善良而脆弱的丈夫，与其说是丈夫，还不如说是个大男孩子。在他的世界里，任何的波折、变化，都可成为致命伤。

那对蛱蝶仍然在花丛中绕来绕去，投下许多流动的光与彩。湘怡深陷在自己的思潮里，不禁看呆了。直到一个声音惊动了她。

"嗨！湘怡，你在做什么？"

她抬起头来，是正准备出门的嘉龄。她穿着一件浅蓝色的洋装，白色大翻领，再配上一条白色的宽腰带，看起来清爽宜人。站在冬青树夹道的浓荫之中，撑着一把蓝绸子的阳伞，亭亭玉立。整个花园、阳伞和嘉龄加起来，是个完整的"夏天"。伞面上闪烁着夏日的阳光，裙褶上散发着夏日的生趣，还有那张年轻的脸庞，和夏天一般热，一般明朗。这个少女是诱人的，相信没有人能不为所动。可是，纪远呢？他让这个少女从他手中滑过去，却抓住了可欣。可欣，属于"灵"的，嘉龄，属于"质"的。完全不同的两种典型。但是，纪远是属于"灵"与"质"合二为一的，为什么他会选择可欣而放弃嘉龄？湘怡愣愣地注视着眼前的少女，不禁又看呆了。

"嗨！你到底是怎么回事？"嘉龄嚷着说，"中了暑吗？"

"噢，"湘怡好不容易才回过神，从草地上站起身来，她有些讪讪然，"没什么，你那么漂亮，我看得太出神了。"

"你好像有心事，"嘉龄转动着伞柄，伞上的钢条在地上投下更多的光与影，灿烂的阳光在伞面上喜悦地流转，"为什么？为了哥哥吗？"

"不是，"湘怡摇摇头，"真的没什么，只是今早接到可欣一封信。"

"可欣？"嘉龄怔了怔，不再转动伞柄，阳光停在伞面上。

"她怎样？她好吗？"

湘怡凝视着嘉龄，多么复杂的感情关系！告诉她，看看妹妹如何反应，或者可以测知哥哥的心情。不过，这兄妹二人的个性是不同的，嘉龄比嘉文洒脱得多。

"她和纪远结婚了！"

"什么？和纪远？"嘉龄瞪大眼睛，半天才透出一口气，"他们终于结婚了！我以为……"

"你以为什么？"

"我以为他们不会结婚，纪远是不要婚姻的。他怕一切形式和束缚。"

"有时他也会甘愿投进束缚里去。"

"是的，对可欣。"阳光隐没了，夏天从伞面上流去。

"总之，这是件喜事！"湘怡故作轻松地说，"我们应该去看看他们，送一份礼，也表示点意思。怎样？嘉龄？我们一起去？"

"去看他们？"嘉龄的眉头蹙了起来，声调里有着不寻常的高亢，"为什么要去看他们？他们的世界里未见得容纳得下我们，我们的世界里也未见得容纳得下他们！我不相信在经过这些事件之后，两家还能建立什么友谊！"她说得很急促，语气中带着突发的愤懑。阳伞有个迅速地转动，转走了夏天，秋的阴影近了。她走向大门口，又回头加了一句："湘怡，对哥哥管紧一点，他是你的丈夫，不再是别人的未婚夫！"说完，她头也不回地走了出去，大门被砰然带上，留下一抹旋转的蓝。无数的旋转，无数的光，无数的彩，无数的五色缤纷……湘怡木立在花园里，瞪视着那些在她眼前浮动的色彩。是的，嘉龄凭直觉说出的话却颇有道理，这个少女并没有忘情于纪远，正像她和嘉文都无法摆脱可欣的阴影一样。纪远和可欣，这曾是他们的朋友、爱人和最亲密的知己，而今竟像个魅影般笼罩在他们的头顶上。

太阳大了，阿珠从客厅里伸出头来喊："太太，该进来了，晒多了太阳不好哦！"

湘怡收拾了水壶和剪刀，走进了屋里。整个下午，她都陷在神思不定之中，恍恍惚惚地不知道自己在做些什么。中午，杜沂回了家，嘉文却没有回来，杜沂说嘉文有朋友请吃饭，不回家吃午餐了。餐桌上，湘怡显得十分沉默，杜沂留心地注视了她一会儿，她的脸色并不好，神情也有些黯淡，这个好脾气的孩子是从不会表示什么不满的，看来嘉文有许多让她难过的地方。

"怎样？家里有什么事没有？"为了打破室内的沉默，杜沂随意地问了一句，"嘉龄呢？"

"噢，"湘怡吃了一惊，抬起头来，困惑地摇摇头，"没有事。嘉龄出去了。"

杜沂仔细地望着她，"你的气色不好，身体没有不舒服吧？"

"哦，没有。"湘怡急急地说，迅速地在脸上堆起一个笑容。

杜沂不安地吃了几口饭，再看看湘怡，"别和嘉文闹别扭，他是很孩子气的。"

"和嘉文闹别扭！怎么会呢？"湘怡说，坦白地望着杜沂，"别担心，爸爸，我和嘉文很好，我今天有些心神不定，是因为收到可欣的信，她和纪远已经结婚了。"她盯着杜沂的眼睛，"她问起您，爸爸。"

"是吗？"杜沂不安地欠伸着身子，困难地咽下一口饭。

“她怎么说？”

“您要看吗？”湘怡取出可欣的信，递了过去。

杜沂匆匆地看了一遍。“问候杜伯伯，假若他愿意来我家走走，我想妈妈和我都会很开心的。”简简单单的几句话，却带给杜沂一阵内心的激荡。“且让心香一瓣，寄上我祝福无数！”多年以前，他看过两句类似的话。是一瓣红色的茶花，题上的是：“一片残红，染上泪痕知几许！”那是雅真花园的茶花，当他离开沈家到上海去之后，雅真寄来的，没多久，雅真就和可欣的父亲结婚了。他放下了信纸，湘怡正静静地望着他。“你该去看看他们！”他说。

“您呢？”

“我也会去的，等过几天。”他支吾着，推开饭碗站起身来，湘怡注意到他吃得很少。

“您认为——”湘怡迟疑了一下说，“我该把这消息告诉嘉文吗？”

杜沂怔了一会儿，回过头来，他用怜爱的眼光望着湘怡，轻声地说：“你对嘉文太忍让了，湘怡。给他开一刀吧，这个毒瘤早就该割掉了。”

湘怡凝视着饭碗，她的思想停顿了几秒钟。杜沂也这样说？这是一天里的第二次了。或者，她对嘉文确实太纵容了一些，她不该怕这消息带给嘉文打击。她思索着，整整一天，都茶饭无心，连那未完工的婴儿装，也懒得去拈针动线。是的，杜沂是对的，她应该给嘉文动动手术了。只是，没有一个医生，能担保自己的手术不出毛病！

晚饭之后，嘉文和湘怡回到卧房里，这两天，嘉文倒是很守信用，下了班就回家。窗口的鹦鹉，不停地叽叽喳喳，啼声搅乱了一窗月色。嘉文站在鹦鹉笼前面，不住地逗弄着那两只鹦鹉，啼声更急更脆，小小的翅膀扇动着，把月光扑落在窗棂上。湘怡不声不响地走了过去，把可欣的来信送到他的面前。

"什么东西？"嘉文狐疑地问。

"可欣的信。"

嘉文的脸微微变色，接过信笺，那熟悉的字迹立即引起他本能的战栗。打开信笺，他看了下去，从头看到底，却不知道里面写些什么，再从头看了一遍，他明白了。那两个人终于结婚了！他觉得浑身痉挛，身不由己地跌坐在一张椅子里。湘怡正站在窗前，若无其事地给鹦鹉换食料和清水，听到椅子的震动声，她不经意似的回过头来，轻松地问："你看完了吗？"

"唔。"嘉文呻吟了一声，信纸和花瓣都飘落在地下，他用手蒙住了脸。

"你在干什么？"湘怡走到他面前，盯着他问。

"我……我……"嘉文的声音从掌心中飘出来，带着深深的战栗和痛苦，"我——不相信那是真的！"

"什么东西不是真的？"湘怡继续盯着他，残忍地问。

"可欣……和纪远。"

"可欣和纪远！这有什么稀奇？他们早就该结婚了。哦，你就为这个而发抖吗？嘉文！"她抬高了声音，双手握着拳，手心里却在冒着汗，"你为什么要娶我？"

"什……什么？"嘉文迷惘地问，可欣的信和湘怡突如其来的问题把他弄昏了头，他无法整理自己的思想。

"我问你，"湘怡的声音提得更高，充满了挑衅的味道，"你为什么要娶我？"

"我……我……"嘉文仍然没弄清楚湘怡在问什么。

"什么我我我的？我在问你话，你为什么娶我？"

"你……干吗这样凶？"嘉文纳闷地说，"别扰我，我……我……不舒服，我头晕。"他闭上眼睛，深陷在自己的哀愁和不幸中，"我……要一杯水。"

"你自己去拿！"湘怡冷冷地说。

"你——今天是怎么回事？"湘怡反常的态度终于引起他的注意，张开眼睛，他接触到湘怡燃着火的眼睛，这使他瑟缩了一下，"谁得罪了你？"

"问你自己！"湘怡气鼓鼓地嚷，"你说你爱我，向我求婚，结果，你把我娶了来，心里却一直忘不了唐可欣！既然你爱的是唐可欣，你娶我干什么？你根本就是在欺骗我，把我当作可欣的替身，我要这样的婚姻做什么？"她用手去揉眼睛，原准备假装流泪，吓吓嘉文。谁知道一揉之下，却勾动满怀的悲痛和伤心，真的眼泪竟滚滚而下，不可遏止，"你欺骗我，你根本不爱我，这样子下去，我们还不如离婚，我回我哥哥家去！"她说做就做，一面哭泣着，一面真的打开橱门，去收拾衣箱。

嘉文跳了起来，忘记了不舒服，也忘记了头晕，手忙脚乱地抓住湘怡，他口吃地问："你……你……你做什么？"

"我回哥哥家去！你尽管去追求你的唐可欣，把她再从纪远手里抢回来。我不要做你的太太，我要回家！"

"这——这是怎么了吗？我又没有说什么！"嘉文委屈地说，已经完全头昏脑涨了。

"你还没说什么呢，你比说了还可恶！看到他们结婚的消息，就做出那副死相来！你爱她就不该娶我，娶了我就不该爱她，假如你还忘记不了她，我就回家去！"

"我……我不是忘记不了她，"嘉文迷惘地说，一副茫然无助的样子，"我……我不知道自己是怎么回事。"倒在一张椅子里，他痛苦地咬了咬嘴唇，"你们都要离开我，那么，你们就都离开我吧，让我去死！"

湘怡愣住了。注视着嘉文，她忽然明白了，她已经对他开了刀，一次失败的手术。这就是嘉文，你无法改变他！她心底一酸，扑倒在床上，禁不住放声痛哭了起来。她的号啕大哭倒使嘉文心慌意乱了，赶到床边，他用手推着她的肩膀，可怜兮兮地说："你怎么了嘛！湘怡？我都听你的，我什么都听你的，好不好？"

湘怡抬起泪痕遍布的脸，凝视着嘉文那恓惶无助的眼睛，新的眼泪又涌了上来，把头埋在嘉文的胸前，她哭泣着，在心底低低自语："如果我没有办法改变你，我就只有改变我自己，我不再对你苛求了，只因为我太爱你！"

一连好几个星期，杜沂都在一种茫然若失的情绪中度过去，对任何东西都没有兴趣，也提不起精神。或者，这与嘉文有点关系，近来，嘉文经常夜归，湘怡也不过问，这对小夫妻似乎有点貌合神离。湘怡的个性过于柔弱温顺，一次，他表示嘉文也要妻子来管束一下才行，湘怡只是安静地笑笑说："做一个等门的妻子总比做一个让丈夫讨厌的妻子好些！这样，最起码当他在我身边时，我还可以拥有他。否则，就是他在我身边，我也得不到他了！"

年轻人有他们自己的看法，做父亲的也不便过于干涉。这件事虽有些让杜沂困扰，但，绝不是他无情无绪的主要因素。注视着窗外，他看到第一朵花凋零了，第一片黄叶落下了，第一缕秋风吹过了。这使他想起往日和雅真诗词相和的情趣。雅真爱花，爱吹笛子，他们常在花园中一起看花，一起吹笛子。

雅真曾有一阕《菩萨蛮》说："双双玉笛临风弄，罗襦同绣金泥凤，绣倦倚雕阑；披香细蕙兰。留春频缱绻，泪滴琉璃残，生小太多情，多愁多病身。"

这可能是她最大胆的一阕词，其中"罗襦同绣金泥凤"的句子有些胡说八道，大概是想混淆听闻。记得自己看了之后，也曾用同一词牌填了一阕："海棠嫋娜情丝软，垂杨拂地和愁卷，扶病过花朝，开帘魂欲销。寻芳题丽句，莫负韶华去，惆怅为花痴，问花知不知？"

这就是那个时代，那种深院大宅的书香门第中的恋情。一首诗，一阕词，一个眼波，一阵脸红……和偶尔交换的几句私语。以现代的眼光来看，这种恋爱真太落伍了，太不过瘾了，太保守了。可是他也经过那种现代化的恋爱，行动多于言语，坦白多过含蓄。炽烈地燃烧一阵，过后什么也没有留下，反不如前者的蕴藉和美丽。这就是他在已步入老境的今天，仍对往日那段感情念念不忘的道理。看到花园里凋零的残红，他就不能不想起"留春频缱绻，泪滴琉璃残"的句子，以及"寻芳题丽句，莫负韶华去"的心情，多少的韶华已经辜负了，多少的春天已经过去了。

而他，仍然在这儿浅斟慢酌地品着自己的孤寂。孤寂！这两个字一经来到他的脑海，就再也摆脱不开了。长久以来，他的生命里到底有些什么？孤寂，是的，仅仅是孤寂，一种根深蒂固的孤寂。

站起身来，他无法再在这幢房子里待下去，他必须逃开一些什么，或者，就是想逃开那份孤寂。走上了大街，他漫无目的地向前踱着步子，带着不必要的匆忙，好像寂寞正在他身后追赶他。这是初秋的天气，正是标准的"已凉天气未寒时"，午后的阳光有几分慵懒，给人困倦的感觉。

信步而行，他不知道自己走了多久，忽然间，他停住了，惊异地发现自己正站在雅真的门外。是什么潜意识把他带到这儿？他瞪视着那两扇大门，不能决定是不是要敲门。许久以来，两家已经不来往了，这并不是因为杜沂生了可欣的气，只是见了面觉得尴尬和不自然。现在，这两扇门在诱惑着他，多年以前的那两阕词也在诱惑着他，可欣信中那句简简单单的问候也在诱惑着他……伸出手，他在恍惚中敲了门。

门开了，是阿巴桑，笑脸迎进了杜沂。

在客厅里，雅真惊异地望着杜沂，有好一会儿，都不知道该表示些什么好，一个完全出乎意料的客人，空气僵了一会儿，杜沂先打破沉默。

"好吗，这一向？"他没想到自己会讲出这样两句普通而疏远的客套话，暗中感到几分沮丧。

"还好。"雅真答，有些局促地递上一杯茶。

"可欣呢？"

"和纪远一起出去了。去——办出国的手续。"

"哦？"杜沂有些意外。

"他考上一个美国机构的工作，今年年底以前要上任，工作很难得，又可以带家眷一起去。"

"哦——"杜沂的神思游移了起来，"那么，你呢？"

"我？"雅真淡淡地一笑，眼睛依然清亮，眼角的皱纹没有损及她的美丽，反而增加了她高贵的气质，"我想留在台湾，但是他们说服我一起去。"

"哦——"杜沂又长长地"哦"了一声，感到自己表现得像个傻瓜，"你——已经决定了？"

"原则上是决定了，因为——不这样决定，也没有更好的办法，这幢房子是学校的，学校早就要收回了，我们这些年来，你知道也只靠保险金、抚恤金和一点点积蓄凑合着过日子，总算熬到今天，纪远和可欣坚持要孝顺我，一定要我在她身边，否则，她也不去，让纪远一人去。纪远呢？这孩子真……"她把下面的话咽住了，不愿在杜沂的面前夸赞纪远。但是，许许多多的感触是咽不回去的，对于纪远，她简直不知道说些什么好，那个孩子！不是言语所能形容的，她几乎有种庆幸的心情，因为可欣选择了纪远而非嘉文。

"那么，你也要去了？"杜沂又多余地问了一句。

"是的。"

"那么……那么……"杜沂喃喃地说着，根本不明白自己想说什么。他的神思又陷进一种迷离恍惚的情况，在迷离恍惚之中，看到的是雅真微微含笑的嘴角，微微含愁的眼睛，和那微微含情的神韵。他心怀荡漾，不敢相信雅真也要远走了。

"嘉文好吧？湘怡什么时候生产？"雅真关怀地望着杜沂，心旌也有一阵摇荡，在花园中吟诗的日子如在目前，但，从什么时候开始，他们就只谈下一辈了？

"还好，湘怡快生了，大概还有一个多月。"

"恭喜你，要做祖父了。"

"几乎让我不敢相信，"杜沂说。凝视着雅真，她的鬓角已白，"我以为——我们还都在年轻的时代，偷偷地在花园里闲荡，只求能见一面，交换几句话——那日子好像还是昨天。"他微喟了一声，"记得吗，雅真？记得我为你写'惆怅为花痴，问花知不知'的事吗？"

雅真的脸蓦地绯红，突然间把旧时往日拉到眼前来，让人感到难堪和羞涩。她垂下眼帘，讷讷地说："那——那些以前的事，提它——做什么呢？"

旧日的雅真回来了，旧日的雅真！刘海覆额，双辫垂肩，一件对襟绣花小袄，鬓边斜插一朵红色的小茶花，动不动就红着脸逃开。杜沂神思摇荡，心神不属。好半天，才说："你说——你并不想到美国去。"

"是的，那儿人地生疏，生活一定不会习惯。"雅真轻声地说。

"我说——我说——"杜沂结舌地说着，"你——能不能不去？"

"怎么了？"雅真凝视着杜沂。

"你看，我们曾经希望下一辈联婚，但是失败了，"杜沂的舌头忽然灵活起来，许多话不经思索地从他舌尖源源滚出，"我刚刚才想起来，我们希望下一辈联婚，不外乎因为我们自己的失意，多年以前，我们虽没有私订终身，也总是心有灵犀。那么，我们何不现在来完成以前的愿望呢？"

雅真惊愕地张大了眼睛。

"我——我不明白你是什么意思。"

"我在问你，你肯不肯嫁给我？"

雅真呆住了，张嘴结舌，无言以答。

"我们都经过许多变故和一大段人生，生命里最美好的那一段时间已经糊里糊涂地度过去了，现在，儿女都已长成，也都获得他们自己的幸福和归宿，剩下我们这对老人，为什么不结合起来享受剩余的一些时光呢？"杜沂滔滔不绝地说。

"我——我——"雅真语无伦次，"我不知道，你——你使我太意外，我不能决定——"

"但是，雅真，这么些年来，我并没有忘记你。"

"我知道，"眼泪涌进雅真的眼眶中，她的视线模糊了，"我都知道。没有什么安慰能比你这几句话更大，尤其，在我头发都白了的时候，再听到你这样说。不过，关于你的提议，我必须要好好地想一想，这并不是很简单的一件事，我要顾及儿女的看法和想法——"

"你为儿女已经想得太多了，雅真。"杜沂打断了她，"以前，你要为父母着想，现在，你要为儿女着想，你身上背负的'责任'未免太多了！"

"人生就是这样，不是吗？"雅真凄凉地微笑着，"每个人生下地来，就背负着责任，生命的本身，也就是责任。对自己，对别人，对社会。像一条船，当你死亡之前，必须不断地航行。"

"你应该驶进港口去休息了。"杜沂语重心长地说。

"或者还没有到休息的时候，或者你不会知道什么地方是港口。"雅真轻轻地说，"不过，我会考虑你的提议，请你给我一点儿时间。"

杜沂深深地望着她："我会等，雅真。我的提议永远生效，假如你现在拒绝了我，你到国外去之后，我的提议依旧存在，你随时可以给我答复。"

"噢，杜沂。"雅真低唤，好多年来，这个名字没有这样亲切地从她嘴里吐出来过了，"我会给你一个答复。"

"不要太久，我们都没有太长久的时间可以用来等待。"

"我知道。"她轻轻地点着头，眼睛深沉而清幽。

一窗夕阳，映红了天与地。

第
十
九
章

一段紧张而忙碌的日子，签证、护照、防疫针、黄皮书……
数不清的手续，再加上整理行装、把房子办清移交、取出银行有
限的存款、订船位……忙不胜忙。最后，总算什么都弄好了，船
票也已买妥，再有一星期就要成行。雅真在整个筹备工作中，都
反常地沉默，可欣并不知道杜沂的拜访和求婚，只以为母亲对于
远渡重洋，到一个陌生的国度中去有些不安，对台湾也充满离愁
别绪，所以显得那样心事重重和郁郁寡欢。在整理东西的时候，
可欣不止一次地对雅真说："妈，您别难过，不出三年，我们一
定会回来的，我希望纪远能一面工作一面读书，三年后回台湾来
做事，没有一个地方，会比和自己同胞生活在一起更舒服。"

雅真只是笑笑，用一种复杂的眼光注视着可欣。于是，一切
手续按部就班地办了下去，三份签证，三份护照，三份黄皮书，
一直到订船位的前一天，雅真才突然说："慢一点儿订船票吧！"

"怎么？"可欣狐疑地望着雅真。

"没有什么，我——我只是想——想——"雅真有些期期艾艾，好半天才吐出一句整话，"或者，我不一定要跟你们一起去。"

"妈，你这是怎么了吗？"可欣说，凝视着母亲，"没有你，你让我到美国去怎么会快乐？已经手续都办好了，你又要变卦了！"

雅真把可欣拉到身边来，仔细地、深深地望着这个已经长大成人的女儿，含蓄地说："可欣，你已经长大了，不再需要我了。"

"妈妈，"可欣惊疑的眼光糅进了悲哀，"你真这样认为吗？我以为——在母亲的心目里，孩子是永远长不大的。而且，成长是一种悲哀，但愿你觉得我永远需要你。"

"事实上你已不再需要了，你和纪远加起来的力量比我强。"

"妈，"纪远走了过来，他高大的身子遮去了灯光，罩在雅真身上的影子显得巍然和庞大，但他的眼光柔和得像个孩童，又坚定得像个主宰者，"您要和我们一起去，我保证您不会因为和我们一起去了而后悔。同时，您了解可欣，坚强和脆弱常常集中在同一个人身上，可欣是离不开您的，对不对？这并不属于成长的问题，而是感情上和精神上的。"

这就是定论，雅真没有再提出异议，船票买定了。然后，是一连串的辞行和饯行。雅真默默地结束台北的一切，不管结束得了与结束不了的。她给了杜沂一封短简，算是她的答复：

沂：

"船"票已经买好了，我势必"航行"。有一天，我会停泊，希望当那一天来临的时候，我那港湾依旧安全可靠地屹立着。

那么多年已经过去了，我们不在乎再等几年，你说过你会等待，我也必定会倦航归来！谢谢你的提议（使我激动），原谅我的怯懦（使你惆怅）。我承认自己没有勇气接受你的提议，你不知道我多高兴发现这么多年来，我还活在你的心里，我希望能活得更长久一些。而婚姻二字，谁也无法料定它是一段爱情的喜剧的结束，还是悲剧的开始。何况，我们之间，还有儿女的恩怨牵缠，原谅我选择了女儿，只因为我是母亲！

　　等着吧，我会回来的。

　　祝福你！

雅真

杜沂回了她一个更短的小简：

雅真：

　　很多人把一生的生命都浪费在等待里，但愿我不"浪费"！我挽回不了逝去的时光，也预支不了未来的时光，只好"等"现在成为过去，让未来的梦得以实现！

　　我尊重你是个母亲，也尊重你的意见。你会发现港湾坚如磐石，但求小船别漂泊得太久！

　　或者我会去送行，或者不会，我还没决定。等你。

　　也同样祝福你！

杜沂

一段飘若游丝的恋情，从二十几年前开始，就是这样若断若续，到现在，又延宕了下去。或者，"等待"比真正的"获得"更美，因为前者有憧憬和梦想，后者却只有真实。而真实往往和憧憬差上十万八千里，又失去了那种朦胧的美和神秘感。雅真把信锁进了箱子，把杜沂那份感情也收进了箱子，漂洋过海，它将跟着她航行，也跟着她返港。

　　所有该办的事都办完了，该辞行的，该交代的，都已弄清楚了，再有一星期，他们将远渡重洋了。连日来，可欣也陷入一种迷惘的状态里，隔海的生活并不引诱她，她只希望纪远能因此行而有所成就。但，美丽的远景抵不过目前的离愁，小院里一草一木，街道上的商店人家，种种都是她所习惯的、亲切的，对这些，她全留恋。当然，造成她精神恍惚的原因还不止于此，她常常会忽然陷入沉思和凝想中。纪远暗中注意着她，观察着她。行期越近，她就越显得不安。终于这天下午，当她又望着窗子，愣愣地发呆时，纪远把她拉到自己面前，用手臂圈住她，微笑地注视着她的眼睛，说："别犹豫了，可欣，如果你想去看他们，你就去吧！本来你也该去辞行的。"

　　"你说谁？"可欣受惊地问。

　　"嘉文和湘怡。"纪远坦白地说了出来。

　　"噢！"可欣的脸红了，垂下了眼帘，她望着纪远衣服上的纽扣，好一会儿，才扬起睫毛来问，"你不介意？"

　　"我？怎么会？"

　　"可是——"可欣咬咬嘴唇，"我不敢去。那么久没见过嘉文了，再见面——不知是什么场面，一定会很尴尬，而且，我不知道嘉文是不是还在恨我。"

"天下没有不解的仇恨，他已经另外建立了家庭，和你那段故事应该是事过境迁了，我想，他不会有什么不高兴的，趁此机会，把两家的僵局打开，不是正好吗？"

"你认为——"可欣盯着他，"嘉文已不介意以前的事了？两家僵局可以打开？"

纪远松开可欣，把头转向了一边，可欣一语道破了他心里的想法，嘉文不会忘怀的，僵局也不易打开，这个结缠得太紧了。但是，如果可欣不去杜家一次，她会难过一辈子，懊恼一辈子，他知道。所以，他燃上一支烟，掩饰了自己的表情，支支吾吾地说："或者可以，你没有试，怎么知道不可以？"

可欣望着烟雾笼罩下的纪远，点了点头："你也知道不容易，是吗？不过，我是要去的，我一定要去一次！我——"

"但求心安。"纪远接了一句。

"但求心安。"可欣不胜感慨，"谁知道能不能心安？说不定会更不心安呢！怎样？你和我一起去？"她挑战似的看着纪远。

纪远惊跳了一下，出于反射作用，立即喊出一个"不！"

"你害怕？没勇气面对嘉文？纪远，纪远！你也是个懦弱的动物。"可欣叹息着。

"我是的，我向来是的。"纪远涨红了脸。

"你不是，"可欣否定了自己的话，用手勾住他的脖子，吻他的嘴唇，"我明白你的心情，如果我是你，我会比你更懦弱。"她贴住他，低语，"我爱你，爱你的坚强，也爱你的懦弱。爱你是这样一个完全的你自己。但是，现在我不和你谈情说爱，我要趁我有勇气的时候，到杜家去一次，祝福我吧，祝福我不碰钉子。"

"你确实比我坚强，"纪远用欣赏的眼光注视着他的妻子，"假若我是你，我也没有把握能鼓起勇气去做这次访问。"

"男性和女性有某些方面是不同的，你知道。"可欣说，换上一件出门的衣服，再拢了拢头发，"尽管眼泪多半属于女人，但，在韧性方面，女性往往比男性还强些。"她望望窗外的阳光，挺了挺背脊，"我去了。"

纪远望着她："早些回来！"

"我知道，我回来吃晚饭。"可欣说，走到雅真门口，拍拍纸门，说，"妈，我去杜家辞行。"

门内静了静，接着纸门哗地拉开，雅真伸出头来，疑惑而不信任地问："杜家？哪一个杜家？"

"当然就是杜伯伯家嘛！"

"杜伯伯家。"雅真机械地重复了一句，用一种古怪的神色看着可欣，然后吞吞吐吐地说，"好吧，是该去一去。见着了——你杜伯伯，告诉他我问候他，不去辞行了。还有嘉文、嘉龄和湘怡。"

"你和我一起去，好吗？"可欣说，如果有母亲在，就不至于十分尴尬了。

雅真愣了愣，立即和纪远一般，冲口而出地说："不。"

可欣困惑地看看母亲，就点点头说："那么，我去了。"

走出家门，她回头看看，雅真还若有所思地站在房门口，纪远却在窗前喷着烟圈。她对他们挥挥手，置身在阳光下的大街上了。这又是冬天了，满街都挂着五彩缤纷的圣诞片，和金光闪烁的星星和彩球。她慢慢地走过那些商店，注视着应景的各种商品，手杖糖、松果、圣诞树和圣诞礼物的彩纸及减价广告。多快！又要过圣诞节了，三年前的圣诞节还历历在目，嘉文家里的舞会，她细心地布置，圣诞树下的礼物包，和那个满身泥泞、从山上下来的纪远！造物弄人，世事变迁，她不能不感慨万千了。

杜家的大门遥遥在望，她加快走了几步，又放慢了几步，但，终于停在那门外了。那熟悉的大门！那熟悉的花香！那熟悉的伸出围墙的榕树枝子！她深吸了口气，伸手按了门铃。

这天从早上开始，湘怡就觉得有点不大寻常，潜意识地感到有什么事将要发生了。早上送嘉文到大门口，她禁不住地叮了一句："中午回来吃饭哦！"

嘉文和杜沂的车子走远了，他没答应，也不知道他听到了没有。近来杜沂买了一辆私人的三轮车，又雇了一个车夫老王，上下班十分方便，可是，嘉文就不高兴回家吃午饭，事实上，他晚饭也不常在家吃。杜沂下午多半不去银行，所以总是回家吃饭。杜沂父子走了之后，湘怡照平常的习惯一样，提着水壶浇花，没浇多久，她感到非常疲倦，回到屋里，突然阴暗的光线使她不适，她渴望嘉文回来，到中午，这份渴望更加强烈了。

杜沂回来了，嘉文仍然没有回家，湘怡掩饰不住自己的失望。中饭她吃得很少，无情无绪而疲倦。午后，杜沂因为银行里要开业务会议而出去了。嘉龄和新认识的一个男朋友有约会，也出去了。偌大一幢住宅，冷清清地没有一个人影，无论走到哪儿，都冷落而寂寞。湘怡站在卧室的窗子前面，百无聊赖地逗弄着鹦鹉，吱吱啾啾，吱吱啾啾，——它们有诉不尽的情话，而房间里只有被寂寞冻住的空气。

有一阵腰酸，接着是一阵抽搐，她站立不住，跌坐在一张椅子里，迷迷糊糊的，她还不太知道是怎么回事，那阵抽搐过去了。拿起一本杂志，她开始有心无心地翻弄，这是本强调"现代"的杂志，看了半天，她也"意识"不起来，或者是学历史的关系，她的脑子早与"古代"为伍得太久了，竟无法接受这些"现代"。放下了书，第二阵抽搐又来了，她弯下腰，痛得直不起身子，额上冒出了冷汗，然后，痛楚减轻而消失了。她站起来，有点心慌意乱，在心慌意乱之余，又有一层喜悦和兴奋，对着鹦鹉，她低低地说："他来了！或者是她！我已经期待了十个月的小生命哩！"

走出房门，她到客厅去打电话给嘉文，线拨通了，对方的答复却是冷冷的一句："杜先生下午没来上班！"

失望和懊丧尖锐地刺痛了她，她多渴望把这消息告诉他！

而现在，她不知道什么地方可以找到他了。痛楚又来了，这一次比前两次都更猛烈和长久。她咬紧嘴唇，不愿叫出声来，五脏六腑都被牵扯，汗从她的发根里冒出来。好了，又过去了。抓住听筒，她再拨到银行，请杜沂听电话，对方的回答是："杜经理开完会和董事长一起走了，不知道到哪里去了。"

"老王呢？老王在哪里？"她急急地问。

"不知道！"

电话挂断了，她明白，一定董事长请杜沂吃饭，老王乘机会去拉黄牛车了。翻开电话号码簿，她想找董事长的电话号码，还没查到，痛楚又袭击过来。倒在沙发上，她方寸大乱，痛苦和恐怖征服了她，尖着喉咙，她大喊："阿珠！阿珠！"

阿珠戴着围裙和满身油烟跑了出来，湘怡正缩成一团，在沙发里呻吟喊叫，阿珠大惊失色，嚷着说："太太，你怎么了呀！"

"阿珠，你——你——哎哟！"湘怡语不成声，痛得连胃都痉挛了起来，"你——你——打电话——哎哟，我要死了，哎哟！"

"太太！太太！"从未经过事故的阿珠吓白了脸，只能一迭连声地叫，"你怎么了？你怎么了？"

"我——我——孩子——要——要生——"湘怡捧着肚子，弓着膝盖，浑身抖颤，"哎哟！痛死我了，哎哟！嘉文，找嘉文！哎哟，哎哟！——"

阿珠冲到电话机旁，要拨到银行去，湘怡猛摇着头，"他不在，找董事长家，问老爷在不在？快！哎哟——"

阿珠吓得瞪大了眼睛，手脚都发软，捧着本电话号码簿，哆哆嗦嗦地翻，翻了半天也翻不着，急得湘怡拼命催促，好半天，阿珠才恍然大悟地喊："太太，董事长的名字叫什么？我不会查这个簿子呀！"

"哎——"湘怡拉长了声音叫，心中更乱成一团。好在那阵痛楚又减弱了，过去了，抢过电话号码簿，她翻到了号码，用不稳的手拨着电话，心中暗暗在祈祷，让我找到杜沂和嘉文，让痛楚慢一点袭来，孩子，忍耐点，让我找到你的爸爸！

电话拨通了，对方的话却更令人泄气："董事长吗？他不在！杜经理？不，不知道。晚饭？董事长打电话回来说不回家吃饭了。在哪儿？我也不知道，不，都不知道……"

听筒从她手中滑下去，她倚着沙发，软弱、乏力、懊丧、难过、恐惧——各种情绪纷至沓来。这是一个女人在一生中最需要帮助的时候，最害怕孤独的时候。腹部肌肉的紧缩使她知道另一阵痛楚又要来了，而现实的情况提醒她，没有多余的时间用来等待，她必须靠自己的力量了，咬住牙关，她勉强维持冷静，因为阿珠看来比她更恐惧和慌乱。她静静地说："好了，阿珠，现在只有你来帮忙了。首先去叫一部车，然后把房门锁好，送我去台大医院——"她的冷静没有维持太久，痛苦的浪潮涌上来，涌上来，涌上来……拉扯她，撕裂她，揉碎她……她的手抓住了沙发的靠背，徒劳地把身子吊在半空，一声恐怖的呼号从她唇中迸裂出来："啊——"而这声呼号却吓得阿珠用手蒙住耳朵，逃进了院子里。"啊——"湘怡仍然叫着，一种垂死的挣扎和呼号。"我不行了，嘉文！嘉文！嘉——文！啊——"

阿珠在院子里发抖，几乎要哭出来，既不放心丢下湘怡一人去叫车，又不敢不去叫车。正在手足失措的当儿，门铃响了，她冲到门边去开门，有种被解救的感觉。门外，是出乎意料的可欣。阿珠张着嘴，怔了一秒钟，接着就如逢大赦地叫了起来："啊呀，唐小姐，你来得刚好，快快，我们太太要生了，家里一个人都没有！快！快！"

"怎么回事呀？"可欣愕然地问。回答可欣的，是湘怡一声抖肠挖肝的惨叫。这使可欣毫不迟疑地就直冲进客厅里。湘怡面白如纸，整个身子都吊在沙发扶手上，冷汗大颗大颗地从眉心跌下，嘴唇已被咬破了。可欣立即明白是怎么回事了。用手抱着湘怡的头，她摇撼着她说："湘怡，我来了，湘怡，别害怕！"回过头去，她对阿珠说："这个家里的人呢？老爷、少爷和小姐呢？"

"都出去了，一个也找不到！"阿珠搓着手说。

湘怡侧过头来，看到了可欣，喘息着，她用汗湿的手拉住了可欣，挣扎着说："是你，可欣，还好你来了。哎哟，我要死了，我一定要死了，哎哟，可欣，可欣……"她攥紧了可欣，死命地拉着她，揉着她，"我要死了。可欣，我要死了！"

"别胡说！湘怡，马上就好了，我送你去医院。"望着阿珠，她命令地说："快去叫车！"

阿珠飞奔着去叫车了。湘怡的头被可欣抱在怀里，她转侧着，呻吟着，一旦知道来了救兵，心情一放松，就只感觉到可怕的坠痛。她的神志恍惚不清，除了痛，什么都不清楚，迷糊中，她觉得可欣正用一条毛巾拭着她的汗，喃喃地说些听不清的、安慰的话。然后，车子来了，可欣架起她的手臂，温柔而鼓励地说："站起来，湘怡，勇敢一点，我们去医院了。"

阿珠和可欣一边一个，架起了湘怡，湘怡自己也不知道怎么进了车子，只模糊地听到可欣在吩咐："阿珠，你留在家里，老爷少爷一回家，就通知他们到台大医院来！"

可欣，好可欣，她多么坚强冷静呀！车子在颠簸着，医院仿佛永远不会到，可欣的手温柔地搂着她的脖子，可欣，好可欣，但愿能分得你的坚强！车子到了，停了，她被担架抬进了医院，可欣的手一直压在她的肩膀上，给了她安慰和力量。产房里有一盏红灯，刺目的红。可欣在和护士争执，只有丈夫可以进入产房？那个丈夫正流连在何方？可欣胜利了，她没有离开湘怡，那只手，那只温暖而坚定的手。时间过得多么缓慢，窗子上有一层朦胧的白，朦胧的，朦胧的，永远是那样隐隐约约的白。痛楚又来了，又来了，又来了……永不会饶过她的痛楚，永不会离开她的痛楚……又来了，又来了，还有多久才能结束？这就是一条生命的诞生？母体竟要支付如许多的痛苦？又来了，又来了……那撕裂的、狂扯的痛楚！于是，挣扎、号叫，许多不成声音的声音竟吐自自己的口中："救救我，可欣，救救我！嘉文，嘉文在哪儿？噢？哎哟，哎——啊——"

可欣的手，不住地把汗从她额上拭去，忍耐点儿，忍耐点儿……医生都具有一份难以置信的冷静……忍耐点儿……但这不是人能忍受的，还有多久？还有多久？第一胎都是这样的，早呢！午夜能生下来就是好的……噢！午夜！午夜还有多久？嘉文呢？嘉文在哪儿？

窗子上朦胧的白消失了，夜已降临，婴儿总喜欢选择黑夜出世，那盏红灯仍然亮着，川流不息的护士，白色的衣服，白色的帽子，婴儿出世第一眼会看到什么？那盏红灯？还是护士的白衣？可欣，可欣，把我的表拿掉，它弄痛了我的手腕！噢，好可欣，救救我！噢！这情况像什么？有一本小说里曾读到过，是了，你像给媚兰接生的郝思嘉，你也占据我丈夫的心……噢，可欣，原谅我，我并无意于责备你……噢，你是我最好的朋友，最好的朋友！当我在这生死存亡的一刻，只有你在我身边！噢，可欣，你好，你真好，但是，哎哟，我实在太痛了，太痛了，我要死了，要死了……而嘉文不来！我将死在这儿，等嘉文来了，我已经成了冰冷的尸体……噢，我的天！

时间那样缓慢地爬过去，当痛楚来临的时候，什么都停顿了，只有痛楚，痛楚，痛楚！湘怡的喉咙已经喊哑了，呈现出一种虚脱的状态，头发被汗湿透，可怜兮兮地贴在额上，她疲倦得无力再喊，只不住地找寻可欣，询问嘉文来了没有。十点多钟，杜沂赶来了，他在产房门口看到面容苍白的可欣，她那黑眼睛显得特别地黑："噢，杜伯伯，还没生下来。湘怡吗？她痛苦得很，她在找嘉文，您能把嘉文找来吗？那会使她得到些安慰。"

"老实说，我也不知道嘉文在哪儿，怎样？有危险吗？"杜沂焦虑地问。

"医生说很正常，不过，老天呀，我从不知道生命是这样降生的！"可欣受惊地张大眼睛，摇着头。每当湘怡喊的时候，她都觉得胃部跟着痉挛起来。

"还有多久可以生出来？"

"两小时，三小时——还不一定！"

产房里又是一声锐叫，可欣立即钻进了产房。湘怡在枕头上摇着头，喘息着，泪和汗都混在一起，她拉住可欣的手，啜泣着，喊叫着说："可欣，我快要死了，你答应我，如果我死了，哎哟——哎哟——我的天！又来了又来了，哎——可欣，如果我死了，你答应我，照顾我的孩子，哎哟！哎——啊！"

"别胡说了，湘怡，你会好好的，孩子也会好好的！"

"我会死，我知道。嘉文，嘉文在哪儿？"

"他就要来了！他马上就会来！"

"他见不到我了，他来的时候，我已经冰冷了，"眼泪滑下她的眼角，她哭了起来，"告诉他，可欣，告诉他我多爱他！哎——哟——"

"湘怡，别傻，就会好的，什么都会好好的！"

"我死了，你会照顾我的孩子吗？"

"你在说些什么傻话呀!"

"答应我,可欣,我要你答应我!哎哟!"

"别傻了,湘怡!"

"你答应我——"

"好好好,湘怡,我答应你,我会爱他超过我自己的孩子!"

时间就这样沉重地、一分一秒地过去了,十二点钟,医生开始给湘怡注射盐水针,因为她已经声嘶力竭,没有力气来应付最后的一战了。凌晨一点三十二分,在湘怡的狂喊狂叫中,在医生的帮助和鼓励下,在可欣喃喃的安慰和祝祷里,一条小生命降生了,是个美丽的小婴儿,一个女孩子。

什么都过去了,像一场狂暴的风雨,消失在和煦的阳光里。在儿啼中,那些痛楚、挣扎、血腥的一切,都一归而空,剩下的只是疲倦的喜悦和母性的激情。婴儿被包扎好了,可欣恳求地望着护士,商量地说:"让我抱她出去,抱给她的祖父看看。"

"按规矩,二十四小时之后才能抱来!"护士说。

"求求你,就一分钟!"

护士被她的恳切所动,把婴儿小心地交给了她,她望着湘怡,后者正平静安详地躺着,眼睛清亮似水。

"美极了,湘怡,"她说,不由自主地,眼睛里涌上一股热浪,"你真伟大,没有什么事能比做母亲更伟大了。"

湘怡软弱地微笑了,无力地说:"谢谢你,可欣。"

可欣摇摇头,算是不接受湘怡的道谢。抱着婴儿,她走出产房,到了候产室里,杜沂正在那儿不安地伸着脖子张望,可欣站住,脸上带着个仙女般的笑容,望着那焦灼的祖父。正在这时,杜嘉文气急败坏地冲了进来，他的领带歪着，衣衫不整，一副浪子的落拓相。

"怎样？湘怡怎样了？"他一迭连声地问。

"她是个伟大的母亲，"可欣接了口，走上前去，把那婴儿送到嘉文的面前，"看看你的孩子，嘉文，你已经是个父亲了。"

嘉文愣住了，错愕地望着可欣，又困惑地看看那躺在可欣臂弯里的婴儿，一时有些茫然失措，根本弄不清楚这是怎么回事，而可欣的神色那样纯洁、恳切、真挚和严肃！她低声地、含蓄地说："你是父亲了，嘉文，也该长大成熟了，不是吗？祝福你，嘉文，现在，你该去看看你孩子的母亲了吧？"

嘉文又愣了几秒钟，湘怡被推出产房了，她看来苍白而美丽，嘉文身不由己地跟着推车追了几步，然后，他的手握住了湘怡放在被外的那只无力的手，随着推车走向病房，湘怡静静地看着他，眼睛里没有责备，所有的只是温柔的宽恕和谅解。那儿，可欣把孩子抱到那满眼含泪的祖父的面前。

"给她取个名字，杜伯伯。"

"名字？"杜沂呆呆地看着孩子，又抬头看看可欣，"叫她真真吧，小真真！"

船离开基隆码头，越走越远了，海水被船身划出许多纹路和涟漪，不断地激荡着、波动着。岸边的基隆港，陷在一片烟雨之中，逐渐地模糊而朦胧了。雅真倚着船栏，望着这生活了八年多的海岛消失在蒙蒙细雨里，眼睛迷蒙而暗淡。在送行的人中，她没有发现杜沂，他没来，杜家也没一个人来，但是，至少，那新生的婴儿被命名为小真真！

船走远了，什么都看不见了。

"我会回来的，只要你等待！"她喃喃地说，望着雨雾下的海面。

在港口边，一个老人正黯然地伫立在那儿，望着船身消失在海天一线的交接处。雨，把什么都封锁了。他一直伫立着，直到暮色笼罩，海天模糊。

"人生，就是不断地期望和等待。"这是大仲马的句子。他也期望着，等待着，不管将期望到何年何月，等待到何年何月。

第二十章

嘉文瞪视着面前的报表和档案，脑中昏昏沉沉的，什么也看不进去，所有的数位和表格距离他都很遥远很遥远，他脑海里不断涌现的只是昨夜那一副要命的牌，以及老赵那斜吊的眼睛和嘲弄的嘴角。那副要命的鬼牌！当时自己也真赌得太久了，赌得头昏脑涨，何况那间屋子里又烟雾腾腾，小王那些家伙不自然的干笑……种种种种都让他太紧张了。当时，他桌面的明牌是AKQ10，带头的 A 是最大的黑桃花色，扣着的暗牌是一张 K，这么大的顺子，岂有不硬拼的道理！老赵那老油条最会唬人，他已经一连三次都被他唬了，一次老赵只有两个对子，却煞有介事地加钱，害他以为准是富尔号司，结果自己是小顺，就不敢跟。这次，能拿着一副大顺的牌，老赵桌面上也是一副顺的长相，四张梅花，AKQ10，除非扣着的是张 J，才可能是顺，但是，即使他是顺，他是梅花，自己是黑桃，当然也稳赢。这种情形，不会打梭哈的人也不会认输的，他梭了一千元，老赵却硬是狠，在一千元之外又加了一千，明明想唬人嘛，当然跟了！牌翻开来，做梦也没想到老赵扣着的是张梅花 9，虽不是顺，却是副同花！这副牌栽得真惨，怎么就没想到同花的可能性的！真是不可原谅的疏忽。这副牌输掉了五千多块！钱输了也罢了，老赵还要斜吊着眼睛冷嘲热讽地说："要赌钱，小杜，再学十年你也是我手下败将！好在你是银行经理的少爷，有的是钱，送点礼给我也没关系，不过，看你输得这副面红耳赤的样子，我可真不大忍心，待会儿小王他们要笑我欺侮小孩子，何必呢！劝你还是免了，多去学学吧，你还没入门呢！"

赢了钱还要损人，阎王爷应该为老赵把地狱加深到二十四层！这口气怎么忍得下去，当时已经夜里两点多钟了，他发狠说要赌到天亮，老赵说什么也不肯，耸耸肩膀说："你太太还在等你呢！要来，明天晚上再来！"

只能忍着一口气回家，偏偏湘怡一副眼泪汪汪的样子，好像有人虐待了她似的，小真真又鸡猫子鬼叫地哭了一夜。他说过好几次要请个保姆来带小真真，湘怡就是不肯，要自己带，自己抱，又阻止不了孩子哭！他的心情不好，难免发作了几句，湘怡就坐在床沿上流了一夜的泪！唉，反正，都是些倒霉事情！

面前的报表和资料那么一大沓又一大沓的，大概一星期的档案都没有整理过了，数字、统计、分类……他用手揉揉眼睛，打了个哈欠，睡眠不足，现在只感到头重脚轻，眼睛干涩。燃上一支烟，他猛抽了两口，抽烟的习惯也是最近才养成的，在那空气不流通的小屋里，神经紧张地抓着牌，如果再不抽两支烟，一定会支持不住。一支烟抽完了，再喝两口茶，该死！工友老陆也越来越懒了，冰冷的茶怎么入口！放下茶杯，他在喉咙里叽咕了几声，再拖过那些报表来，哼！这么多要整理的东西，一天上班八小时，每个月才拿一千五百块钱的薪水！一千五百块！够干什么？昨晚一副牌就输掉五千多！坐这个鬼办公厅真不值得！大学毕业，念了四年的西洋文学，却在这儿算这些永远弄不清楚的数字！

再打了个哈欠，他斜靠在椅子里，看了看天花板。无聊！什么都是无聊！坐正身子，他发现办公厅里其他的职员都用不以为然的神情望着他。不知从什么时候开始，同事就对他纷纷地疏远和冷淡起来。人与人之间，连友谊都是淡薄的！本来么！当作生死之交的纪远还抢走了可欣呢！朋友，不要也罢！

"杜先生！"一个声音在他耳边响起来，回过头去，工友老陆正恭敬地站在桌边，"李处长请你去！"

烦人！嘉文不耐地站起身来，反正处长有请，总是要去应付应付的，这个李处长的精明能干，是全银行都知道的。不过，找他会有什么事呢？

进了处长室，处长正戴着老花眼镜，在核对账目，这位处长，在银行界已经有二十几年的历史，和杜沂也是老朋友，几乎在嘉文孩提时期，就见过嘉文了。看到嘉文进来，他默默地注视着他，脸上却有种不怒而威的、慑人的严肃。

"坐，嘉文。"

嘉文坐了下来，开始有几分忐忑不安。

"有什么事吗，处长？"他多余地问。

"当然，"处长点点头，锐利的眼光，透过了眼镜，停在他的脸上，"嘉文，我和你父亲是老朋友，你知道。"

嘉文不安地动了动身子。

"你刚进银行的时候，表现得很好，我曾经为我的老朋友庆幸，庆幸他有个成器的好儿子——"

嘉文的脸涨红了。

"可是，最近，你自己觉得你工作的情形怎么样？"

嘉文的脸更红了，对于这种当面的指责，感到说不出来的窘迫和难堪，潜意识里就升起一种反抗的情绪。挺了挺背脊，他看着窗子说："我对这份工作没有兴趣。"

处长深深地望着他："你对什么工作有兴趣？"

"对整个银行的工作都没兴趣。"

"那么，你真不该走进银行来！"处长的脸色更不好看了，"年轻人，你还不知道天多高地多厚呢！你受的磨炼太少了！你别以为你是总经理的儿子，就可以在银行里混饭吃，每个人倚赖的是自己的工作能力，不是父亲的身份地位！如果你觉得这工作没兴趣，你可以辞职不干。在银行里混日子，固然对银行是损失，对你自己是更大的损失，你在浪费生命！"

嘉文闭紧了嘴，瞪着窗子一语不发。

"好吧，嘉文，你去吧。"处长失望地咬着铅笔尖，"关于你的工作问题，我会和你父亲谈谈。只希望你在自己工作岗位上，不要太失职，迟到，早退，给整个业务处一个最坏的榜样！要知道，你的工作，是多少大学毕业生还找不到的！好了，你去吧！"

退出了处长室，嘉文更是一肚子的不高兴和愤懑。说实话，他可从没有认为自己是总经理的儿子而神气，他根本很少想到自己是什么总经理的儿子！倚赖父亲的身份地位！这算什么话？他不过偶尔溜去打打梭哈，对职务难免疏忽一些，这和父亲是总经理有什么关系呢？哼！自作聪明的处长！银行这破职位，做不做又有什么关系？难道他杜嘉文找不到更好的工作？

回到办公厅，他愤愤地坐下去，一面大声叫老陆："老陆！老陆！给我换杯热茶来！"

一位离他不远的同事，嫌恶地瞪了他一眼，轻声地对另一位同事说："瞧，作威作福！"

他正一肚子气没地方发泄，听到这句话更火冒十八丈。生平他不会和人吵架，这时不知怎么，竟按捺不住地跳了起来，对那位同事气势汹汹地说："你说谁？"

那同事一愣，为了维持面子，也不假思索地顶了一句："说你！"

一时空气显得十分紧张，充满了火药味。嘉文凶了一句之后，也不知该怎么吵下去，就死瞪着那位同事，那同事平日文质彬彬，这时也只能死瞪着他。幸好别的职员都赶了过来，拉的拉，劝的劝，两人就趁风收帆，都愤愤然地坐了下去。那位同事不该又叽咕了一句："父亲是总经理，又有什么了不起！"

啪的一声，嘉文顺手抄了一个墨水瓶，对着那同事扔了过去，墨水瓶跌碎在对方的桌子上，溅了一桌子的墨水，所有的档案都染污了。那同事跳起来，摩拳擦掌地要揍嘉文，被一些人拉住了，嘉文也被另外一群人拉住了，这情况早有人去通知了处长和科长，一会儿，处长和科长都赶了来，处长望着他，摇摇头说："嘉文，你到底想怎么样？"

"我不干了！"嘉文把桌上的报表倒扣过来，甩了甩头，向办公厅门外冲了出去。没有人再拉他，他立即置身于阳光普照的大街上了。

到了街上，看到满街熙攘的人群、车辆和阳光，他才感到一种前所未有的沮丧和茫然若失。刚刚的气愤仍不能平，新的懊恼又接踵而来，到何处去？回家？不愿意！看电影？没心情！还不如找老赵翻本去！这念头一经产生，其引诱力就比什么都强，浑身的精力好像都恢复了。先找了个电话亭，他打电话到老赵那儿，问他有没有兴趣找几个人，继续昨晚玩玩"五张"？他们总用五张的名词来代替梭哈。老赵又是一阵嘻嘻哈哈的嘲弄，然后说："要玩？当然可以，不过有个条件！"

"什么？"

"多带点现款来，把以前的欠账付清再玩！"

"笑话！"他嚷着说，"难道我还会赖账不成！"

"不怕赖账，只怕债多不愁，拖个一年半载再还，吃不消！"

老赵一阵哈哈："要玩，就要清旧账，你付支票也成，反正得付清。何况，我正缺钱用！"

"明天再付！说不定今天都赢回来呢！"

"算了，明天更难付了，你有种来，今天准又输得惨惨的！我劝你别再玩了，你那个技术，做我的徒孙还不够资格呢！"

"别欺侮人！"嘉文对着电话筒大叫，"我马上带钱来跟你玩，看看谁厉害！你把人和牌准备好！"

挂上电话，他却有些迷惘，哪儿去弄这一笔钱呢？以前自己手边倒有些钱，早就陆陆续续地都输光了，后来就向湘怡挪用家用的账，又变着花样向杜沂拿钱，现在，只好再回家向湘怡要！

只是，这不是一千八百的小数目，他欠老赵已经八千多元了，总得富裕一点才赌得痛快，起码身边也要带一万块钱去。但，湘怡根本不可能有一万块钱，除非——对了，他和湘怡结婚的时候，杜沂曾给湘怡买了许多珠宝和金饰，这些总值好几万，问她要一两件卖掉，赢了钱再买回来还她，这总没什么不可以！

问题一想通，他就立即雇车回家，这才是上午十点半钟，料想这个时间回家一定会让湘怡大吃一惊。可是，才按了门铃，湘怡就开了门，好像正在等他似的。看到了他，湘怡如释重负地吐出一口气来，说："总算回来了，谢天谢地！"

"怎么！"

"我怕你——在外面——会——会出事。"湘怡吞吞吐吐地说，用一对惊惶而不安的眸子看着他，"到底是怎么回事？爸爸刚刚打电话来，说你和人打了架，银行里的事也不干了！这是怎么弄的？你从不会和人打架的。"

"爸爸呢？也回来了？"

"没有，他说要和李处长谈谈，马上赶回来，叫你回来了就别再出去！"

看样子，如果杜沂回来了，他就别想再出去了。嘉文的脑筋转了转，现在他根本没有闲情逸致来讨论银行里的事情，他全心全意都在那场赌局上面，他必须用最快的速度，说服湘怡拿出首饰来。而湘怡只一个劲儿追问银行里的事，怎么发生的？为什么发生的？对方是怎样的人？天哪，女人全是最啰唆的动物，他不耐地蹙紧眉头，打断了她："别问了，我懒得谈那件事，我要一笔钱，你有钱没有？最好是现款！"

"钱!"湘怡瞪大了眼睛,"你为什么要钱?"

这就是女人!她们永远有许许多多的"为什么"!

"你别管为什么!你有钱没有?"

"要多少?"

"一万!"

"一万?"湘怡的眼睛瞪得更大了,连嘴都愕然地张开了。

"你为什么要一万块钱?"

又来了!又是"为什么"!

"你有没有吗?"

"我怎么会有呢?"湘怡可怜兮兮地说,"爸爸每个月交给我五千块钱家用,用不完的也总是你拿走,我怎么还会有钱呢?"

"那么,爸爸以前给你的首饰呢?"

湘怡错愕地望着嘉文,足足有十秒钟说不出话来,然后,她结舌地说:"你,你——你到底要做什么?"

"你给我一两件去换钱,我要一笔钱,你知道吗?"时间不多了,他一定要在杜沂回来以前出去,"我欠了别人债,不还的话就要被人抓起来了!"

"什么?"湘怡的舌头僵直,"你你你——为什么会欠别人钱呢?那是什什什——什么人?"

"你不要再问为什么了!快去拿给我!"

"可——可是——"

"怎么了?舍不得?我答应以后买来还你!好了吧?去拿来,我马上要去还人!你别耽误我的时间了!"

"不,不是舍不得,是——"湘怡迟疑了一会儿,显得怯生生的，"你知道——我哥哥和嫂嫂，他——他们常常来，我——侄儿生病，我——我——总是哥哥嫂嫂带大的，不能不管，我——我不敢告诉你和爸爸，就——把那些首饰陆陆续续地给了他们，我以为，那是你们给我的，我——我可以支配……"

嘉文咬住牙，这完全出乎意料的结果使他血脉偾张，整个上午全是些倒霉事！给了哥哥嫂嫂！他的眼睛发红，恶狠狠地盯着湘怡，恨不得抽她两个耳光，自己急需钱用，而她把首饰全给了哥哥嫂嫂！跺了一下脚，他恨恨地说："你——你混蛋！"

"嘉文？"湘怡一怔，眼泪立即涌了上来，"你骂我？"

"骂你又怎样？你这个不懂事的女人！"看到湘怡的眼泪，他的心又软了些，眼泪，眼泪，眼泪！女人就有流不完的眼泪！现在没办法了，只好去偷取父亲的支票。抛开了湘怡，他大踏步地走到父亲房里，书桌的抽屉锁着，他知道钥匙有两份，父亲一份，湘怡也保管了一份，就命令地说："湘怡，钥匙给我！快一些！"

"你要做什么？"

"你不要管！把钥匙给我，听到没有？"

湘怡不敢多说，嘉文那反常的暴戾使她害怕，而且心慌意乱，只得把钥匙找出来给他，他开了抽屉，发现好几张票面几千元的支票，都是已到期未画线的，他取走了两张。湘怡赶过来，按住不放说："你不能拿爸爸的！这样不行，我告诉爸爸，让他去挂失！"

嘉文粗暴地推开湘怡，嗄声说："你敢！我拿我父亲的钱，关你什么事？晚上我就归还！人倒霉也不会倒霉一辈子，我今天准翻本翻回来！"

"嘉文，"湘怡退后了几步，用拳头堵着嘴，"你，你去赌钱，你欠的是赌债，你你——"

"好了，我赌钱也没瞒过你！"嘉文说。把支票塞进裤子口袋，大踏步地走向门口。

"嘉文！嘉文！"湘怡追了过来，"爸爸叫你不要出去，他有话和你谈！嘉文！嘉文！"

嘉文走得已经连影子都没有了，湘怡垂下头，用手蒙住了脸。室内，小真真突然莫名其妙地号哭起来，湘怡走进了屋里，抱起摇篮里的婴儿，喃喃地说："真真，真真，我怎么办呢？"

像是答复母亲的询问，真真哭得更厉害了。湘怡抱紧了孩子，拭去婴儿脸上的泪痕，望着那张酷似嘉文的小脸，忍不住又是一阵心酸。那位难得回家的父亲，对这婴儿是多么疏远和冷落！这种局面，什么时候才能好转呢？

杜沂匆匆地赶回家来了，李处长和职员们的谈话使他心情沉重，但是，回到家来，听到湘怡的叙述后，他的心情就更沉重了。他眼前展开一幅可以想见的画面：一个堕落的儿子，一群乌烟瘴气的赌徒。年轻人走向邪路，嘉文不是第一个，问题只在于如何去挽救他？如何去帮助他？如何使他浪子回头？这工作可能非常艰巨，也可能毫无结果，但他不能不救嘉文！

"湘怡，"他满脸沉重地说，"我们该管管他了，或者，我们一直对他都过分放纵了。"

湘怡看了杜沂一眼，默然不语。

"你——湘怡，"杜沂欲言又止，叹了口长气，"你的脾气也太柔顺了。"

湘怡明白杜沂所没有说出口的话，是的，她的脾气太柔顺了，但是，她也试过不柔顺，徒然让情况更糟糕而已。而且，要她做一个管制丈夫行动的妻子，她又怎么做得出来？如果做了，嘉文不理不睬，又怎么办？她不知道假如当初嘉文娶的是可欣，会不会也走上堕落的路？这想法使她打了个寒噤，情不由主地说："反正，这是我的失败，一个妻子，没有力量把丈夫留在家里，还能说什么呢？"

杜沂一惊，他无意于伤害湘怡，她是那样一个善良而温和的孩子！把手放在湘怡肩上，他鼓励而安慰地拍了拍她，慈祥地说："我不是那个意思，湘怡。别自责，这不是你的过失，从小，我就太放纵他了。但是，我从没想到他会变成这个样子，他一直是个很听话的孩子，是什么东西使他改变了呢？我真不了解。无论如何，我们以后的工作很沉重，我们要挽救他。"

"我只怕——"湘怡嗫嚅地说，"并不容易。您没看到他刚才那副脸孔，我觉得——我几乎不认得他了。"

"一切会好转的，湘怡，"杜沂很有信心地说，"他的本性并不坏，他只是受了坏朋友的引诱。"

"从善如登，从恶如崩。"湘怡低低地说了两句，抱着孩子走开。站在卧室的窗前，她知道，今天会有一个漫长的、期待的一天，还会有一个漫长的、期待的一夜，她不知道站了多久，直到身后有个声音惊动了她。

"湘怡！"

她回头，是刚刚从外面回来的嘉龄，一条浅色的发带系住她的头发，她看来永远那样年轻和富有活力，像一朵小小的迎春花。"湘怡，你猜我从哪儿回来？"嘉龄扬着睫毛问，那对眼睛生动明亮，流转着一份属于青春的醉意，"我刚刚去飞机场，送走了胡如苇。"

"胡如苇？"她有些迷糊。

"是的，他说不惊动你们了，他去美国读硕士学位，要我代他问候你们。"

"你——终于放走了他！"湘怡叹息地说，"那是个好人。"

"我承认他很好，我也很喜欢他，只是不爱他，而爱情是勉强不来的，对不对？湘怡？"嘉龄坐了下来，用手托着下巴，有几秒钟的凝神沉思，"不过，胡如苇确实不错，几年来，我起码拒绝了他十次的求婚。今天在飞机场，他还忽然对我说——"她感动地住了口。

"说什么？"

"他说：'嘉龄，你说你愿意嫁我吧，只要你说一句，我就把飞机票撕掉，留下来不走了！现在还来得及，嘉龄，你说吧！'"

"你没答应？"

嘉龄摇摇头，也有一份难言的惆怅。

"没有。他使我感动，但仍然没有让我爱上他，不过我哭了，我说希望有一天，我会爱上他，他也会从国外回来。于是，他上了飞机，飞机飞走了！"她耸耸肩，惘然若失地加了一句，"就是这样，这就完了。"

是的，完了，结束了。一段不成型的爱情。湘怡目送嘉龄走出去，知道她虽不爱胡如苇，也不无怅然的情绪。被爱比爱别人幸福，但愿爱人的人都能被对方所爱！望着窗外的云天，她不知道被她所爱的人怎能留恋几张扑克牌更胜过于满腹柔情的她？

第二十一章

一九五八年夏天，嘉文和湘怡的第二个女儿念念出世了。

这个新生命没有带来喜悦与欢笑，也没有带来任何兴奋的色彩，而降生在一团愁云惨雾之中。年初，杜沂在一次冗长的业务会议中晕倒，医生诊断为脑充血，住院两个月，几乎造成半身不遂。出院后，就遵医嘱办理了退休，退出了工作二十几年的银行界。这件事对杜宅当然也是个不大不小的打击，两个月的住院和医疗费用，几乎让杜家的经济面临破产，自从嘉文染上赌博的习性以来，先后输掉的数字已不可计算，杜家早就成了外强中干的局面，杜沂这一病更使经济崩溃。幸好领到一笔为数可观的退休金，总算把局面又维持了下去。不过，嘉文的嗜赌如命却越来越厉害，离开银行的工作之后，他就一直游手好闲，其中也有几次，在杜沂的苦劝和湘怡的恳求之下，他赌咒发誓要痛改前非，但都不到三天，就又故态复萌。除了赌博之外，他更学到许多坏习惯，变得流气、暴戾和不近人情。

小念念出世得很不是时候，刚在家庭拮据，和杜沂病后，似乎没有谁高兴她的来临。嘉文对孩子向来没有兴趣，从念念出世到满月，他简直没有好好看过她一眼，一次，湘怡把孩子抱到他面前，恳求地说："你不看看你的小女儿吗？"

嘉文匆匆地对孩子扫了一眼，不耐地说："有什么好看？哭兮兮的小塌鼻子，将来就是竞选中国小姐，也拿不到第一名。"

湘怡抱着孩子，伤心了好久，几年以来，嘉文失去了太多的东西，甚至于失去了他一向的仁慈。

秋天来临的时候，嘉文已经很少有在家的日子了，他经常一出去就是两三天，等回来的时候，一定是一副憔悴、苍白、肮脏而饥饿的样子。回家的目的，也不外乎拿钱，有一千拿一千，有一百拿一百。杜沂沉痛地看着儿子的堕落和沉沦，所有的教训、劝诱都失效之后，他只感到灰心和疲倦。他老了，而且病弱，他无力再管束这不成器的儿子。那个在台大外文系读书的高才生，那个为师长所爱、为朋友所敬的孩子已经消失了，死去了，不再回来了。

这天，全家正围着桌子吃晚饭，门铃响了。嘉龄扬了扬头，冷冷地耸耸肩说："准是哥哥！"湘怡不自觉地放下了筷子，嘉文已经有三天没有回来了。阿珠去开了大门，门外，没有期待中的嘉文的声音，也没有嘉文那沉重而疲倦的脚步。

一会儿，阿珠进来了，说："外面有一个人，说是要找老爷。"

"什么样的人？"杜沂问。

"不认得，样子很凶，"阿珠摇了摇头，"不像个好人！"

"一定是嘉文出了事！"湘怡惊跳起来说，"来报信的！"

"去请他进来！"杜沂皱皱眉说。

"他不肯，他说要老爷出去。"

杜沂推开饭碗站起身来，湘怡身不由主地跟着他，走过了花园，到了大门口。门外，一个歪戴着鸭舌帽，满身油渍和汗渍的男人正站在那儿，一对鸷猛而狞恶的眼睛，不怀好意地打量着院内的花草和树木。

杜沂的眉头皱得更紧了，问："你找谁？"

"您是杜先生吧？"那人推了推鸭舌帽，露出两道浓眉，斜睨着杜沂说。

"是的，你有什么事？"

"杜嘉文先生叫我到这里来收一笔账。"

"什么？一笔账？"

"是的，杜嘉文先生说向您收，我希望能马上带回去，这是杜嘉文先生的借据！"

那人说着，从口袋里掏出一张脏兮兮的纸条来，递给杜沂，上面确实是嘉文的亲笔，还印着指押，写的是：

兹向赵××先生借款新台币壹万叁仟元整，将于今年九月十五日前清还，否则甘受法律制裁。

杜嘉文

一九五八年七月三日

"你看，写的是九月十五日以前还清，现在已经十月三号了，再不还，我们只有用法律解决了。"那人说着，又推了推帽子，隐隐地带着几分威胁的味道。

杜沂觉得一股气向上冲，禁不住愤愤地说："嘉文呢？嘉文在哪里？"

那人抬了抬眉毛，"我可不知道，昨天他找了我，给我地址叫我来这里找你收款。"

"他欠你的钱，你怎么不去向他收？"杜沂质问地说，"我不管！谁叫你借钱给他？"

"好，你不管！"那人夺过了借据，歪着头冷笑了一声，"我是好意先来收收看，收不着我们也有办法，借了债还钱，这是天经地义的事，没看到欠了债还这样凶的！不还就不还，难道我们还怕你赖！"说着，他转过身子，流里流气地扛了扛肩膀，就准备离开。

"喂喂，你等一下！"湘怡忍不住喊，一面抬起头来，恳求地看着杜沂说："爸爸！"

"你再放纵他，他一定会倾家荡产。"杜沂对湘怡说，一面和自己的感情挣扎，"让他们去告他！让他去坐牢，他不受点罪永远不会觉悟！"

"爸爸！"湘怡再喊了一声，有所顾忌地看了那人一眼，"我倒不怕他们去告，只怕——对嘉文会有什么不利。"

杜沂禁不住也看了那人一眼，他明白湘怡所畏惧的，嘉文那一群赌友，十个有八个是流氓，眼前这人也不会是个好惹的人物。"父性"在他心中作祟，不过，他又怎能轻松地拿出一万三千元来？好好的一个家，眼看就要败在嘉文的手上！帮他还债，就是姑息他，不帮他还，又怕他被流氓伤害！矛盾中，他依旧在嘴巴上硬了一句："这样没出息的人，你还管他什么？挨挨揍正好，置之死地而后生！"

"爸爸！"湘怡哀求的意味更深了。手扶在门柄上，不肯关门，纤长的手指神经质地握紧铁闩。

湘怡那哀恳的眸子瓦解了杜沂最后的武装，长叹了一声，他摇摇头，走进室内去了。好半天，他才又走了回来，手里颤巍巍地拿着一张支票，脸色十分难看，湘怡知道这张支票的分量有多重，这是杜沂的退休金里抽出来的款项。低俯着头，她不敢说什么，好像欠下这笔债是她的过失一般。杜沂用支票换回了嘉文那张借据，手抖颤得更厉害了，哆嗦着说："以后，你们别借钱给嘉文！"

那人接过支票，冷笑了一声说："早知道他还不起，我们才不借呢！"抬起头来，他似有意似无意地掠了杜家的庭院一眼，嘴边带着一丝不怀好意的微笑，道了声谢，就扬长而去。

湘怡关上了大门，回过头来，看到杜沂的脸色铁青，她不禁有些担心，医生曾再三嘱咐，不能让杜沂紧张或受刺激。她不安地喊了声："爸爸！你不舒服？"

"没有，别担心。"杜沂说，和湘怡走进屋内。

"我到风烛残年的时候，来目睹儿子败家！"他沉痛地说。

"我们去找他那帮赌友，去劝他们放掉他。"湘怡低声说，自己也明白这个办法不成办法。

"你以为可以？你没看到刚才那人的神情？他们以为钓到大鱼了，根本是做好了圈套来陷害他，恐怕不到我们山穷水尽，他们绝不会放手！"

"我们去报警——"湘怡犹疑地说。

"报警?"杜沂打断了她,"你知道他们的赌窟在哪儿?你知道他们有多少人?姓甚名谁?这些人是靠赌为生的,报警!弄得不好……"他咽住了。

湘怡明白杜沂没说完的话,投鼠忌器,他们不能不有所顾虑。杜沂又叹口气,说:"反正一句话,人,只有自己能主宰自己,假若不学好,自甘堕落,谁也帮不了忙!"看看湘怡,他沮丧地加了句,"我们已经没有钱了,湘怡。"

"我——"湘怡嗫嚅着,"我出去找个工作,或者可以贴补一下家用,我——念完大学,只实习过一年。我可以再去教书,或者——"

"哼!"门边传来一声冷笑,嘉龄扬着头,冷冷地站在那儿,"哥哥这样赌法,你找十个教员的工作也没用!一个月几百块钱,不够哥哥一副牌输的!你们都纵容哥哥,帮他还赌债,这样,他有恃无恐,还不越赌越厉害!依我,刚刚就不该帮他还那笔钱!"

"嘉龄,"杜沂不耐地说,"不要你管!你也不是好东西,大学不念,工作不做,整天和朋友旅行、看电影、谈天!你先管自己再去管别的事!"

"我怎么没管自己?我不是天天在练唱吗?"嘉龄抗议地嚷着说。

"练唱?你不去找老师好好学,成天跟着唱片鬼叫,能学到些什么名堂?别给自己找借口了,都不是好东西!"

"奇怪!"嘉龄生气地站直了身子,"赌钱的又不是我,败家的也不是我,你对哥哥有气,发泄到我身上来干什么?我总没有成天荒唐，连夜不回家，你要骂，先骂哥哥再说！要管，也先该管哥哥！"说完，她跺了跺脚，气冲冲地走进她的屋里，砰然关上房门。

"像什么话？"杜沂也动了气，"说她几句都说不得了，我看，我们家是太民主了！"

"算了，爸爸，"湘怡劝解地说，"嘉龄是孩子气。"

杜沂望着嘉龄关拢的房门，忍不住又是一声长叹，除了摇头叹气，他似乎不能有别的表示了。回到自己的屋里，他用手捧着头，觉得心灰意冷而前途茫茫，顿时间，他感到一种深深的厌倦，对生命的厌倦。

午夜时分，嘉文意外地回来了。他趔趄着走到客厅，杜沂已经听到声音，穿着睡衣走出房来拦住了他。嘉文垂着头，无精打采地站在那儿，满脸胡子，一头乱发，衬衫肮脏而布满皱褶。大概几天没有好好睡觉，眼睛肿胀，眼白里充满血丝，脸色发青而憔悴。杜沂有一肚子的气要发作，但，看到他那副疲倦和消瘦的样子，又本能地涌上一股心痛的感觉。心痛和愤怒使他的语音沙哑："你，嘉文，你还有脸回家？"

嘉文垂着头一语不发。

"你居然做得出来，欠下赌债，叫人到家里来向我收，我用养老金给你还赌债！"杜沂的声音提高了，"你还是个人吗？你还有人心吗？放着一个好好的家庭你不要，一定要弄得家破人亡才满意是不是？"

嘉文仍然不说话。

"你还年轻，有着很好的前途，你却弄成这副样子！两年以来，你输掉几十万，你要我怎样来供应你？"杜沂越说越气，声音也越来越高，"你如此不学好，如此不争气，我要你这个儿子做什么？你还不如不要回来，让我眼不见为净！"

嘉文依旧低头不语。

"你怎么不说话？"杜沂忍不住问，"你对未来到底有什么打算？难道就预备这样赌一辈子？你说话呀！"

嘉文抬起一对疲乏已极的眼睛，茫然地看了杜沂一眼，就倒在沙发里，把手指插在乱蓬蓬的头发中，沮丧而无力地说："我饿了。"

一直站在旁边的湘怡，听到这句话就按捺不住地向厨房的方向走，想去冰箱里找找有什么可以做来吃的东西。

杜沂看到她往厨房走，知道她是要去弄吃的，又看到嘉文那副潦倒、落魄、不长进的样子，实在忍不住怒气，冲口而出地厉声喊了一句："湘怡！不许弄东西给他吃！"

湘怡猛地收住脚步，愕然地望着杜沂，吓着愣住了。她嫁到杜家来这么多年，杜沂还是第一次这样疾言厉色地对她讲话。她怯怯地望了嘉文一眼，不敢再去厨房。杜沂的话喊出口后，目睹嘉文的憔悴消瘦，又有些后悔，不过，话说出口，也收不回了，只得心肠硬到底，气冲冲地对嘉文说："从今天起，你不许给我出去，关在家里看看书，收收心，明天我去帮你找一个工作，希望你能发愤图强，重新做人！"

杜沂回房了，嘉龄却被吼叫责骂的声音所惊醒，从房间里走出来看看是什么事，看到嘉文，她就什么都明白了。晚上为嘉文所受的冤枉气还没消，她耸耸肩说："哥哥，你从什么地狱里回来的？深更半夜还吵得人不能睡觉，我看魔鬼把你的魂都吃掉了！"

嘉文饿得眼睛发花，睡眠又不足，再加上被杜沂骂得头昏脑涨，在外面又受了气，输了钱，心情的恶劣早达于极点。被父亲责备还无话可说，听到嘉龄也神气活现地骂自己，就暴跳了起来："闭上你的臭嘴！老子做什么都不关你的事！他妈的来历不明的臭丫头！"

"你说什么？"嘉龄被吓昏了，听都没听清楚他嚷些什么，只知道他满嘴脏话，"你骂人！你连脏话都说出来了，你简直变得像个下等社会的流氓！"

"哈，我下等，难道你是上等？臭婊子养的！还要充上流呢！哈！"

"你说什么？你说什么？"嘉龄气得脸发白，"你嘴里怎么这样不干不净，我告诉爸爸去！"

"爸爸！"嘉文轻蔑地撇撇嘴，"他自己做的好事！哼，上梁不正下梁歪，也怨不得我赔钱！告诉你，你给我滚得远远的，别来惹我，我们各过各的，谁也不犯谁，否则，哼，有你瞧的！"

嘉龄生平没受过这样大的委屈、听过这种粗话，气得脸上白一阵红一阵，眼泪在眼眶里打滚，半天才憋出一句话来："假如我们的母亲在世，听到你这种粗话不气疯了才怪，不知道杜家造了什么孽，才有你这样的败家精！"

嘉文扬起头，斜睨着嘉龄，接着，就纵声大笑了起来，一面笑，一面以轻蔑的口气学嘉龄说"我们的母亲"几个字。湘怡心惊胆战，看情形，嘉文会抖出嘉龄母亲的秘密来。就赶过去，一把抓住嘉龄，说好说歹地把她劝回房间，嘉龄边走边抹眼泪，委委屈屈地说："这样的家我也住不下去了，我还不如找个工作搬出去！我又不是吃哥哥的饭，干吗要受他的气！"

"哈哈！"嘉文笑得更厉害了，"想嫁人？要不要我帮你物色个阔丈夫？"

湘怡好不容易劝走了嘉龄。折回客厅，她和嘉文回到卧房里，嘉文脾气发过了，气也消了，才感到说不出来的疲乏和空虚。倒在椅子里，他用手支着头，迷迷茫茫地望着桌上的台灯。怎么了？自己是怎么回事？会对嘉龄吼出那么一大篇混账话来？这都不是真心的，他并不想说那些，他是太累太紧张了，他从不想欺压嘉龄，也从没因她的出身而轻视过她，怎么竟会冲出那些莫名其妙的话来？他懊丧地用手抹抹脸，抬起头来，正好接触到湘怡怜惜而痛楚的眸子，那样静静地、祈求地注视着他，像个溺爱的母亲，望着自己打架负伤回来的孩子。他被她的眼光撼动了，想说点什么，才张开嘴，湘怡已用手在他肩上按了按，轻声地说了句："我去帮你弄点吃的！"就转过身子，轻悄而迅速地走出去了。

嘉文闭上眼睛，心底有一阵激荡，眼眶不禁湿了。堕落、毁灭、沉沦！这就是自己，不可救药的自己！恶劣到不能再恶劣，凭什么湘怡还要这样一往情深地待他？湘怡，湘怡，但愿能有她万分之一的安详本性和自持功夫！

湘怡捧着一碗热气腾腾的面进来了，里面还打了两个鸡蛋，把面放在嘉文面前，她轻声说："吃吧！当心凉了！"

嘉文想说什么，但他太饥饿了，那面又那么香喷喷地诱惑着他，拿起筷子，他狼吞虎咽地吃完了面。湘怡仍然坐在一边，安安静静地看着他。推开碗筷，他好久以来，第一次正眼打量湘怡，她瘦了很多，显得更加弱不禁风和楚楚可怜。他心情激荡，不自觉地凝视着湘怡，竟看呆了。好半天，两滴泪珠从湘怡的大眸子里跌了出来，她清瘦的手指怜惜地抚摸在他满是胡子的下巴上，用令人心碎的、温柔的、啜泣的声音说："嘉文，你醒醒吧！"

嘉文揽住了湘怡的腰，那细小腰肢，瘦得不盈一握。一时间，他觉得有千言万语，都不知从何说起。湘怡带泪的眸子哀恳地望着他，把他五脏六腑都揉得粉碎。

"你改了吧，嘉文，从头做起吧！嘉文！只要你肯戒赌，什么都会好转的。"

摇篮里，婴儿从熟睡中醒来，饥饿地哭了。湘怡放开嘉文，走到摇篮旁边，抱起才三个月大的小念念。把念念送到嘉文的面前，她凄楚地说："你看，嘉文，孩子等着父亲来保护她，养育她，把她抚养成人。"

嘉文不由自主地接过孩子，小念念被抱起来，就不再哭了，张着对好奇的大眼睛，望着几乎难得一见的父亲。嘉文也注视着那张不解一事的小脸，突然生出一种新奇的感动。湘怡把手放在婴儿的下巴上，逗弄着她说："小念念，你看，这是你的爸爸呢！"

嘉文心内一动，为人父的责任感和湘怡的哀婉柔情打倒了他，抬起头来，他懊悔地、内疚地、乞谅地望着湘怡，郑重地发下重誓："如果我再赌钱，我就死无葬身之地！"

新的一天来临的时候，似乎充满了光明。

早上，太阳明朗地照耀着，一群麻雀在大榕树上吱吱喳喳地筑着巢。湘怡难得笑得那么开心，早餐桌上，嘉文由衷地向杜沂道歉认错，发誓戒赌，又吞吞吐吐地说出还欠人将近两万元的赌债，不能不还。杜沂深沉地注视着嘉文，浪子回头金不换，他必须对嘉文再做一番努力。"假若我帮你还清这笔赌债，你能不能重新做人？"

"我发誓，爸爸。你相信我，这一次我是痛下决心了。"

"好，"杜沂干脆地说，"我帮你还！不过，你要知道，这是我退休金里最后的一点儿钱了。给你之后，家里就一点儿余款都没有了。"

"我去做事，赚了钱来过日子，节省着过，或许可以勉强够。"嘉文说。

"我也去做事，"湘怡说，"两个人的薪水加起来，一定能够维持这个家，当然，不能再浪费了。"

大家商谈的结果，只要努力，前途还充满希望，嘉文订下许多新的生活计划，包括如何开源节流，大家都看到光明的远景，感染到愉快和兴奋。于是，杜沂捧出了他最后一点养老金，交给嘉文，叮嘱着说："先去把债还了吧，还了债就算以往那段荒唐日子全结束了，回来我们再订以后的计划。去吧，快去快来，把借据都要回来，可别一去就不回了！"

嘉文的眼圈红了，接过老父亲那最后的一点钱，他的声音哽塞了："我实在该死，爸爸。"

"别说这些话，只希望你以后完全换一个人，好好做事，好好努力。"嘉文拿着支票，向门外走去，湘怡追过去说："中午回来吃饭！"

"当然，我一小时就回来！"

嘉文走了，湘怡和杜沂都觉得十分兴奋，多年来积压的愁苦一扫而空，像天气般明朗踏实。只有嘉龄撇撇嘴，冷笑地说："好吧，又丢下水两万块钱，以后大家喝西北风！哥哥这一去，会回来才有鬼！他一定用这两万元去翻本，然后再输得一塌糊涂，丢下更多债，看吧！"

"你不该对嘉文这样没有信心！"杜沂责备地说，"我了解嘉文，他这次是真的后悔了！"

"后悔又有什么用？他抑制不了诱惑。魔鬼已经把他的魂吃掉了！"

"不许胡说！嘉龄！"杜沂大声斥责。

嘉龄抬抬眉毛，不说话了。湘怡自己上菜场，给嘉文买了他最爱吃的大虾，准备好好地让他享受享受家庭的温暖，杜沂一直站在院子里，表面是看麻雀筑巢，事实上是在等嘉文回来。一小时过去了，两小时也过去了，三小时，四小时……都过去了。嘉龄不幸言中，嘉文没有回来。

两天之后的深夜，嘉文踉跄地走在大街上，又是满脸胡子，满头乱发、衣衫不整。他疲倦得无法举步，懊丧得想自杀，他输掉了那两万元，没有还债，又另外欠下一万多。他没有面目回去见父亲和湘怡，只能毫无目的地在街上乱走。

深夜的街道安静极了，没有行人，也没有车辆，他歪歪倒倒地走着，像个醉汉。不知走了多久，他发现自己来到一条似曾相识的街上，他停下来，定眼细看，原来是可欣以前住的那条街！他走到可欣旧居的大门前，隔着围墙，向里面张望，里面仍有灯光，现在，不知是谁接收了这幢房子。他站了很久很久，和可欣恋爱的那一段时光，还依稀浮在目前，多少次他送她回家，赖在这门前不肯离开。那段美好的时光，可爱的时光，梦般的时光，而今安在？

他站得太久了，大门"呀"的一声打开了，一个陌生男人伸出头来，狐疑而严厉地问："你是什么人？在别人门前伸头伸脑，赶快走开！否则我叫员警来！"

嘉文吃了一惊，踉跄后退。用手摸着自己满是胡子的下巴，他一面走开，一面喃喃地说："他把我当成小偷了，我像个小偷吗？"

仰首望天，他唏嘘地低唤着说："可欣，可欣！我已经万劫不复了！"

第
二
十
二
章

对湘怡来说，生命变成一连串苦恼和哀愁的延续，不知多久以来，岁月里已没有欢笑，没有快乐，也没有甜蜜和温馨了，最让人心灰意冷的，是每况愈下的生活里，连一丝丝希望和光明都看不出来。

嘉文整个人都变了，她再找不出当日自己所迷恋的那个男人的些微痕迹。赌博竟能将一个人的本性完全扭转，嘉文的暴戾、粗鲁、冷酷……日甚一日，对湘怡、对嘉龄、对杜沂甚至对那两个尚不解事的小女儿，他都粗暴无情，他只认得扑克牌，只知道同花顺和福尔号斯。而且，最糟的，他已丧失了人性的尊严和羞耻心，只要弄得到钱，他不惜用任何卑鄙的手段去弄，向杜沂的老朋友们诈骗，冒充杜沂的笔迹开支票，甚至于家里的电唱机、收音机都偷出去卖掉，用得来的钱到赌桌上孤注一掷。

在做人上面，他认输了，在赌桌上，他却永不认输，"倒霉不会倒一辈子，我只要拿一副同花顺，就可以把输的全赢回来！

我输掉那么多，怎么能这样认了，我要翻本！只要翻了本，我就洗手不干！"他不断地"翻本"，不断地等霉运过去，杜家就在这种情况下陷入了穷困潦倒的绝境。

真真两岁半了，念念也满了周岁。杜家早就卖掉了三轮车，辞退了车夫。最近一年来，他们又卖掉了电话机、冰箱、唱机……和家里一切能卖的东西。最后，湘怡被迫出去教书，艰苦地维持了一阵，连在杜家服务将近十年的阿珠，也迫不得已地辞退了。阿珠含着眼泪不肯走，对杜家，她也有许多留恋和感情，提着小包包，她站在花园里，依依不舍地对湘怡说："太太，你少给我点工钱也没关系，我不想走呀！"

但是，即使降低工钱，杜家也无法负担。终于，阿珠还是含着泪走了，小真真牵着她的衣服不放她，引得湘怡也眼泪汪汪。阿珠走了之后，湘怡变得忙碌不堪，白天要去上课，中午和晚上赶回家来做饭，杜沂也跟着忙，成为孩子的保姆。创了一辈子的事业，没想到老来眼看它败尽败光，弄得自己六十几岁还为生活操劳，他那份痛心，就更不可言喻了。嘉龄对父亲和嫂嫂如此放纵嘉文，大为不满，坚持应该告到刑警总队，让他们把这个赌窟破获，不该怕嘉文受伤就一再容忍。眼看生活拮据，湘怡劳苦，她于心不忍，也不能袖手旁观，诚心想学一技之长，也谋个工作贴补家用，于是，她开始去学打字和速记。但，生性洒脱的她，实在没有定性好好学，对家事她也做不来，就整日躲出去或者在家里诅咒嘉文，碰到嘉文偶然回来，两个人就会吵成一团。

杜家在这种情况下，凄苦地度着日子。连日来平静无事，但，每个人的情绪都低郁阴沉。湘怡整日整夜胆战心惊，担心着将有大祸降临。这些日子，嘉文一直没有回家，嘉龄整天咒骂，没过惯贫穷生活的她，显然已不能适应这份生活，因此，对嘉文的不满也达于极点，湘怡冷眼旁观，暗中害怕有一天，这兄妹二人终会完全反目，而弄得不可收拾。

这天晚上，湘怡在信箱里取出两封信，寄自同一个地方——美国纽约市。一封是可欣寄给她的，另一封是雅真寄给杜沂的。把雅真的信交给了杜沂，她拿着另一封信退回自己的屋子，一时间，她竟没有勇气拆信，已经有很长一段时间，她没有和可欣通信了。可欣，可欣，料想他们在海的彼岸一定幸福温馨，而自己呢？握着信封，她沉吟良久。一直到忙完了家务，两个孩子都睡了，夜深人静，她才拆开可欣的信。

湘怡：

　　我无法责备你这么久不给我写信，因为我也很久没有给你写信了，想想看，我们上次通信还是你的念念出世的时候，现在念念该满周岁了，是吗？怎样？你们好么？寄张全家福给我好不好？我也寄一张给你们。你看，纪远是不是变了很多？穿上西装的他和山中野人装束的他有多大的不同！他至今对打领带还觉得不自在呢！我那两个孪生儿子全像爸爸，一副小野人相，是不？我真羡慕你那一对小女儿，我被男孩子烦得要死！……

湘怡拿起那张彩色的、四寸的照片，凝视着照片中的纪远和可欣，这张照片是在住宅前的庭院里照的。纪远眉端微蹙，似笑非笑，仍然具有当年的潇洒气质。可欣笑得很甜，依旧长发垂肩，明眸皓齿，似乎显得更年轻和漂亮了。两个大约两岁大的男孩，长得一模一样，坐在草地上面。真的，孩子是纪远的缩影，除了长得像纪远之外，连那股若有所思的神态都像纪远。雅真靠在一边的一张躺椅里，手中拿着编织物，样子很安详，很满足。这真是一张标准的、幸福家庭的写照，连那对孪生儿都值得人羡慕，小威和小武，名字取得很好，真有份威武的小模样！唉，放下照片，不知所以地叹口气，重新拿起那封信来：

　　算算看，我们到美国已两年半了，离开台湾的时候，曾有三年归来的愿望，而今却渺无归期。纪远在公司里的工作情形良好，很被器重，但他总有些不安定的感觉，我知道他的毛病所在，正像知道我自己的毛病一样——我们想家，想台湾，想自己的土地、同胞和朋友。所以，湘怡，说不定有一天，我们会抛开一切，突然归来，像从地底冒出一样出现在你眼前，让你们大吃一惊。

　　刚刚到美国的时候，我常常躲在房间里流泪，生疏的环境，不同的人种，喧嚣的车辆，和高大的都市建筑，全让我心慌和不习惯，再加上事必躬亲，比在台北的生活忙上一百倍，苦上一百倍。纪远的薪水不够维持，我满街奔走，无法谋得任何低下的工作……这种艰苦的情形，一直到去年纪远升职后才好转，我们被配到一幢宿舍，有花园和院子（就是照片里那幢），在纽约的郊区，上班远一点，好在有汽车。

我也不必出去工作了，安心在家里带娃娃，（可怜的妈妈，两个小东西完全靠她带大的。）这样闲下来，我才整理自己被忙碌弄得太紧张的情绪，同时，和我的儿子们亲近亲近。美国，美国，这个被大家所向往的地方，我现在认清了，它是一个庞大而复杂的机器，每个人都是机器的一部分，规则的工作，规则的娱乐，像个齿轮。噢，湘怡，你不知道我多怀念你们，怀念我那间小屋，以及卡保山打猎的生活！如果现在我能回到台湾，我所要做的第一件事，就是集合旧日那一群朋友，再去一次卡保山！再去猎那满山红叶！（听说胡如苇在波士顿，对不对？希望有他的住址，我们至今没有和他取得联络，想想当日欢乐相聚的一群，如今分飞各处，不无感慨！）

一年来没给你写信，坐下来觉得满腹要倾吐的言语，像浪潮般汹涌翻滚而来，自己都不知道先说什么好。有一次，你曾来信问及我和纪远的感情生活，记得吗？以前我总想和你谈，却总没有谈，正像我关怀你和嘉文，你却总是敷衍似的用几句话来答复我一样。有时，我觉得我们疏远了，你在冷淡我。我们疏远得像置身在两个星球里，谁也不知道谁的生活是怎样的。我和纪远！怎么说呢？婚姻是什么？湘怡！两个分开的个体，凭着感情的需要，结合在一起，面对的可能是不适应的生活习惯，不调谐的意见看法，于是，争执、困扰、怄气……必定接踵而来，最后导致破裂。我和纪远也度过了一段危险期，我们的个性都太强，感情和理智都丰富，都主观而武断。这使我们常常竖着眉毛，像两只斗气的狮子，彼此咆哮。刚到美国的时候，大家的情绪都坏，这种低潮几乎每日发生，我曾懊恼地认定爱情已经幻灭，而暗中流泪、叹息和后悔。不过，这段低潮时期终于过去了，我们在艰苦的生活中取得了谅解和调谐，纪远，他是那样一个男人，我欣赏他！而且，我崇拜他！一个丈夫不只需要妻子的爱情和了解，还需要尊重和崇拜。在这些年中，我目睹他如何奋斗，如何努力，如何坚强不屈（你不知道我们在国外遭遇到多少困扰），这使我认清他，等到认清之后，我才发现自己和他的争吵是多么幼稚和"女性"（我也有一般女人的通病，狭窄和苛求）！我不再苛求他，我们坦白讨论一切问题，倚赖他去解决问题。到现在，湘怡，我只能告诉你，我简直"迷恋他"！比以前有过之而无不及。

我够坦白了吗？湘怡！那么，你能不能也告诉我一些你们的事呢？你和嘉文之间到底怎样？在我自己的幸福中，我真愿所有的朋友都幸福！你别回避我，别冷淡我，告诉我一切吧！湘怡，嘉文的个性我了解，他需要鼓励和管束，别再放纵他！别让他深夜不回家，像你生产真真那晚似的。他太善良，容易受朋友的左右，但他是个最重感情的人，你们一定会生活得很甜蜜很甜蜜，对吗？是吗？告诉我吧！

一连好几夜，我梦到你们，杜家的花园，那些灿烂一片的玫瑰花！那大客厅，宾客，唱片，热闹的圣诞夜！嘉龄的歌声，你的笑容，嘉文的舞步……闭上眼睛，杜宅的一切一切，都在我的眼前。（故人入我梦，明我长相忆！）我真太思念你们了。

嘉龄好吗？有"固定"的男朋友没有？杜伯伯怎样？妈妈另有一封信给杜伯伯。（告诉你一个秘密，妈妈天天都在谈杜伯伯，最近我才从妈妈嘴中，套出一个多年以前的故事，很罗曼蒂克，是不是？为了这个原因，我也渴望回台湾。）你再代我问候他，祝福他！

这封信已经写得很长了，现在正是深夜，郊外比较宁静，听不到车马喧嚣了。花园里的郁金香在盛开着，我怀念台北的扶桑和玫瑰。

给我来信，我在等着。代我吻吻小真真和小念念。

即祝

　快乐

　　　　　　　　　　　　　　可欣

湘怡放下了信，长长地吐出一口气，然后就对着书桌上的台灯发呆。可欣，她果然觅得了最幸福的归宿，自己呢？幸福，幸福在何方？

窗外树影依稀，花影仿佛，而幸福却如烟如雾，无处可寻！可欣的幸福和她的不幸，这是多么强烈的对比！"故人入我梦，明我长相忆"，只怕也是"恐非平生魂，路远不可测"了！想当年大家在一起玩乐，一起欢笑，一起编织着梦，再追寻着梦。现在却海天远隔，生活悬殊。真的，像置身在两个星球里，她和可欣间的距离已太远太远了！

"如果没有纪远出现，可欣嫁给了嘉文，又会是怎样一副局面？"她恍恍惚惚地想着。或者，她会在哥哥嫂嫂安排下，嫁给了那个秃头科长。许多人生来就注定是悲剧的命运，就像她，似乎怎样都摆脱不开追随在自己身边的一种悲剧色彩。

嫁给嘉文的时候，哥哥嫂嫂冷嘲热讽，认为她"捡着了高枝儿"，后来，嫂嫂又换了一副面目，巴结她，恭维她，提醒她在哥哥嫂嫂家住了多少年，为的是从她这儿拿一点东西走。现在，哥哥嫂嫂又恢复了冷嘲热讽的态度，"要嫁有钱的，到头来还落得自己洗衣烧饭！"她只能沉默地应付这一切，自始至终，她没考虑过经济问题，伤心的，只是当年嫁给嘉文时，那满腔浓情蜜意和美梦，都碎成片片了！

"我怎样回复可欣的信？"

她茫然自问。坦白告诉她？不！每个人都有掩饰"坏的真实"的本能，何况她不想增加可欣他们精神上的负担。她宁愿可欣认为她很幸福，很快乐，也不愿可欣知道她的凄惨的现状！而且，谁知道？或者一切还会好转的，嘉文会戒赌，夫妇携手为前途努力，尽管不能恢复财产，也总可以过一分安详的清苦生涯。只要他戒赌，人不到咽最后一口气，你就不能对他放弃希望，或者他会改好，他既然能由好变坏，为什么不能由坏变好？他改好了，一家人又融融洽洽，可以把这幢房子卖掉，换一幢小平房，团结一致地努力。最起码，他们还有这样一幢房子！许多贫苦的人，住在破破烂烂的茅草房里，也照样生活得快快乐乐！她并不要富有，她只要快乐！谁能肯定她已远离幸福？一切还会好转的，谁知道？

拿出信笺，推开桌上那些学生的练习本和作文本，她开始给可欣写回信：

可欣：

收到你的信真高兴极了，我和孩子们都生活得快乐幸福，嘉文在工作上也表现得很好，爸爸已于去年告老退休，在家里享受儿孙之福……

她写不下去了，用手托着下巴，她瞪视着信笺。她自己写下的句子让她脸红，到底，她是个善良忠厚、不善于撒谎的人。抛下了笔，她用手捧着头，痛苦地自语：

"可欣！噢，可欣！我如何告诉你呢？"

同一时间，杜沂也在他房里踟蹰叹息，雅真的信非常简单，却充满了恳切的问候之意和关怀之情，最后，还有一句动人心弦的话："船已倦于漂泊，惜无归期。借问昔日港湾，仍屹立如故否？"

另有一首缠绵的诗："竟夕不成寐，人眠我独醒，情丝偏不断，心镜转空灵。晓日开图画，秋山列障屏，起来慵栉沐，眉锁黛痕青。"

没料到去国多年，她仍痴情一片！而他呢？好久好久，他都没有给她写信了，当日向她求婚的热情，早被连年的不幸所冲淡，自从家庭败落，他更不做此想了。她在国外，归期无定，他已苍老，身体日衰，这个梦恐怕只有来生再续了。和湘怡一样，他没有勇气给雅真写回信，几度提笔，又几度掷笔。朦胧中，和雅真双双弄笛，仍恍如昨日，而数十年光阴，已悄然度过，如今两地隔离，谁又知道相见何日？提起笔来，他觉得有作诗的冲动，脑子里迷迷茫茫，昏昏沉沉，他写了一首诗，最后几句话是："两地云山总如画，布帆何日斜阳挂？倘若与君重相逢，依依翦烛终宵话。读君词句怜君痴，感君深情长相思，愿将万缕缠绵意，谱入阳关笛里吹！"

诗写完，他觉得头昏得更厉害，而且十分疲倦。真的，他太累了，这么多年，独闯天下，建立了事业和家庭，老来还要为儿女操劳担忧。就像雅真说的，人生真像一条船，你不知道什么时候能够停泊和休息，这是一段艰苦的、不能停止的航行。丢下笔，他熄灭了灯，和衣倒在床上，他太疲倦了，想睡了。他刚刚蒙眬了一阵子，就被一阵喧闹的声音惊醒了。他听到湘怡急促的、争辩的、祈求的声音在低喊："你不能进去！爸爸已经睡了，你别再扰他了，我求求你！"

然后是嘉文暴躁而粗鲁的声调，带着不寻常的沙嘎："你别管我！我要见爸爸！我有事！"

嘉文！他那不成器的儿子！那数日没有回家的儿子！居然有脸要见他！他的睡意全消失了，翻身下床，他走到门边去打开了房门。门外，嘉文敞着衣领，卷着袖子站在那儿，脸色苍白得像个鬼，那深陷进去的眼睛更像个鬼，浑身的烟味和汗味，一脸的邪气和流气。他正和湘怡挣扎，湘怡抓住他的衣袖不放他。杜沂看到他这副样子，就抑制不住怒气，厉声地说："你要做什么？嘉文？你还有脸回来，干脆死在外面不回家算了！"

嘉文看到杜沂，禁不住也屏息敛气，低着头，垂着手，懊丧地望着地下。杜沂又问："你到底要做什么？"

"我——我——"嘉文吞吞吐吐地，"我输了钱。"

"你输了钱！"杜沂咬牙切齿地迸出几个字来，"你输了钱来告诉我干什么？你，你还做得出什么好事来？"

"我把这笔钱还掉就不再赌了！"

"不再赌了！你说过几百次的不再赌了！"

"我一定要还，"嘉文毫无生气地说，"否则他们要我的命，他们在逼我，我要一笔钱！"

"让他们去要你的命！我不管！"杜沂斩钉截铁地说，"有你这样的儿子还不如没有！而且，你以为我还能代你还出什么钱来？家里已无隔宿之粮，你知不知道？"

"可是——"嘉文的声音平平地滑出来，没有高低，"还有这幢房子。"

"什么？"杜沂气得手脚发冷，浑身都抖颤了起来，"你，你，你……你……"他的嘴唇哆嗦着，半天才逼出一句话来，"你这个混蛋！"

"我们用不着这么大的房子，"嘉文的声音仍然是疲倦而平淡的，有种近乎残忍的冷静，"嘉龄反正迟早要嫁出去。"

"好哦，"一个声音传了过来，嘉龄早已闻声而至，用手叉着腰，她狠狠地盯着嘉文，"你就想我嫁出去，是不是？你早就想把我赶走了，是不是？哼，这个家还不是你的呢，你休想卖我们的房子！"

"你少多嘴！"嘉文看到嘉龄就冒火，长久以来，他们兄妹间已变得水火不相容，"卖不卖房子与你都没有关系，不要你管！"

"我还是这家里的一分子呢！"嘉龄愤怒地大嚷了起来，"你把这个家败得还不够？你还有脸说要卖房子，我看你把自己卖掉算了，没有你，我们也不至于弄得这么惨！"

"闭嘴！"嘉文阴郁地吼了一声，"我把你卖掉，卖到酒家里去！你有什么资格来指责我！"

"爸爸，你听！"嘉龄气得脸色发青，"他这是什么话？"

"反正你不是什么好出身！"嘉文又接了一句。

"嘉文，你在说什么？"湘怡急了，用手一个劲地扯嘉文，"回房间里去，有什么话明天再谈，现在已经这么晚了，吵得邻居都不能睡！"

"你是什么意思？"嘉龄一对燃着火的眸子逼了过来，"你解释清楚，你一来就扯到什么出身上去，我们同一个爹娘生的，你嘴里不干不净地说些什么？"

"嘉文，走吧，走，走，明天再说！"湘怡拼命地拉扯嘉文，"走吧！别说了！"

"我不能走！"嘉文甩开了湘怡，"我等着要钱，他们在等我。爸爸，房契给我，好吗？"

"房契？"杜沂已被气得七荤八素，眼前全是金星在乱跳，"你居然有脸向我要房契，我还没有断气呢！等我断了气你再卖房子好不好？"

"爸爸，你千万不能给他房契，"嘉龄喊着，"他就差把我们全卖掉了！"

"你闭嘴！"嘉文叫，"房子又没你的份！你再多一句嘴，我就揭穿你的秘密！"

"我有什么秘密怕你揭？"嘉龄向前迈了一步，"我又不偷不赌，不做你那些下流事！"

"走吧！求求你！嘉文！"湘怡瘦小的身子吊在嘉文的胳膊上，声音里带着泪，"给这家庭留一点安宁吧，我求你，嘉文！"她又转向嘉龄，哀恳地望着她，"你就少说几句，委屈一点吧，好吗，妹妹？"

"我要他讲清楚，我今天非要他讲清楚不可！"嘉龄一迭连声地嚷着，"你不要装神弄鬼瞎威胁人！你说出来！我有什么秘密，你说！你说！"

"我有什么不能说的，我就说——"嘉文也冒火地开了口，带着一不做二不休的神态，威胁地转向嘉龄。

"你敢！"杜沂大吼，"你，你，你……你想气死我是不是？你敢说一个字！你给我滚出去，我——我——我不要你这个儿子！你滚出去！这个家庭没有你的份儿！"

"没有我的份儿！有嘉龄的份儿是不是？"嘉文邪恶地望着嘉龄，不怀好意地眯起了眼睛，"你以为你很清白？"

"我不清白？"嘉龄狐疑、愤怒而诧异，"我怎么不清白了？你有话就说，别吞吞吐吐地含血喷人！"

"你敢说！"杜沂吼着，"我早已不承认你了，嘉龄是我的女儿，你不是我的儿子！滚吧！你！有你存在一天，这家里就没有一分钟安宁！你给我滚！"

"我要房契。"嘉文冷冷地说,"这房子迟早是我的!"

"你你你敢这样说?你——"杜沂气得说不出话来。

"走吧,嘉文,求你!"湘怡流着泪请求,"走吧,别再气爸爸了!走吧!"

"你还没说出来呢,我到底怎样?"嘉龄紧盯着问。

"你给我滚开!"嘉文对他妹妹大叫,最后的一线良知仍在他内心挣扎,"我只要房契,我不想惹你,你别逼我说出真相来!"

"我绝不给你房契!绝不!"杜沂喊,额上的青筋突了出来,鼻孔里沉重地透着气。

"你说什么真相?你非说不可!你说!"嘉龄也大嚷着。

"我就说——我就说——"嘉文豁出去了,把头凑向嘉龄。

"嘉文!"湘怡尖叫。但是,惊人的言语已从嘉文口中直泻而出:"你不是我的妹妹,你不是我妈妈生的!你母亲是个舞女!是个狐狸精!是个荡妇!你也不干不净!谁知道你的父亲是不是爸爸!你没有权管我的事!没有权过问我们杜家的财产!你——"

嘉龄尖声锐叫了一声,冲向了嘉文,扑打着他,扭着他,一面发狂般地喊:"你胡扯!你胡说八道!你这个流氓!下流痞!爸爸!爸爸!爸爸!"她求救地哭了起来:"你听哥哥说些什么?你听哥哥!爸爸!爸爸……"

"你问爸爸!你问爸爸!"嘉文扯开了她,"问问爸爸你的母亲是谁?问问看!爸爸是不说谎的!你问呀!"

"爸爸!你听哥哥!"嘉龄大哭,"爸爸!不是的!是吗?爸爸?爸爸呀!"

杜沂的眼睛望向了天,觉得自己脑子里有几十面重大的鼓,在不断地狂击着。咚咚咚！咚咚咚！他的眼前全是乱舞的金星，和一团团飞跃着的色彩，那些色彩变幻着，游移着，扩大，缩小，缩小，扩大……他呻吟了一声，喃喃地说："我的天哪！我造了什么孽呢？"

接着，他就听到几十万个声音在他耳边狂呼锐叫，还夹带着求救的哭声："爸爸！""爸爸！""爸爸呀！"

他的头无力地侧向一边，所有的声音都远离了他，飘散，消失，剩下的是一种空漠的境界，和死一般的寂静。

是的，房子里像死一般的寂静。杜沂躺在地上，湘怡跪在他身边，解开他的衣领和袖口，用手探摸着他的心脏。然后，她抬起带泪的眼睛和灰白的脸庞，望着像木头般站在那儿的嘉文和嘉龄。

"我们要马上去请医生，"她轻轻地说，喉头紧逼而痛楚，"他昏迷了。我摸不出他的心跳。"

医生来了，嘉文、嘉龄和湘怡环侍在杜沂身侧，都焦灼地望着医生，垂首无言。医生的诊断没有耗费太久的时间，收拾好了医药包，他的结论简单而明了："你们可以准备后事了，他度过不了今夜。"

一段沉寂，然后嘉龄哇的一声放声大哭，扑倒在杜沂身上，她号啕地呼喊着："爸爸！爸爸！爸爸！不要走！爸爸呀！"

湘怡默默地站在那儿，低俯着头，她没有失声痛哭，只是静静地掉着眼泪，那无声的抽泣使医生都为之鼻酸。

嘉文直直地伫立着，像一座石头的雕像。

凌晨三点钟左右，杜沂咽下了他最后的一口气。从他昏迷到死亡，他一直没有清醒过来。这一段漫长的旅程，他总算走完了，带着未竟的梦想，带着对儿女的牵挂，这口气一定咽得并不平静。谁知道"死亡"是什么？谁知道"它"是不是人生的终站？无论如何，这"港口"中应该不再有狂风巨浪了。

第二十三章

　　湘怡坐在洗衣盆旁边，吃力地搓洗着衣服，太阳很大，直晒在她的背脊上。她背上的衣服，早被汗水所湿透。新的汗珠仍不断地从她额上冒出来，跌落在洗衣盆里。她坐直了腰，深深地喘了一口气，对水龙头边的一对小女儿说："真真，把妹妹带开，不要玩水。"

　　不满四岁的真真，牵着两岁多的妹妹，摇摇摆摆地走开了。湘怡望着那两个瘦小的影子，忍不住又叹了口气。用手背擦了擦额上的汗，她抬头看看天空，太阳刺目而耀眼，已经是秋天了，天气仍然燠热，下一阵雨或者会好些，但是，明朗的天空看不出丝毫的雨意。把衣服铺在洗衣板上，她慢慢地涂上肥皂。洗衣盆里堆满了肥皂泡沫，一个又一个，不断地堆积、破裂。她瞪视着水盆，机械地搓着衣服，心境迷惘而空虚。杜沂去世已一年零三个月了，她还记得嘉文如何哭倒在杜沂的坟头，如何跪在坟前，向杜沂生前的好友们赌咒发誓，说终身不赌了。他们卖掉了房子，还不清嘉文欠下的赌债。李处长怜惜杜沂的一对孙女，叹息一个终身孜孜于事业的人，竟死后萧条到如此地步。他开了一张支票给嘉文，让他写下一张借据，保证以后用工作的薪金来分期摊还。这张支票还清了所有的赌债，他们在中和乡用三百元一月的价钱租下这两间平房，李处长又把嘉文介绍到一家私人公司里去当英文秘书，待遇还算优厚。生活应该可以重新开始了，在杜沂逝世的凄凉里，和毁家破产的哀愁中，对嘉文而言，应该已是置之死地而后生了。但是，嘉文循规蹈矩地上班下班只维持了半个月，当他又在深更半夜，从赌场荡回家来，像个幽灵般站在湘怡面前的时候，湘怡只感到可怖的绝望，绝望到想自杀。嘉文用手捧着头，反反复复地说着同样的几句话："我根本不想去的，我不知道我怎么又去了，一定有魔鬼附在我身上了，我不知道是怎么回事。"

湘怡不能说什么，骂人吵架对她都是外行的事。虽然她真想大骂大吵一阵，她却只把自己关在房间里，伤心透顶地痛哭到天亮。

一切成了恶性循环的局面，赌博、欠债、还债、戒赌、再赌博、再欠债……湘怡疲于规劝，疲于应付债主，也疲于生活。杜沂死了，她眼睁睁地看着一个人由活生生步入死亡，心底充塞了许多属于哀愁以外的东西，对生命的怀疑，对另一个境界（死亡）的困惑。当她工作的时候，她常会突然停住，奇怪着杜沂现在在哪儿？原来有思想、有意识、有感情的一个生命，怎会在刹那间消失得无影无踪？小真真常常牵着她的衣襟问："妈妈，爷爷到哪里去了？"

爷爷到哪里去了？她有同样的疑惑，看到杜沂遗留的东西，诗和字，她会长久地陷入沉思，生命的本身有多大的痛苦！死亡是否将一切的痛苦也都带走了呢？那么，"死亡"应该并不可怕，那只是一个归宿，一个无忧无虑也无我的境界，一种虚无，和一种解脱。

痛苦是无止境的。当嘉文又开始赌博之后，一个早晨，嘉龄悄然出走了。她没有给嘉文留下任何可以找寻的线索，只给湘怡留了一个短简。

湘怡：

　　我走了。这个家，当爸爸去世之后，已不再属于我，我找不出可以让我停留下去的理由。爸爸临死，我才知道自己有个不明不白的出身，这虽使我痛苦，但，也给了我勇气，让我毅然离开了我那不争气的哥哥！我走了，这个家没有什么值得我怀念的东西，哥哥也不愿意有我这个名不副实的妹妹吃闲饭。我的离开，对我们两个都是好事。唯一让我留恋的，只是你！湘怡，记住我一句话吧，必要的时候，抛开哥哥算了，你犯不着跟着他往悬崖底下跳，何况，你还有两个嗷嗷待哺的小女儿！

　　别担心我，我早就该学习学习独立了。

　　愿你幸福

　　　　　　　　　　　　　　　　　　嘉龄留条

湘怡做不到不为嘉龄担忧，捧着嘉龄的留条，她哭了又哭。一个二十几岁的女孩子，能出去做什么事呢？这社会那样复杂，人心那样难测。嘉龄又从没有吃过苦、经过风霜，万一失足，她如何对得起泉下的杜沂？她把念念背在背上，牵着真真，去满街找寻，向一切有关的亲友询问，得到的都是摇头和耸肩。嘉文对这事毫不关心，看到嘉龄的留条，他冷笑了一声说："不管她，让她去死！没有她才好呢，我眼睛前面干净！反正是她自己走的，我又没逼她！"

湘怡痛心地看着嘉文，她不知道昔日大学时代，那个温柔多情的青年如今在何处？她恳求嘉文去找嘉龄，嘉文耸耸肩动也不动，看到湘怡不停地流泪，他不耐烦了，说："你管她呢，她在外面活不下去，自然会回来的！"

于是，湘怡天天等待着嘉龄回来。一个月、两个月、三个月、一年都过去了，嘉龄却音信全无。湘怡只得放弃了希望，她了解嘉龄的个性，她比嘉文多一分倔强，这样子离去，她就是无以为生，也不会甘心回来。尤其在嘉文表示了她并非他的妹妹之后。

日子在充满阴霾和无望中度过，由于没有人带孩子，湘怡又被迫辞职，在家里操持家务，她没有回复可欣前一封信，也没有再写信给她。杜宅的不幸和嘉文的堕落，使她没有勇气提笔。可欣，可欣，她但愿可欣设想他们是幸福的，快乐的，但愿雅真还存着归港的希望。想到杜沂临终那一首诗："两地云山总如画，布帆何日斜阳挂？倘若与君重相逢，依依翦烛终宵话……"她就觉得热泪盈眶。有一天，雅真会回来，谁再和她"依依翦烛终宵话"呢? 人生,岂不太苦。

衣服洗完了,湘怡直起腰来,深深地吐出一口气,站起身子,她吃力地把衣服穿上竹竿,再晾起来。太阳依然那样灼热,没有一丝秋意。她抱起地上乱爬的念念,拍去她身上的灰尘。抚摸着念念那瘦小的胳膊,她心中一酸,伤心地说:"念念,谁要你来到这个世界上呢? 制造你这条生命,等于制造痛苦,等你长大成人,不知还要受多少痛苦呢!"

真真拉拉母亲的衣襟,嘟起小嘴说:"妈妈,馒头,包包!"

真的,卖馒头的正在外面呼叫:"馒头,豆沙包!"湘怡摇摇头,拉过真真来,像对一个大孩子似的说:"真真,你已经吃过早饭了,不是吗? 你知道,妈妈没有多余的钱买东西给你吃,你爸爸一年来没有拿一分钱回来,我们可当可卖的东西都当掉卖掉了,现在,连日子都不知道怎么过呢!"

"妈妈,真真饿。"孩子转着天真的眸子,自说自话地望着母亲。

"饿也没办法呀! 真真,这几天的日子,已经是问隔壁张妈妈借的钱了,不是我不给你吃,是没办法呀。"

"妈妈,包包!"孩子缠在湘怡的脚下,用小胳膊抱紧母亲的腿,耍赖地扭着身子,"真真要! 真真要吃!"

"哦,放开我!"湘怡屈服地叹了口气,"妈妈去看看还有没有钱。"

买了一个包子,分作两半,给一个孩子一半。湘怡就握着仅余的三角钱,坐在床沿上发呆。嘉文又有两天没有回家了,谁也不知道他什么时候会回来? 摊开手掌,她望着掌心里的两个镍币，一个两角的，一个一角的。以后的日子如何过法？她心中恍恍惚惚，竟生出一个意外的想法，或者嘉文会赢一大笔钱回家，摇摇头，她又自嘲地笑了，赢钱，他赢了会把赢的再输掉，反正，他不会带钱回来，而家里已面临断炊了。

一天过去了，嘉文果然没有回家。第二天又过去了，嘉文又没有回家。湘怡再也不好意思问邻居十元二十元地借债，第三天，她包了一包仅余的杜沂和她的旧衣服出去，勉强再支持了两天，然后，卖尽当光，她已山穷水尽，嘉文仍然不见踪影。

这天，从早上到下午，母女三个就干瞪着眼睛挨饿，湘怡的智慧，已无法再变出任何可吃的东西来了。午后，两个小家伙开始哭哭啼啼地缠着湘怡喊饿，哭得湘怡心碎。于是，她下决心地抱起念念，牵着真真，走过川端桥，来到哥哥的家里。湘怡的哥哥几年来情况依旧，仍然在当他的小职员，这些年来，在杜家经济情形好的时候，他们也陆续接受过杜家不少好处，这也是湘怡敢于来向哥哥求援的原因。谁知，她才跨进哥哥的房门，嫂嫂李氏已尖着喉咙喊："湘平，妹妹来啦！"一面望着湘怡说，"妹夫好吗？听说他又找着好差事了，让他也提拔提拔你哥哥，你看，我们一家人都快饿死了！"

湘怡一肚子的话，只好硬咽了回去。她知道李氏并非不明白她的来意，而是故意用话来堵她的口，坐在那儿，她如坐针毡。李氏还口若悬河地、明枪暗箭地讽刺她："湘怡，你还记得以前那个张科长吗？他最近又升了职，发财了，造了一幢好漂亮的房子，又结了婚。新娘呀，还没你一半漂亮呢！当然，你以前嫌人家年纪大，没想到人家也会发财呀！把福气留给别人去享，你要嫁年轻有钱的，结果……哎哎，别谈了！只是你没缘分罢哩！当初呀，你总认为自己选的人强，不把哥哥嫂嫂的意见放在眼睛里，现在又怎样了呢？哎，妹夫还赌不赌呀？你也该管紧一点儿才是……"

湘怡坐不下去了，两个孩子又哭个不停，一个劲地喊饿。站起身来，湘怡匆匆地告了辞。湘平把妹妹送出门来，趁李氏看不见，悄悄地塞了五张十元的钞票给她，低声地说："你知道钱都在她手里，我也没办法多给你，先给孩子买点东西吃，别饿坏了。只是，这可不是一个长久之计呀，你做什么打算呢？"

眼泪往湘怡的眼眶里冲，握着钱，她逃难似的带着孩子跑开。过了桥，在一家烧饼油条店里，买了两碗豆浆，和几个烧饼给孩子吃，自己虽然饿得发昏，却一口也吃不下去。望着两个孩子饥饿的样子，和那两张瘦削的小脸，她心脏都扭绞了起来。

"不能这样过下去了，"她心里喃喃地自语着，"决不能再这样继续下去，我要找嘉文彻底谈谈，如果他不戒赌，我只有带着孩子离开他！"

这天夜里，嘉文终于回来了，那副潦倒的样子，比以前有过之而无不及。一连赌了好几天，他早已头昏脑涨，再加上又是惨败，心里烦躁得想杀人。看到湘怡，他愤愤不平地说："你猜怎么，我起先大赢，最多的时候赢了两万多，后来一副牌又全输回去了！他妈的老赵，一定在牌里弄了鬼，哪一天给我发现，不宰了他才怪！"

湘怡瞪视着他，呼吸剧烈地在胸腔里起伏，她有满怀的怒气要发作，又不知从何说起。嘉文看了她一眼，没好气地说："你瞪着我干吗？连你都是一副讨债面孔，难怪我要触霉头了。"

湘怡转开了头，用背对着嘉文，牙齿咬住嘴唇，呼吸得更加沉重了。好半天，她才把那股要从体内爆裂出来的悲愤压抑了下去，用勉强维持冷静的声调说："嘉文，我能和你谈谈吗？"

"我知道，你那一套又要来了！"嘉文烦躁地往床上一躺，"我累了，你最好把话留到明天再说！现在给我弄点吃的来！"

"吃的？"湘怡冷冷地注视着他，"你知道家里这几天怎么过的吗？你知道孩子饿了多少顿吗？你——"

"算了，算了，别向我诉苦！"嘉文打断了她，"在外面受了气，回来还要听你唠叨！难道我希望孩子饿肚子？谁叫我运气不好，总是输！明天只要大赢一副，来个同花大顺，你就一年用不完了！"

"嘉文，你还是执迷不悟，"湘怡悲痛地说，"你等同花顺已经把我们等到这个地步了，你还要等同花顺！你在爸爸坟前发的誓呢？你答应李处长的诺言呢？你——"

"好了，你别再把爸爸抬出来！"嘉文喊，"你要啰唆到什么时候？我累了，要睡觉了，你知不知道？"

"要睡觉了，我知道。"湘怡绝望地说，"家是什么？你回来吃饭睡觉的地方，孩子已经快不认识你了，事实上——"她声调凄楚，"我也不认识你了，你照照镜子，你还是当年的嘉文吗？"

"你不是不认识我了，"嘉文冒火地说，故意歪曲事实，"你是只认得钱，现在我穷了，你就做出这种怪相来，等我有钱了，你就又认得我了！"

"嘉文！"湘怡气得脸色发白，"你说这些话真没良心！

我——我——我真不知道怎么嫁给你的！你气死了爸爸，气走了妹妹，现在就剩我跟着你，你还要——"

"爸爸不是我气死的！"嘉文吼着，他最怕别人说他气死了父亲，"他是死于心脏病！你最好闭起嘴来！别再啰唆个不停！我是男人，我做我愿意做的事情，你管不着！把你那些废话收起来！"

"我是废话，"湘怡含着眼泪说，"总有一天，你会听不到我的废话了。现在，已经是家破人亡了，你继续赌下去，谁知道后果会怎样？你输掉了财产，输掉父亲的生命，也输掉了你自己的人格、良心和慈善！……"

"闭嘴，"嘉文大叫，"我不要你来教训我！"

"我不是教训你，我是求你，求你看在两个孩子的面上戒赌！看看她们，那么小，那么天真，你需要养活她们，需要给她们做榜样！不要让她们长大了，别人指着她们的背说：'她的爸爸是个赌徒！'你懂吗？嘉文，你骂我也好，恨我也好，孩子是你的，为了她们，救救你自己，救救这个家吧！"

"你别说了，我会戒赌的，等我翻回一部分的钱来，现在我输得干干净净，除了赌，什么工作可以让我把输掉的再赚回来？我不会永远输，你看着吧！"

"嘉文，嘉文，我要说多少话，你才能想明白？"

"你最好什么都不要说！"嘉文懊恼地嚷，"你快变成个叽咕不停的老太婆了！假如你再啰唆下去，这个家叫我怎么待得住？"

湘怡闭了嘴，坐在床沿上，她呆呆地瞪视着窗子。好半天，才凄苦地说："你何曾在家里待住过？这个家什么时候吸引过你？自从嫁给你，我就天天在等待，我不想再等了，我等够了，再等下去，也不会等出什么好结果来……"

"闭嘴！"嘉文喊，"你能不能不开口？"

"你很快就不会听到我啰唆了，"湘怡仍然凝视着窗子，自言自语地说着，仿佛不是说给嘉文听，只是说给自己听，"我对你浪费了太多的感情，妄想你会改好，相信你本性善良，一次又一次地说服我自己，要鼓励你，说明你，因为你需要鼓励和说明。现在，我知道自己全错了，你是冷酷无情的，像个冷血动物！我真不懂，当初你为什么要娶我？如果你对我这样冷落，你就不该娶我！"

"你要知道吗？"嘉文被她持续不断的指责激怒到要爆炸的地步，尤其她每一句话里都有"道理"，而他现在最怕面对的就是"道理"。仓促中，他只想找一句话来封住湘怡的口，他从床上跳起来，恶狠狠地盯着她嚷："我根本就不应该娶你，我从没有爱过你，我爱的是唐可欣！就是因为你对我没有吸引力，我才会去赌钱！如果你能把我留在身边，我怎会逃出去呢？我赌钱就为了逃避你，躲开你！一切责任全在你身上！现在你可不可以不再说话了！"

湘怡被击昏了！她真的不再说话了，只像个石像般坐在那儿，直直地望着窗子。窗外没有什么可看的东西，他们的大门对着前面人家的后院，杂乱地堆着鸡棚和鸭笼。她的牙齿咬着下嘴唇，双手无力地交握着。她手指上已没有结婚戒指了，在一次挨饿中，她把戒指换了钱买吃的给孩子们，嘉文手上同样没有结婚戒指，他把它掷在赌桌上做"孤注一掷"，早就输掉了。她昏昏沉沉地坐着，有一段很长久的时间，她心内是空空茫茫的一片，没有意识和思想。然后，逐渐地，意识回来了，思想也回来了，她才感到可怕的绝望和悲愤。这绝望和悲愤的感觉压榨着她每一根神经，每一根血管，她扭着自己的手，把脸埋在掌心中，徒劳地和自己的哀苦无望挣扎呻吟，她没有流泪，她的泪早就流干了。

夜，那么漫长，那么寂静。嘉文已在过度疲倦后睡熟了，沉重的呼吸鼓励着夜雾。湘怡慢慢地把脸从掌心中抬起来，迷惘地望着嘉文沉睡的那张脸，他睡得并不平静，嘴巴扭动着，胸腔不平稳地起伏，或者，他梦到正围着桌子，握着牌紧张地等着下注。她叹息了一声，一时间，许多久远以前的往事，都依稀地回到眼前，和可欣在一起的时光，嘉文家里常开的舞会，狩猎的那一夜，嘉文受枪伤之后，可欣的毁婚，她的下嫁……一幕一幕的，全在她眼前流动。而现在，面对嘉文这张冷漠无情的脸，她几乎不敢相信这是她不计一切、愿意下嫁的嘉文！嘉文那几句残酷的话仍然不断地在她耳边回响：

"我从没有爱过你！我爱的是唐可欣！"

"就是因为你对我没有吸引力，我才会去赌钱！"

"我赌钱就为了逃避你，躲开你！"

她慌乱地站了起来，仿佛有谁在追赶她，茫然四顾，她不知道该何去何从！什么都错了，从一开始就错了，完完全全地错了，到如今，她将怎样安排自己呢？她走到两个女儿的床边，孩子们睡得很甜，真真的小胳膊搂着念念的脖子，无知的面庞上漾着天真的笑意。无辜的小生命！谁该对你们的生命负责呢？她把面颊埋在孩子们的被褥里，到这时才开始沉痛而无声地啜泣起来。

她哭了很久，然后慢慢地抬起头，轻轻地吻着每个孩子，吻完了，她给她们拉好棉被，盖住那四仰八叉的小胳膊和小腿。再走到嘉文床边，她对他摇摇头，低声说："你虽不怜惜我，孩子总是你的！老天哪！但愿有人能够助你！"

坐到书桌前面，她想写点什么，提起笔来，她的手剧烈地颤抖着，脑子里空空如也，什么也写不出来。窗外的鸡房里，一只大公鸡在扑动着翅膀，远处的天边，透出一线朦胧的白，天快要亮了。湘怡受惊似的望望窗外，那种被追赶的感觉更强烈了，握住笔，她匆忙地在纸上写下了几行歪斜的字：

> 这一切早已过去，
> 烟消云散般不留痕迹。
> 尽管我曾费心寻觅，
> 流着眼泪如醉如痴！
> 终究这一切已经过去，
> 剩下的只是残酷的真，可怕的实，
> 以及那满天满地满空间时间的无奈的凄迷！

写完，她放下了笔，倚着窗子，久久伫立。一阵风卷了过来，把树梢的第一片落叶带到她的窗前，风很凉，她打了个寒噤，嗅到秋的气息了。仰头望天，寒星数点，晓月将沉，黎明快要近了。这新的一天，不知道该属于谁？最起码，不会再属于她了。

嘉文醒来的时候，已快上午十点钟了，他被孩子们的哭叫声所吵醒，坐起身子，他用手抹抹脸，还有些儿迷蒙不清。小真真在尖着喉咙哭叫："妈妈！妈妈！妈妈！"

湘怡到哪儿去了？他有些不耐烦地喊："湘怡！"

没有答应，真真仍然在哭叫，念念也跟着加入，他跳下床，昨晚的争执早已不存在他脑海里，他扬着声音喊："湘怡！你在哪儿？湘——"

他猛然住了口，因为他看到湘怡了。她就倒在书桌前面，身子平躺在地下，似乎在沉睡。真真拉着她的衣服哀唤不停。她的手无力地伸展着，顺着她的手向地下看，他看到两摊殷红的血，新的血还在不断地流出来。他浑身震动，禁不住狂叫了一声："湘怡！"

冲到她的身边，他扶起她的头来，她双目合拢，眉尖轻蹙，仿佛有无尽的委屈和痛楚。她面颊上的泪痕犹新，但是，呼吸却早已停止了。嘉文大叫了一声，拿起她的手来，刀片深深地划过她的手腕，创口那样深，可见她下手时决心之大，另一只手的创口比较浅，血也流了很多。嘉文的心脏几乎停止了，他狂乱地望着她，摇着她，呼唤她："湘怡！湘怡！湘怡！"

湘怡的眼睛不再睁开，所有的呼唤和哭泣都与她无关了。

嘉文神志昏乱地抱起她来，把她抱到床上，他解开她的衣领，徒劳地想弄热她的身子。在巨大的昏乱中，他甚至忘记去请医生。不过，邻居们已经围着窗子看热闹了，医生和员警都在邻居的报告下来到，医生用不着太多的时间来诊断，湘怡死亡的时间大约在凌晨五时。

"她死去好几小时了！"医生简单地说，离开了床边。

"不！"嘉文狂叫，扑倒在床前面，"她还没有死，她不会死，她是骗着我玩的，"他搓着她，揉着她，哀恳地望着她。"湘怡，湘怡，"他凄楚地唤着，"你跟我说话呀，湘怡，我什么都听你的，真的，湘怡，你叫我做什么我就做什么，我再也不赌了，绝对不赌了，湘怡，湘怡，你睁开眼睛，看看我呀！湘怡，湘怡，湘怡。"他把头埋在她胸前，失声地痛哭起来。

员警无法向他问话，也没有人能劝他离开床边，他也不许别人搬动湘怡的尸体，只紧紧地攥住她的衣服，费心地和她说着话，劝她睁开眼睛来。

"你看，湘怡，你是脾气最好的，不是吗？我不好，让你生气，你骂我吧！打我骂我什么都可以，只是不要这样躺着不说话。湘怡，你看看我，看看我呀！全世界就是你对我最好，我都知道。我昨晚是胡说八道的，我爱你，真的，湘怡，我不骗你。你睁开眼睛呀！我以后再不让你伤心了，我会好好做人，重新做人，你要我怎么我就怎么，湘怡，你听到没有？"

湘怡平躺着，在那无知无觉的境界里，这些懊悔和保证对她都不再有用了！嘉文凝视着她，抚摸她苍白的面颊，吻她冰冷的嘴唇，整理她凌乱的头发。喃喃地、梦呓似的述说着他的爱情。可是，一切的温存，一切的体贴，一切的柔情蜜意，都无法唤回逝去的生命了！

"她没有死，"嘉文自言自语地说，"她睡着了。"拉开棉被，他细心地盖住她，又扶正了枕头。"我坐在这儿，湘怡，我等你醒来。每次都是你等我，现在我等你，照顾你，你会发现我是个体贴的好丈夫。"他又吻她，"你向来对我都是最仁慈的，你原谅我一切错误，不是吗？那么，再原谅我一次吧！湘怡！好湘怡！别生我的气，别这样不理我，湘怡，好湘怡……"

一位邻居太太看不过去了，用手推推他，劝解地说："好了，杜先生，人已经死了，还是准备后事要紧，伤心也没用了！"

什么？人已经死了？嘉文深深地注视着湘怡，那张哀愁的脸没有丝毫生气，他看了很久，突然明白了，是的，她已经死了！不会再复活了，扑倒在她身上，他一恸而不可止，号啕地喊着："湘怡，湘怡，该死的不是你，是我呀！"

第二十四章

　　大地混沌昏暝，时间停滞不动，天地未开，世界是一片原始的洪荒地带，空旷、寂寞而凄凉。太阳早已沉落，沉落在无数星球的底层，全宇宙都充塞着黑暗与虚无。空间辽阔得无际无边，找不到一点掩护和遮蔽。嘉文的意识就沉睡在这一片荒芜里，醒觉的是刺痛的感情，像杂乱蔓生的藤葛，彼此纠缠又彼此压榨。他坐在湘怡的坟墓前面，在冬日黄昏的冷风里，已坐了整整两小时了。头埋在掌心中，手指深深地插在乱发里，像一个树桩般一动也不动。距离湘怡死亡，已经四个月了。那是初秋，现在已是深冬，墓地里充满了肃杀的气氛。一阵风来，黄叶纷飞，嘉文仍然埋着头不稍移动。直到暮霭渐浓，风声渐厉，他才慢慢地把头从掌心里抬起来，注视着面前的一抔黄土。他无法猜想这土堆里躺着的湘怡现在怎样了，也无法相信这土堆就掩尽了湘怡的音容笑貌和一切。墓碑边已杂草丛生，亚热带的冬天草不枯萎，墓碑的下半截都埋在草丛中。一株小草尚有这样顽强的生命力，但湘怡一去就不复回。墓碑上，是嘉文在那段昏乱的日子里写下的句子，不为湘怡而写（她无法看见了），是为他自己而写：

> 她流尽了她的眼泪，
> 而今躺在这里长睡不醒，
> 她的生命以泪珠堆积，
> 又何幸长睡不醒！

墓碑上没有死者的名字，下款刻的是：

——使她流泪的人立——

或者，这只是一种阿 Q 精神，一种赎罪的方式。写在那儿，让过路的人都看得见，以交卸一些良心上的负荷。不过，现在，当他在暮色苍茫中，看到这几行隐隐约约的字迹时，他只感到无聊、没有意义和滑稽可笑。湘怡不需要这些说明，路人也不需要知道这个，他的罪愆和负疚，也不能因这几行字而减轻分毫！面对这块墓碑，使他仿佛面对一面镜子，照出自己，竟那样懦怯虚伪和可憎！站起身来，他把手轻轻地压在那冰冷的墓碑上，心底迷惘恍惚，似乎接触到的不是墓碑，而是湘怡温暖的胳膊。湘怡这一生，从来没有做过任何伤害别人的事，只有这一件。把悲哀和苦痛留给活着的人，她就这样一声不响地悄然隐退。他还记得埋葬时的一幕，李处长指着他的鼻子骂他是败类，湘怡的嫂嫂哭叫着，扯着他的衣服，要他把妹妹的命赔出来，两个孩子惶然地呼唤着妈妈，几位好心的邻居围着棺木垂泪叹息……那段可怕的日子，他所有的感觉都几乎麻木，只模模糊糊地感到湘怡做了一件残忍的事情，一件最残忍的事。而今，四个月过去了，这漫长的四个月，似乎比四百个世纪还要长久，他就挣扎在一个孤独黑暗无际无边的荒漠里，被那种孤苦无告和恓惶的情绪压迫得要发疯。湘怡存在的时候，他很少重视她，但，当她去了，他才知道自己如此孤独，除了孤独之外，他在一次比一次加深的痛楚的怀念里，初次衡量出湘怡在他心中的分量。可欣不再存在了，他眼前浮动的全是湘怡的影子，湘怡的笑，湘怡的泪，湘怡祈求而哀恳的目光……

　　抚摸着墓碑，他站了很久很久，冬日的晚风穿过了旷野，一株高大的凤凰木筛落下许多细碎的叶片。他抬头向天，灰黑色的云层正密密地堆积着，天空暗淡而苍凉。苦涩的情绪逐渐从他胃部向上升，不断地蔓延扩大……他闭了闭眼睛，眩晕地摇摇头，轻声说："湘怡，你错了，你不该这样遗弃我。以前，当全世界的人都远离我的时候，你总是忠心耿耿地站在我身边，现在，连你也遗弃了我，你叫我怎么支撑下去？"用手指无意识地画着墓碑，他咬了咬嘴唇，"我没有办法再寻回你，我愿意用一切的一切，换得你在我的面前，那么，我可以告诉你许多事情，许多你活着的时候我没说出的话，可是，现在……"苦涩已升到他的喉咙口，又迅速地升进他的眼眶，他狠狠地摆了一下头，摆不掉那份凄楚。拉拉大衣的前襟，他回转身子，望着山坡上的小路，又喃喃地低语了一句："我要走了，湘怡，帮助我借到一笔钱，帮助我……活下去。"竖起大衣的领子，他拖着滞重的脚步，离开了墓碑，离开了湘怡，离开了荒凉的山头，离不开的是自己的恓惶、孤苦、寂寞和懊丧。

走进了市区，他垂着头，在汽车穿梭的街道上无精打采地走着。霓虹灯纷纷地亮了，街灯跟着大放光明，车头上的灯像流动的火炬，不停不休地在大街小巷滑行。人群挨着肩膀擦过去，匆匆忙忙的，不知赶向何方。他站住了，有些诧异地望着身边流动的一切事物，奇怪着全世界都在"动"，只有他"静止"。一辆街车在他身后疯狂地按着喇叭，更多的街车回应了起来，司机们把头伸出车窗咒骂，他才突然发现自己正停在街心，成了交通的阻碍。他慌张地退到人行道上，愣愣地看着那些车子，心里恍恍惚惚地在想，当全世界都在"动"的时候，原来想静止也不能静止。真的，他似乎也不能停在人行道上了，一个交通警察对他走了过来，用狐疑的眼光上上下下地打量他，他下意识地拉拉自己的大衣，这件破旧的呢大衣也相当狼狈，上面布满了灰尘和油渍，扣子早就掉光了，里面的绸里子拖出了袖口，必须时时把它塞进去。他用手抚摸着好几天未刮胡子的下巴，和那一头乱蓬蓬的头发，希望员警不把他当小偷或流氓看待。不过，员警先生显然并无恶意，只温和地问了一句："你喝了酒吗？"

"酒？"嘉文怔了怔，咽了一口口水，他已经一天没吃饭，更何况酒？"没有。"他伸手摸摸大衣口袋，嗒然地把空手抽了出来，"我一毛钱都没有，怎会喝酒？"

"那么，你站在街心干什么？"

"我？"他又怔了怔，"不干什么。"

员警对他注视了几秒钟，终于说："好吧！那你回去吧！别站在街中间阻碍交通。"

他点点头，转过身子，向前面慢慢地走去。"回去吧！"这三个字提醒了他，真的，他该回去了。一清早，他就被孩子饥饿的哭叫所吵醒，出门的时候，他原准备马上就回去，他想找找旧日的同事，借个一百两百的，或者一十二十也好，买点吃的给孩子们带回来。可是，才跨出门，他就想起所有的旧日同事，他早就借遍了，根本不可能再借到钱，于是，他只好在街上闲荡，希望能意外地碰到一两个熟人，可以开口借一点。但是，上帝没有帮他忙，荡了一个上午，他竟连半个熟人也没碰到。午后，他曾在父亲工作的银行门口站了半小时，考虑要不要进去，想想看，上至董事长、协理、经理、处长，下至职员、工友，他几乎都欠了债没还，他的脸皮就是再厚，也没勇气走进去。终于，他还是垂着头离开了银行，没有钱，没有吃的，他怎能回家面对那两个嗷嗷待哺的孩子？无可奈何中，他禁不住又想起了湘怡，湘怡在就好了！她能得到人的喜爱和同情，他只能得到轻蔑和冷淡！湘怡，湘怡，湘怡！一时间，他整个心里充塞的都是湘怡。于是，他走向了山坡，走向了墓地。

现在总该回去了，两个孩子在家里一整天，孤单单的无人照应，又没吃的喝的，现在不知道会哭成什么样子了。他身不由己地向归路走去，神志陷在一种半昏迷的状态里，但是，脚步却越走越快了。到了巷子口，他一眼就看到隔壁的张太太，正和一个员警在他家门口办交涉，两个孩子挤在一块儿，站在屋檐下发抖。出了什么事？他冲过去，真真眼尖，首先发现了父亲，就尖叫了一声："爸爸！爸爸！"

接着，就哇的一声大哭起来，念念也跑过来，一把抱住嘉文的腿，也哭着大喊："爸爸！爸爸！"两个孩子缠在嘉文的脚下，把满是眼泪鼻涕的小脸在他的大衣上揉着搓着。嘉文本能地用手护住了孩子，带着点敌意对那员警说："你要做什么？"

"这两个是你的孩子吗？"员警指着真真和念念问。

"是的。"

"我们接到报告，说有两个孩子整天没人管，也没东西吃，我来查问一下是怎么回事。"

嘉文看了张太太一眼，张太太瑟缩了一下，立即就振作了，直视着嘉文，她坦白地说："是我去找他来的，你的孩子快要饿死了，我们自己的孩子也多，不能天天帮你带她们，这样有一顿没一顿的，你还不如让她们到孤儿院去，在那儿，最起码她们可以有三餐饭吃！"

"不！"嘉文突然愤怒了，瞪视着张太太，他哑着嗓子说，"我不把孩子送孤儿院，我还没死呢，为什么我的孩子该进孤儿院？你别管闲事！"

张太太的脸涨红了。"好哦，"她愤愤地说，"你一个大男人，养不活孩子，我天天帮你忙，找东西给她们吃，你还怪我管闲事！我是看在你死去的太太身上，看在孩子太可怜的分儿上，才插手来管这件事！狗咬吕洞宾，不识好人心！以后我就闭着眼睛不管，又不是我的孩子，饿死了也不关我的事！"掉转身子，她头也不回地走进自己的家门，砰然一声把门关上。

这儿，员警打量着那个落魄的父亲。

"好了，杜先生，希望你不在家的时候，最好找个人来照顾一下孩子，否则太容易出事。有父亲的小孩，就是要送孤儿院也送不进去，不过，这样常常让孩子挨饿总不是办法！"

"我在失业。"嘉文叽咕了一句。

"你可以去找工作哦，台湾从来不会有人找不到工作的，何况你还是个大学毕业生呢！"

员警走了，嘉文牵着两个女儿走进屋里，心内禁不住涌起一股怆恻之情，堂堂七尺之躯的男子汉，竟养不起两个孩子，这还算人吗？屋内一片漆黑，他伸手摸到电灯开关，灯不亮，换了一盏灯，仍然不亮，他诅咒地骂："怎么回事？见了鬼！"

"穿制服的人把电线剪掉了！"真真用她早熟的声调，细声细气地说，"张妈妈说灯不会亮了，我们没有缴钱。"

嘉文呆了呆，就沉坐在一张椅子里，长叹了一声。用手捧着头，他像碾磨般把头在掌心里转来转去，喃喃地、反复地说："我怎么办呢？天哪，要我怎么办呢？"

"爸爸，黑黑！"小念念提出抗议了，"我看不到你。"她用一只瘦骨嶙峋的小手，触摸着嘉文，以她自己发明的语言说："黑爸爸，黑姐姐。"没有灯时的爸爸是黑的，姐姐也是黑的，她拍拍自己，"黑念念。"然后才说到主题，"黑念念饿，黑念念要包包。"

看来她将来会成为个文学家，嘉文好奇地把手放下来，在黑暗中注视着他的小女儿。念念有对充满灵秀之气的眼睛，在暗夜里仍然闪着光彩，那小小的鼻头和嘴就看不清楚了。站起身来，他摸黑找到了一段台风时用剩的蜡烛，燃起蜡烛，他再望向两个女儿。烛光下，一对童稚无知的孩子，都仰着天真的小脸，带着股好奇和不解的神情，望着她们的父亲。两个孩子，真真聪明慧黠，念念美丽憨厚，只可惜都已骨瘦如柴，面有菜色。假若是以前的家庭情况，两个孩子白白胖胖的，在草地上跳跳蹦蹦，一定是一幅美丽的图画，而今呢？家破人亡，什么都别谈了！

真真把一个小手指塞进了嘴里，轻轻地说："爸爸，你买什么给我们吃？"

念念立即附和："爸爸，我要一块大——大饼。"她夸张了那个"大"字。

"爸爸，妈妈呢？"真真问。

"妈妈消饭饭。"念念永远把"烧"念成"消"，"念念要吃。"

"爸爸——"真真用手推拉着父亲的手臂，哀求地唤。

"爸爸——"念念跟着喊。

嘉文跳了起来，他自己的肚子里也在叽里咕噜乱叫，饿得眼睛发花，嘴里冒酸水。孩子们的哀呼撕碎了他，他逃避似的喊："别吵！都给我闭嘴！"

真真的嘴唇瘪了瘪，眼圈发红，她是十分容易受伤的。眨动着眼睛，她委屈地说："我要妈妈！"说完，猛然哇地大哭了起来，一面叫着："妈妈！我要妈妈！妈妈——"

念念受惊吓地看着姐姐，嘴一扁，也跟着大哭大喊："妈妈！妈妈！妈妈——"

"我的天哪！我的上帝！"嘉文用手蒙住耳朵，逃出了大门，站在门外，他瞪视着门里哭成一对泪人儿似的孩子，又听到那口口声声唤娘的声音，心脏扭紧了，浑身都抽痛痉挛起来。门外很冷，寒风像刀子般地刮过他的面颊，卷进了小屋，桌上的蜡烛被冷风扑灭了。正哭成一团的孩子又受到黑暗的惊吓和恐怖，就更加尖锐地大哭大叫："妈妈！哇——妈妈——"

"你们等着，"嘉文的声音抖颤，被寒风吹散了，语不成声，"你们等着，我去弄钱，一定弄来——一定。你们等着——等着。"

带上房门，把一对小女儿关在黑暗的屋内，他踉跄地奔向了大街，几乎是不经思索地，他在街车的隙缝中横冲直撞，终于来到一幢西式建筑物的前面。站在那屋子的廊柱底下，他喘着气，低头望着寒碜的自己。他没勇气按门铃，可是，孩子要吃的！伸出手去，他机械地把手压在门铃上。

门开了，一位衣着整洁的女仆狐疑地望着他，他有气没力地说："我要见李处长。"

"你——贵姓？"女仆问，"有没有名片？"

"没有，我要见李处长。"

女仆的狐疑加深了。"你等一下。"门砰然关上，女仆进去了。好一会儿，门上的一个小方洞打开了，露出了李处长的一对眼睛。嘉文神经质地抽动着肩膀，莫名其妙地苦笑起来，喃喃地说："李处长，我不是来抢劫的。"

门开了，李处长拦门而立，严厉地看着他："你要干什么？"

"借我一点钱！我的孩子快饿死了！"他厚颜地说。

"你知道我几乎被你拉垮吗？为了你，我欠下三四万块钱，你还有脸来向我开口？"李处长的眼珠凸了出来。

"我只要五十块！"

"我告诉你，五角钱都不借！"

"不——借——"嘉文低低地重复着李处长的句子，"我的孩子要饿死了。"

"你还是个男子汉吗？"李处长声色俱厉，"多好的一个家庭，被你弄到如此地步，你还有什么脸做人？别向我伸手，嘉文，我不会给你一分钱！你的孩子要饿死了，你去工作呀！去赚钱呀！"

"我找不到工作。"他低低地嗫嚅。

"找不到？去踩三轮车去！去擦皮鞋去！去卖奖券去！要不然，你就到街上去讨饭去！无论做什么都可以，用你自己的力量去养活你的孩子，我们一角钱也不借！"

砰然一声，门关上了，李处长消失在门内。嘉文呆呆地站在那儿，好久好久，才机械地转过身子，一步一步地向街头挨过去。孩子们饥饿之状，犹在眼前，哭啼之声，犹在耳畔，他不能回去。一小时后，他停在以前的协理门前，但是，却为一个粗暴的男仆挡了驾："协理不在家！"

他累了，倦了，饿了。风似乎越来越刺骨，寒冷凝固了他每一根血管。他拖不动自己的脚步，在深夜的街头，也不知该何去何从。可是，他没忘记孩子的哭声，没忘记应该弄些吃的东西回去。他走着，不断地走着，他的脚变得有一百斤重了，一千斤重了，一万斤重了……然后，他来到湘怡哥哥的家门前。

"看在湘怡的面上，"他乞求似的说，"请借我五十元！"

"是你？杜嘉文？"李氏气势汹汹地冲了过来，"你逼死了我们的妹妹，还要跟我们借钱吗？你这个没良心的流氓！我早知道你不是东西！只有我们那个傻妹妹会爱上你，弄得死都没个好死！姓杜的，你小心点，我们没要你赔款就算好的，你还来借钱！你不是有钱家的少爷吗？不是有洋房汽车吗？看看你，这个乞丐样子，就是我那位妹妹选中的好丈夫呀！"

　　嘉文逃出了郑家，整个大杂院里的人都伸出头来张望，李氏还在后面穷嚷穷叫，指给邻居们看，数说着他的百般罪状……他又回到大街上了，风比刚才更冷，夜比先前更寒，他的脚步比来时更沉重。俯视着自己，他看到一身的肮脏，一身的耻辱，和一身的罪恶。靠在一株电线杆上，他闭上眼睛，心底辗转呼号："湘怡，我怎么办呢？湘怡？"

　　湘怡没有答复他，也没有人能够答复他。裹紧了大衣，他重新向前面走去，脑海里在搜索着能借钱的任何一个人名。最后，像灵光一闪，他想起了老赵，这个人曾在赌桌上赢走了他的万贯家财，虽然不是他一个人赢的，但他是那赌窟的老板，他赢得了大部分。现在，他总可以借给他一百两百吧？

　　有了一线新的希望，他的脚步就轻快多了，走过大街，穿进那条暗沉沉的小巷，他找着那家被掩护得很好的赌窟。可是，门口的门房挡了驾。"你不能进去，我们老板交代的。"

　　"请他出来好吗？我要和他讲几句话。"他低声下气地说。

　　老赵出来了，用那对斜吊眼上上下下地打量着嘉文，叼着香烟的嘴角带着个似笑非笑的表情，嘲弄地说："怎么，嘉文，好久没看到你了。是不是又筹到了资本，要来玩一下？"

　　"我不是来赌的——"嘉文吞吞吐吐地说，"我需要一点钱用——大概两百元。"

　　老赵一语不发地望着他，半天才说："怎样呢？"

　　"想向你通融一下。"

　　"哈哈，"老赵干笑了两声，"两百元有什么关系，不过我今天手气不顺，已经输了两万多，实在没有钱来借给你了，你还是去和别的朋友借借看吧！"

"我——实在没人可借了，"嘉文恳求地望着他，"就借我一百吧。"

老赵冷酷地摇摇头。

"那么，五十元！"

老赵再摇头。

"三十！求求你，就借我三十吧！"嘉文抹掉了全部的自尊，哀求地喊，"你从我手里拿走了那么多钱，把我弄到现在这样的地步，就向你借三十块，你难道都不肯吗？"

"笑话！"老赵的笑脸消失了，代替的，是一层冰冷的寒霜，"赌钱的时候有输有赢，你自己的运气不好，怪得了谁？我又没骗你的，抢你的，怎么说我从你手里拿走了钱呢？我输的时候也有呀，我可没说谁拿走了我的——"

"我不是这意思，"嘉文急忙赔罪，"只是我需要一点钱，你就借我一点吧！"

"我告诉了你，我今天没有！你去向别人借去！"

"几十块都不肯吗？"

"几块钱都不行，借钱出去要倒霉的，我手气正不好，你别烦我了！"

"那么，我和你再赌一次！"嘉文咬牙地说。

"你用什么资本来和我赌？"老赵冷笑地问。

"用我的生命！"

"哈哈哈哈！"老赵纵声大笑起来，"嘉文，你别傻气了，你的生命值什么钱？"

"我的生命是不值钱，"嘉文的眼睛冒着火，"我就向你借一点钱跟你赌！"

"我没兴趣，"老赵说，"你走吧，嘉文！老实告诉你，你已经不是我们的物件了，我们早调查过你，你没有一毛钱可以输了，现在，你还是趁早走吧！"

"好，我明白了，"嘉文重重地喘着气，"你们是一个骗局，你们骗走了我全部的财产，好，我明白了，"他掉转了身子，"我要去告发你们，我要去检举你们！"

"慢着！"老赵拦住了他，"你是聪明人，别做傻事，员警抓不住我们的，你也知道，对不对？你别给我们找麻烦，赌钱的事，一个愿打，一个愿挨，我们可没扯着你的耳朵逼你赌，是你自己送上门来的！假如你给我们找麻烦的话，你也知道那个后果是什么……"

老赵向身子后面看了一眼，于是，嘉文发现有两个彪形大汉，正慢慢地走了过来，这两人是嘉文熟悉的，在老赵赌钱的时候，他们总是斯斯文文地端茶倒水，侍候客人。嘉文不自觉地后退了一步，了解他们想做什么。血向他的脑子里冲去，他的眼睛发花，神志昏乱，体内每根血管都爆胀了。喘息着，他瞪着老赵，哑声说："你这个魔鬼！"

"你到现在才知道？哈哈！"老赵冷笑着，"是你自己要与魔鬼为伍呀！"

"我——我要你的命！"嘉文红着眼睛，扑了过去。

"你试试看！"老赵亮出了一把小刀。

嘉文什么都看不到了，他已丧失理智，丧失思考，只想扼杀面前这个人，这个魔鬼，这个毁了他一生前途的地狱使者。他扑了上去，用尽他浑身的力量。在他这一生中，这恐怕是他最勇敢的行为了，他扼住了老赵的脖子，死命地扼着，把他所有的悲痛、耻辱、仇恨都压在老赵的脖子上，直到他什么都不觉得了，什么都看不到了。

他的手指失去了力量，身子向地下滑，躺倒在小巷的柏油路上。有一阵时间，他似乎还朦朦胧胧若有所知，意识浮在白云中，轻飘飘地忽远忽近，他仿佛看到了湘怡，她离他那么近，他几乎可以触摸到她。"湘怡！"他无声地呼唤，他的湘怡。他没想到可欣，或者他曾爱过可欣，但那是太遥远以前的事了。

他在送医院的途中死去，身上一共挨了二十一刀。

第二十五章

一九六三年，十二月。

这年的寒流来得特别早，十二月已经相当冷了，从月初开始，细雨就整日整夜地飘飞起来。雨季加上寒流，台北的冬天似乎并不可亲，但是，对于甫从美国归来的纪远和可欣而言，却是他们一生中见到过的最美丽的冬天。站在松山机场的大门前，望着一片雾蒙蒙的天和地，望着机场前那块圆形的新栽草皮，望着来来往往的人，喜悦和兴奋使他们忘记了举步。可欣拉着纪远的手腕，大大地透了一口气："假若湘怡知道我们回来了……"

她没有把话说完，和湘怡不通音信已经五年多了，虽然寄了无数的信，但都被退了回来。然后，因为忙碌，他们也不再写信了，直到动身归来前一星期，才又按原址寄出一封信，通知湘怡他们的归期，而现在，他们站在松山机场的台阶上，湘怡却渺无踪影。可想而知，湘怡一定又没收到这封信。雅真站在一边，她老了，鬓边已全是白发，但比离开时还显得健康些。肤色红润，眼睛也奕奕有神。伸长了脖子，她四面张望着，喃喃地说："我没有看到杜家的人。"

"他们一定搬家了，我明天就可查出他们的地址来。"纪远说，一面拉住了正在台阶上跳上跳下的小威和小武。两个小家伙结实健康，长得一模一样，引得好些旅客驻足注视。

一辆黑色的小汽车疾驰而来，停在机场前面，从里面走下一位四十几岁的、矮矮胖胖的男人。四面打量了一下，他就径直走向纪远，礼貌地问："您是纪工程师吗？"

"不错。"纪远点点头。

"我是陈经理，我来接您。"

"噢，不敢当。"纪远点了个头，微笑地把可欣和雅真介绍了一遍，又按着两个孩子的头，要他们叫陈伯伯，这次纪远回来，是接受××建筑公司的聘请，膺总工程师的职位。大家客套了一番之后，就把行李搬上了车子。纪远全家上了车，陈经理愉快地说："你们的家已大致布置好了，公司代你们押了一幢房子，在中山北路，如果你们不满意，可以另外再找，家具是内人给你们选的，不知道合不合意。今天晚上，内人请你们全家到舍下便饭。"

"哦，真不好意思，让你们为我们忙，"纪远说，"我怎么也想不到，你们会连房子都帮我们准备好了！"

"我知道，你们全家回来，最需要的一定是先要找个'窝'，所以我们就代你找了！"陈经理笑着。

可欣也笑了，这是个细心的人，这也是个充满人情味的世界，她没有多说什么，但她的感激挂在嘴角上，闪在眼睛里。

噢！台湾，台湾，总算回来了。车窗外的树木飞驰着，一幢幢的建筑在后退，整洁的敦化北路，繁荣的南京东路……台北的变化很大，计程车取代了三轮车的地位，当年荒凉一片的南京东路已建筑了无数的高楼大厦，观光旅社比比皆是，连那些女士小姐，也似乎比往年时髦漂亮了！

"妈！妈！你看！那辆车子好滑稽哦！"小威兴奋地大嚷大叫，指着一辆三轮车，"那个人坐在上面会不会摔下来？"

"还有那个！"小武指着辆手推板车喊。

"别叫了，像乡下人进城啊！"可欣低声地说，沉溺在自己的愉快和喜悦里，一切都那么可爱，一切都那么亲切！纪远和陈经理已经聊开了，谈公司的情况，谈台北的变化，谈国外的生活……可欣听不到那些，她只陷在那层逐渐汹涌高涨的喜悦浪潮里。见到湘怡，第一件事要告诉她什么呢？嘉文不知道改变了多少？应该成熟了，稳重了，是个大男人了。他还会恨她和纪远吗？湘怡还会介意她对嘉文的影响吗？还有杜沂，他和雅真这段故事的完结篇会是什么？孩子们呢？真真和念念一定很漂亮，因为她们有很漂亮的父亲和母亲。他们还有没有更小的孩子？五年没消息了，五年，足以发生许许多多事情呢！

车子到达了目的地，两个孩子首先跳下了汽车，好奇地张望着他们的新居。陈经理开了大门，首先进入眼帘的，是一个面积广大的花园，原来的主人一定很爱花木，院子里一片绿荫，叶片被雨洗亮了，光洁清爽。房子意外地大，包括五间卧室和一间大客厅，已粗具规模，都有了若干家具，只要再添一些，就可以非常舒适了。可欣高兴地四顾着，不住地向陈经理道谢。陈经理没有久坐，知道他们新搬来，一定有许多东西要整理，叮嘱了吃晚饭的事，就告辞了。

陈经理走了之后，纪远脱下大衣，往沙发里一坐，深呼吸了一下，已开始在享受"家"的温暖了。两个孩子前前后后地奔窜，打开每间房子的门去"探险"。雅真也到处打量着，不肯休息。可欣看中了客厅里的电话，走到电话机旁边，她拿起听筒，迟疑了一会儿，纪远说："想打给杜家？他们不会再用原来的号码了，你不妨先查查电话号码簿。"

可欣在茶几底下找到了电话号码簿，查了半天，纳闷地说："没有嘉文的名字，也没有杜伯伯的名字。"合上号码簿，她说，"姑且拨拨以前的号码看，我还记得。"

纪远嘴边掠过一抹微笑，可欣知道他是笑她对嘉文的号码记得那么清楚，就也冲着纪远微笑。这么多年来，"往事"仍然是他们彼此嘲谑的好资料。电话拨通了，她刚刚"喂"了一声，对方就问："什么地方？"

"什么？"她愣了愣。

"你们不是叫车吗？"

"你是哪儿？"可欣问。

"××计程车行！"

"有没有一位杜先生？"可欣急急地问。

"没有！"

电话挂断了，可欣看了看纪远。

"不对了，是家计程车行。"

"我猜到不会是的，他们多半搬了家，也换了电话。"纪远说，走到可欣身边，从她手里拿过电话听筒，"让我来试试看，我有办法。"

他查了查电话号码簿，就拨了一个电话到杜沂的银行里，电话立即接通了，纪远说："请杜总经理听电话。"

"杜总经理？"接线小姐诧异地说，"我们的总经理姓谢，不是姓杜。"

纪远皱皱眉，这是怎么回事？

"那么，原来那位杜总经理呢？"

"我不知道！"这接线小姐显然是新来的。

挂断了电话，纪远看着可欣耸了耸肩，说："大概杜伯伯已经离开××银行了。"

雅真慢慢地走了过来，她听到了整个打电话的经过，坐进椅子里，她轻声说："我们离开七年了，七年中的变化一定很多，我总觉得有什么不对，这两天心神不定，有种不祥的预感，或者，他们遭遇了一些什么……"

"妈，"可欣打断了母亲，"不会的，他们不可能遭遇什么，您别多愁多虑，顶多是搬了家，杜伯伯退休了，嘉龄结婚了，湘怡生了一大堆儿女，忙得没有时间写信……"

"杜沂不会没时间写信的。"雅真低低地说，说给自己听。

"或者他另外结婚了，不好意思写信！"可欣冲口而出地说。说了就后悔了，只得把头转开，装作不在意。

雅真看了女儿一眼，笑了。"真的，这倒有可能性！"她说，站起身来，准备去开箱子。六十岁的人了，还像小儿女般多情，岂不可羞？为了掩饰自己突然感到的窘迫，她开始整理他们的新居。

"算了！"纪远也站起身来，"胡思乱想地瞎猜有什么用？我们还是整理东西吧，今天把家先布置好，安定下来，明天我去杜家旧居问问，看他们搬到哪里去了。如果问不出来，也可以去银行里，找杜伯伯的旧同事打听一下，反正，总会找出他们的下落来，这么多年都过去了，又何必急在一时呢？"

家，整理好了。紧接着的三天，纪远夫妇就忙于各方面的宴会和应酬，简直抽不出一点儿时间来。第四天，新请的女佣阿菊上任，纪远和公司里的人也都见过了，公司给他一星期的假期来安置家务，他们才算能喘一口气。早上，纪远出门的时候，带着个含意颇深的笑，注视着可欣，可欣明白他的意思，抿着嘴角，她说："别那样神秘兮兮的，希望晚上你能带着湘怡回来。"

"不带嘉文吗？"纪远扶着门框，调侃地说。

"带来嘛，给他看看你头发里面那道被花盆打的伤痕！"

纪远的手从门框上滑下来，落在可欣的肩膀上，稍一用力，可欣的身子就倒进了他的怀里，他的唇贴住她的，带着种崭新的热情和压力，两道黑眉毛掩护下的眼睛，依旧和当年一般地灼热逼人。

"在没有找到他们之前，我要告诉你一句话。"他低声地说，盯着她的眼睛，"我——"

"你什么？"

"我爱你。"

一句古老的话，几千年来不知被人重复过多少次了。但是，可欣的面颊涌上一股红晕，头脑里掠过一阵晕眩的快乐，已有许久许久，她没有听纪远说这三个字了。七年半的婚姻生活不是一段短时间，一切神秘的已变成熟知，新颖的已成为陈旧，不再有诱惑，不再有波动，也不再有试探和研究的兴趣，加上工作的忙碌，机械的生活，磨光了几许"情调"！这三个字又重新有了它的刺激和吸引力。可欣闭上眼睛，深吸了口气："唔，再说一遍。"

"我爱你。"

"再说一遍。"

"我爱你。"

"再说——"

"别傻了！"他放开她，吻吻她的面颊，困惑地望着她，"你像个小新娘，我不相信你是两个孩子的妈妈了。"他欲走又停，"你猜怎么，可欣，我对嘉文仍然有点酸溜溜的，很怕有一天，你会懊悔你的选择。"

"傻话！"可欣轻轻地说，把满含笑意的眼睛转开，她喜欢他那点"醋意"，这使她明白自己的"分量"。

纪远走了，可欣回到屋里，一面指导着阿菊处理家务，一面沉湎在和湘怡重聚的幻想中。一整天，她都心神恍惚，忽忧忽喜。雅真却很宁静，一心一意地给两个外孙补习中文，他们都该进小学一年级了，还不会写自己的中文名字。在雅真心中，杜沂这么久不通音信，一定有了变故，最大的可能性，就是又结婚了，这也未为不可，到底不是年轻人了，各种风霜和波折都遭遇得够多，人也变得镇静和淡泊了。何况，她从不认为会和杜沂有怎么样的结果，许多时候，有个缺陷比完全的完美还好些，她乐意于享受自己的生活，自己的秘密的感情（数十年如一日），和自己这份缺陷。

午后四时左右，纪远打电话回家，说不回来吃晚饭了，他的声调有些特别，向来冷静的他，似乎碰到什么问题，显得有些激动。

"你找到嘉文他们的新居没有？"可欣迫不及待地问。

"还没有，我到原来的地方去过，也问过邻居，据说，杜家五九年就不住在那儿了。我又去看了杜沂的老同事，一位姓李的，本来是处长，现在已升任业务处经理，和他谈了很久……"他的语声中断了。

"怎样呢？"

"等我回来再详谈吧，我还要去继续打听一下。或者我得到的消息并不确实……"

"你得到什么消息呢？"

"再谈吧！我想去……可欣，你记得湘怡哥哥的住址吗？我想去找找湘怡的哥哥。"

"我记不清了，好像他在××机关做事。住址是厦门街，你知道我以前很少到她哥哥家去的。"

"好，我去机关里打听。"

"早点儿回来哦，我急于听你的消息。"

"我知道。"

放下电话，可欣感到一阵怔忡和心跳，会有什么事呢？嘉文和湘怡？为什么纪远的语气显得那么严重？或者他们的感情很坏，离婚了，湘怡又改嫁了，所以纪远要到湘怡哥哥家去打听。无论如何，情况并不简单，也并不乐观。但是……这到底是怎么回事呢？

"你不用走来走去，"雅真望着女儿，"总之，他们不会从地面上隐没的。"

晚餐之后，纪远迟迟不归。小威和小武又在模仿西部牛仔了。"砰砰砰！""砰砰砰！"假枪假刀的声音闹得人头昏脑涨。假若是女孩子就好了！可欣收拾着他们散了一地的玩具时，不由自主地想着。她渴望见到真真和念念，但是，她们在哪儿呢？

深夜，孩子们睡了，屋子里就出奇地宁静。纪远仍然没有回来，也没有来电话。可欣和雅真面面相对，几百种臆测，几千种想象，却谁也不想说出来。随着时间过去，两人不祥的预感都越来越重，最后，可欣不耐地说："这个纪远，怎么回事？也不打个电话回来！"

"别急，他一定有消息了，恐怕不是电话里说得清楚的。"

可欣靠进沙发里，她不断地想象着湘怡，胖了？瘦了？还是和以前一模一样？嘉文呢？当年那欢笑的一群，如在目前，还有那卡保山的狩猎！卡保山，那满山红叶，别来无恙否？但愿能集合十年前原班人马，去重访卡保山！十年？有十年了吗？算算看，真的，已经整整十年了。可是，那月夜下的山和树，那长夜的期待，还和昨天的事一样。纪远背着负伤的嘉文，越过岩石，涉过激流，走过峭壁……一次打猎改变了多少人的命运！但愿嘉文和湘怡比她和纪远更幸福，但愿！假如有个童话中的仙女，给她一个愿望的话，她就只有这么一个愿望了！

深夜十二点半，纪远回来了，他看来疲倦而乏力，眼睛暗淡，脸色灰白。握着可欣的手，他严肃而低沉地说："我要和你单独谈谈。"

雅真看看他们夫妇，已经明白事情不妙，她没有多问什么，就一声不响地退回了自己的房里。纪远在沙发上坐了下来，把可欣拉到他的面前，用一对恳切而哀伤的眼睛，深深地望着他的妻子。

"你有勇气接受打击吗，可欣？"

可欣的嘴唇失去了颜色，但她的背脊是挺直的。

"告诉我吧！"她低低地说。

纪远从大衣口袋里掏出一张几年前的剪报，默默地递给可欣。可欣看到被红笔圈出来的一段社会新闻，标题是触目惊心的几个大字："赌徒的下场！"

下面的小字标题是："深宵小巷演出血案　富家子弟刀下丧生"，再下面，还有两行更小的字："疑凶赵某某已落网并破获庞大赌窟"。

可欣一语不发，表现得出乎意外的冷静，她慢慢地看完了整个新闻的内容，才抬起头来，静静地注视着纪远。纪远又递了另一张剪报给她，是这件案子的宣判，赵某判处了终身监禁，从犯都分别判了十年二十年的徒刑。新闻的标题是两句颇发人深省的话："杜嘉文一失足成千古恨　赵某某再回头已百年身"。

放下了报纸，可欣轻声地问："湘怡呢？"

"也死了，在嘉文之前四个月，是自杀的。"

可欣垂下了头，好半天，她一动也不动。纪远揽着她，感得到她身子的战栗，一不做，二不休，他把另一个坏消息也透露出来："杜伯伯死得较早，是死于中风。"

可欣震动了一下，坐进沙发里，用手托着头，她一语不发。什么都完了，整个的杜家！她所有的幻想，重逢的快乐，欢乐的一群，卡保山重寻红叶……什么都没有了！她的好友，她无日或忘的朋友们……什么都没有了！她坐着，合上眼帘，一股热气从她胸部向上升，凝结成一团硬块，哽在喉咙里，她费力地要把那个硬块压下去。纪远的手温暖地握着她，低声说："如果你想哭，就哭出来吧！"

可欣缓慢地摇了摇头，她的理智已经接受了这个事实，感情却还没有接受。不知道过了多久，她才能用勉强的声调，呻吟地问："孩子们呢？嘉龄呢？"

"嘉龄下落不明，她在杜伯伯死后就离开了杜家，据我收集的资料，他们在卖掉房子以后就三餐不继了，嘉文输掉了全部财产，逼得湘怡自杀，他自己死后还负债累累。孩子们——我打听不出确实的下落，湘怡的哥哥已经搬家了，听说，两个孩子都在孤儿院，我准备明天去台北的几家孤儿院调查一下。"

可欣又沉默了，她从没想到杜家会有如此悲惨的下场。她沉默了很长久很长久，当她再抬起眼睛的时候，尽管脸色苍白，但眼里并没有泪。挺了挺脊梁，她接受了这个事实。

"他们只有两个孩子？"她问。

"是的，真真和念念。"

"我们找到她们，把她们接回家来，我一直想要两个女孩子。"可欣轻轻地说，"至于嘉龄，我们可以登个寻人启事，她已经二十八岁了，多半已经结了婚。不过，我们一定要找到她。"她从沙发里站起身来，安静地说："现在，我去把这个消息告诉妈妈。"

纪远注视着可欣的背影，许多时候，他觉得可欣坚强得令人心折。那挺起的肩膀稳定而勇敢，仿佛可以肩负全世界的重量。望着她消失在雅真的房门口，他的眼眶发热而潮湿了。他自己也不明白流泪的原因，是为了杜家可悲的命运，还是为了可欣可感的坚强？

第二天是奔波的一日，纪远经过了许多周折，终于打听到湘怡哥哥的住址，湘平已经调任课长，分配到一幢较好的宿舍，生活环境应该比以前改善了很多。但是，李氏在七年间，又连生了三个子女，经济情形也就相当拮据了。在郑湘平那儿，纪远总算获得了杜家由盛而衰、由衰而败的全部经过，湘平感慨地说："嘉文死后，两个孩子真可怜极了，本来，我们应该领来养育的，但是，我们自己的孩子都养不好，怎么能再增加两个呢？最后，还是把她们忍痛送进了孤儿院，两个小女孩，长得乖巧玲珑。唉！"

纪远知道他说的是实话，他们的情形，确实不可能再负担两个小孩了。要了孤儿院的地址，他匆匆告辞，急于去找寻那两个小孩，临走的时候，湘平又叫住了他："纪先生，我知道你们是嘉文最密切的朋友，嘉文死了之后，遗物里有一包湘怡的日记，和杜沂的诗稿文稿，如果你们有兴趣保留，可以拿去，放在我这儿是没用的。"

"好的。"纪远取得了这包东西，离开了郑家。

孤儿院很快就找到了，那是个设备还很不错的公立育幼院。但，因为天气严寒，衣物缺乏，孩子们一个个都不胜瑟缩。纪远立刻见到了真真和念念。

一时间，他说不出任何一句话来，真真有张倔强而聪明的小脸，以一种木然的眼光望着他，薄薄地带着份敌意，抿得紧紧的小嘴唇，有种不妥协的神情。念念比她的姐姐漂亮，弯弯的眉毛下有对柔和的眼睛，她一定遗传了湘怡全部的好脾气。纪远把两只手分别压在她们的小肩膀上，温柔地说："孩子们，我来带你们回家去！"

转过头，他对站在一旁的院长说："我能立即带她们走吗？我要领养这两个孩子。"

院长摇摇头，说："我们很欢迎有人能领养她们，但我们需要调查一下你们的家庭，还要办理若干手续。"

"你马上可以知道我的家庭情形！"纪远说，他立即打了一个电话给可欣，要她带有关的证件来。又打电话请来陈经理夫妇，让他们给他的家庭做证，郑湘平也赶来了，他们在三小时之内，办妥了领养的手续，这可能是这育幼院里办得最快的一次领养手续了。办完之后，那院长点着头说："你们的热情实在使我感动，尤其你们才刚刚回台湾。"

"你不知道我们和她们父母的关系！"可欣低声地说，用她的大衣裹住两个孩子，把她们圈在她的臂弯里。她望望真真又望望念念，含泪说："你们是我的女儿了，我会用我的全部生命来爱你们！"把真真额前的短发拂到脑后去，她仔细打量着那张表情僵硬的小脸庞。

"你出世的时候，除了医生护士之外，是我第一个抱你的，你知道吗？"她低问，把两个孩子紧紧地拥在胸前。没想到当日产房里答应湘怡的一句话，竟成谶语！

把孩子带上了计程车，可欣长长地吐出一口气。

"嘉龄，现在要找的是嘉龄了！"

回到家里，一对孪生子立即围了过来，好奇地研究着他们的新姊妹。雅真接受打击的力量比可欣更强，知道杜沂全家的遭遇后，她始终没有表现出什么悲痛来，但是，当她见到真真和念念后，眼泪却一涌而不可止。等到夜静更深，她再在遗物中看到杜沂临终那首诗"两地云山总如画，布帆何日斜阳挂？倘若与君重相逢，依依剪烛终宵话……"的时候，她就更是泪不可止了。

第二十六章

嘉龄在何方？嘉龄在何方？嘉龄在何方？

报上的寻人启事，已经刊登了整整半个月，嘉龄仍然音信全无。纪远向各方面打听，找寻曾和嘉龄来往过的朋友，甚至托警局代为查访，可是，嘉龄就像从地面隐没了，消失得无踪无影。纪远和可欣是不会放弃希望的，报上的启事继续刊登。查访也一直没有停止，但，圣诞节来了，阳历年也过了，嘉龄的踪迹依然杳无可寻。

连日来，纪远走在大街上，已经习惯性地要对年轻女性都多看几眼，或者会踏破铁鞋无觅处，得来全不费工夫呢！他脑子里的嘉龄，依旧是十八九岁时的样子，所以，对十八九岁的少女，他就特别敏感一些。因此，这天，当公共汽车站上的一个少女不住地对他注视时，他就禁不住要心脏猛跳了。

但是，这绝不是嘉龄，这少女很年轻，大概不会超过二十岁，穿着一件朴素的黑大衣，怀里捧着一大摞书，不知是哪个大学里的学生，长得清秀文静，有一对很灵活的、似曾相识的眼睛。纪远暗中纳闷，这少女仿佛在哪儿见过，但，他离开这么多年，这是不可能的！他正想走开，那少女却突然开口了："纪大哥！你是纪大哥，对吗？"

纪远怔住了，接着，他就像发现新大陆般跳了起来，忘形地抓住了那少女的手腕："小辫子！是你吗？你长得这么大了，我都认不得了！"

"而且没有小辫子了！"小辫子摸摸自己烫得短短的头发，兴奋地笑着说，"你什么时候回来的？这么久一封信都不写来，我祖母一直记挂着你！"

"阿婆好吗？我起先太忙了，没时间写信，后来给你们写了信，也没收到回信。"

"我祖母已经去世三年了。"小辫子的笑容收敛了，"她死于肝硬化，在医院里住了半年。"

"噢。"纪远叹息了一声，拉住了小辫子的手臂，"我们找一个地方坐坐，谈一谈，好不好？你现在要去哪儿？"

"去上课，我在师大读书。既然碰到你，我今天就不去上课了。"

在附近一家咖啡馆，他们坐了下来。要了两杯咖啡，他们打量着对方。纪远回忆着当年那个调皮捣蛋的小女孩，实在有些不相信就是今天这个文质彬彬的大学生。好一会儿，纪远才问："你还住在原来的地方吗？"

"不，"小辫子摇摇头，"早就不住在那儿了。我们的房子是违章建筑，后来都市计划，房子受命拆除，我们就连地都卖给了政府，现在，我们房子的地方已盖了一幢最豪华的观光旅社了。"

"你现在住在哪里？"

"和几个同学合租了一间房子，很小很挤，标准的冬冷夏热。"

"你的经济情形不好吗？"纪远关怀地问。

小辫子的脸微微红了一下。

"本来房子和地得到一笔钱，但是，祖母住医院的费用，和后来办丧事的费用付掉之后，就没有什么钱了，那时我还在读中学，苦撑了几年，考上师大，才算比较好些了。我现在，公费可以勉强够我用，等放了寒假，再找个家教的工作，就会好得多了。"

纪远深深地望着小辫子，沉思地用小匙搅着咖啡。小辫子微笑地抬起头来，说："谈谈你吧！纪大哥，你在美国怎么样？过得很不错吗？你的太太呢？有几个小宝宝？"

她的一连串问题使纪远失笑了，放下咖啡匙，他的脸正了正，恳切地说："帮你介绍一个工作，去不去？只要利用你课外的时间就行了，管膳宿，月薪五百元。"

"什么工作？"

"教四个小孩念书，三个小学一年级，一个小学二年级，两男两女。"

"你是说家庭教师？"

"是的，去不去？"

"这样的待遇似乎太优厚了，对我当然是求之不得，"小辫子犹豫着，"只是——这是什么家庭呢？为什么出这样高的待遇请家庭教师？"

纪远微笑着，含蓄而温和地望着面前的少女。"是我家，教我的孩子。"

"噢，"小辫子惊异地张大眼睛，"纪大哥!"

"来吧! 小辫子，"纪远鼓励地说，"我家的地方很大，空下好几间卧室没人住，而且，四个孩子也真需要一个有经验的人来教教他们，可欣是最怕寂寞的，一定会欢迎你，如果你跟我们住在一起，我保证你会生活得很快乐。"

小辫子垂下了眼帘，当她的睫毛再扬起来的时候，她的眼眶里已充满了泪，点点头，她轻声说："要请家庭教师是假的，给我找个安身的地方是真的，对吗? 纪大哥? 我还有什么好说的，我愿意去住。祖母死了以后，你不知道我多寂寞! 而且，我相信祖母有知的话，她会赞成我去的。她一直那么喜欢你，说你像我那个被日本人征去当兵、一去不回的爸爸。当然，"她又加了句，"你的年龄只能当我的纪大哥。"

就这样，小辫子迁入了纪家，而且，立刻和可欣成了好友，又和孩子们建立了一份良好的关系。七岁的真真始终有种反叛性，不大肯和人接近，小辫子融解了她。笑容逐渐涌现在真真和念念的面颊上，童稚的欢乐恢复了，何况，可欣又那样竭尽全力地去照顾这两个小女孩，小辫子热心地教他们念书，教他们游戏，教他们"爱"。在这样的环境下，没有一个孩子还能"孤立"自己。于是，一天，真真主动地走到可欣面前，第一次喊她"妈妈"。把她的小手放在可欣的膝上，她用发现大新闻的口气说："妈妈，我知道怎么分别小威和小武了，小威的头发边上有一颗小痣。"

“真的吗？”可欣发生兴趣地问，故意不在意她所称呼的那声“妈妈”——她一直拒绝喊可欣作“妈妈”。

“真的，只有一点点大。”

“你怎么看到的呢？”

“我帮他梳头呀！他的头发总是乱七八糟的！”女孩子到底是女孩子，她已经要照应比她小的弟弟了。

孩子们交朋友是容易的，孩子们和大人的亲近也是容易的，没有几天，这个家庭已和洽得不能再和洽了，到处都有欢笑，到处都有温情，只是，嘉龄仍然不知流落何方？

快要过旧历年了，天气出奇地冷，接二连三来了几次寒流，又加上一直在下雨，气候坏到极点。这样的气候下出门旅行，似乎不是什么愉快的事情。但是，纪远却对这次旅行抱着极大的兴趣和希望。他终于接到情报，说嘉龄在台中一家舞厅中化名献唱，他立即赶往台中，好在台中没有雨，可是，也冷得相当够受。

晚上，纪远来到了那家名叫蓝星的舞厅，这不是第一流的舞厅，布置得非常粗俗，暗沉沉的灯光，雾腾腾的空气，加上一些廉价的香水味，舞池里人影憧憧，不断地扭动旋转，音乐疯狂地响着，充满了世纪末的情调。他找了一个位子坐下，立刻有两个舞女舞到他面前来，他摇摇头，慢慢地燃上一支烟。

侍者走了过来，他叫了杯橘子水，对侍者轻轻讲了几句话，侍者狐疑地望着他，然后走开了。没多久，侍者陪着舞厅的经理过来了，纪远拉开身边的椅子，和那经理交换了一张名片。经理不解地问：“你请我来有什么事吗，纪先生？”

“我来打听一个名叫银妮的歌女，听说她在这儿献唱。”

"是的，"经理微笑了，"你喜欢她？"

"她很受欢迎吗？"纪远答非所问。

"说实话，并不怎么受欢迎，"那经理坦白地说，"她很固执，爱唱的歌才唱，不爱唱的就不肯唱。她的年纪也大了点，现在，比她年纪轻，什么都肯唱的歌女很多……"经理咽住了，觉察到自己透露得太多了，"纪先生问她做什么？"

"她的真姓名叫什么？"

"她姓杜，我们就叫她银妮小姐。"经理说，"她是被高雄××舞厅介绍来的，我们和她签了一年合同。"

"合同满了没有？"

"我知道了，"经理自作聪明地说，"你想请她去唱歌，是吗？合同还没满，钱倒都给她预支光了，我并不反对和她解除合同，只是她得先偿还欠的钱。"

"一共欠了多少？"

"大概一万元左右，要查一查才知道。"

纪远掏出了支票簿，说："你能去把她的合同和借据找出来吗？我要马上带她走，我希望没有什么牵缠。"

"呃，"经理呆住了，"那——那不大好办，她这样一走，临时没人接替……"

"在她借款之外，我另外赔偿你五千元，怎样？"

经理错愕地望着纪远，不知道这是哪儿跑来的"大头"？对于银妮，他们早就不满了，既不肯跟客人周旋，又不肯暴露色相，死死板板地唱她那几个"艺术歌曲"，天知道，到这儿来的客人还有什么艺术的？再加上她那份坏脾气，动不动就砸东西骂人。假若不是因为她欠了太多的钱，他们早就要请她走路了。现在，忽然从天上掉下来这样一个人，愿意为银妮清偿债务，他们又何乐而不为呢？点了点头，他站起身来，基于江湖义气，他又踌躇着说了句："这位小姐并不是很好惹的，纪先生和她交情很深吗？"

"你放心吧！"纪远微笑地说。

经理进去了。这儿，纪远再燃上一支烟，望着舞池中的人影。一支舞曲结束，灯光忽然亮了起来，纪远本能地一震，嘉龄出来了！嘉龄，不管她化作任何名字，纪远依旧认得出来。她不再是往日的那个小女孩了，纪远带着沉痛的心情，望着她那张脂粉堆积着的脸庞。才二十八岁，应该也不会如此憔悴呀！脂粉掩饰不住她的苍白，那职业化的笑容里，每个笑痕中仿佛都挤得出泪水来。一件敞胸的黑色洋装裹着她，那裸露的肩头应该不胜寒冷，消瘦得可以看出骨骼。怪不得经理说她不受欢迎，青春似乎对她特别吝啬，那张当年焕发的脸庞已换上了疲倦和苍凉，看不出丝毫的光彩。对满座的客人机械地点了个头，她开始唱一支《绿岛小夜曲》。她什么都变了，只有歌喉依然圆润动听，婉转轻柔。纪远不禁听得呆住了。

一曲既终，场子里响起几声疏疏落落的掌声，不给人赞美的感觉，倒带着点讽刺的意味。经理走到纪远的身边，把嘉龄的合同和借据交给他，说："她还要唱一支歌，让她唱完吧！"

纪远点了点头，大略地看看那些资料，就签了一张数字很可观的支票给经理，说："我希望不再有什么麻烦。"

"哦，当然，当然，纪老板。"经理一迭连声地答应，把纪远不知当作哪家新开夜总会的老板了。

嘉龄又开始唱起一支歌来，纪远忍不住地大大震动了一下，那是一支熟悉的歌，他第一次听到它是在杜家的客厅里，也是嘉龄唱出来的。那时杜宅宾客盈门，觥筹交错，嘉龄尚不解人间哀愁，用天真的神情，唱出这支歌曲。和今日置身舞厅，苍凉地吐出那一个个的字，有多大的不同！他屏息敛气，听着嘉龄哀婉的歌声：

有一条小小的船，漂泊过东南西北，西北东南。

盛载了多少憧憬，多少梦幻，船儿美丽，梦儿旖旎，穿过海洋，渡过河川，来来往往无牵绊！

春去秋来，时光荏苒，憧憬已渺，梦儿已残，美丽的小船，不复昔日的光辉灿烂。

经过风暴，涉过险滩，盛满时光，载满苦难，何时才能卸下这沉沉重担？

经年累月，漂泊流连，白日苦短，夜来苦寒，何处是我避风的港湾？

我已疲倦，我已颠顶，憧憬已渺，梦儿已残，何处是我停泊的边岸？

我已疲倦，我已颠顶，何处是我停泊的边岸？

憧憬已渺，梦儿已残，何处是我避风的港湾？

歌声结束，嘉龄低低地弯下腰来，对听众鞠了一躬。转过身子，她迅速地走向后台。纪远抛下了站在一边的舞厅经理，也向后台走去，仓促中，他似乎还听到经理在讨好地说："这是她最爱唱的一支歌，非常——非常艺术！"

纪远来到后台，正赶上嘉龄从前面退下来，她低垂着头，显得不胜疲倦。纪远迎了过去，在她的意识还没有恢复以前，他已经用自己的大衣裹住了她，遮住了那可怜兮兮的肩膀。他轻声地说："你累了，嘉龄，我来接你回去。你该到一个港湾里，好好地避避风浪了。"

嘉龄愕然地抬起眼睛来，一看到纪远，她什么都明白了。她曾在报上看到纪远和可欣找寻她的启事，尽管那启事无比地吸引她，她却没有勇气把这有着罪恶和堕落的痕迹的身子，带到纪远和可欣的面前。这么多年来，她挣扎过，奋斗过，堕落过——一直在声色场中打转。现在，她是真的疲倦了。瞪视着纪远，她说不出话来，只觉得眼睛越来越模糊，越来越朦胧……泪珠滑下了她的面颊，新的泪珠又涌了上来。纪远的胳膊绕住了她的肩头，拥着她，他说："让我们回去吧，叫一辆计程车直回台北，四小时以后，我们就可以到家了。"

"我——"嘉龄嗫嚅着，"我还有合同和一些债务。"

"放心吧，都已经帮你弄清楚了。"

"还有——我的衣服。"她想转身去取衣服。

"别管它了！"纪远说，"你还会有新的衣服，旧的所有的一切，都可以埋葬了。"

就这样，他们上了计程车。

"我堕落过，曾经有个孩子，害小儿麻痹症死了。"嘉龄轻轻地说，急于想托出自己最坏的一面。

"我都知道，"纪远打断了她，事实上他并不知道，但他也不想知道，"可是，现在都过去了。"伸头看看车窗外的天空，高漠的穹苍里，几点寒星在闪耀着。他微笑地说："明天会有太阳。"

车子发动了，向台北的方向疾驰而去。

故事写到这里，应该可以结束了。不过，把时间延后半年，在纪家，还有一个小小的插曲。

这是星期天，一清早，嘉龄就知道家里要招待客人吃午饭。早上，是可欣和嘉龄两个人一起上的菜场，她们买了一条活的鲤鱼，又买了螃蟹和海参。回到家里，可欣亲自下厨，指导阿菊如何如何下锅。小辫子忙着把四个孩子打扮得整整齐齐，真真、念念都是一头长发，系着大蝴蝶结，小威、小武穿上白衬衫、西服裤，神气活现。纪远也失去一向的镇静，不时在房里绕出绕进。到十点多钟，纪远出去了。十一点钟，他打了个电话给可欣，可欣听完只是笑，雅真坐在一边，也望着可欣微笑，仿佛他们都有种默契和了解。到十一点半，纪远和客人都没来，可欣突然想起忘了买点花来插瓶，似乎花是必不可少的。她对嘉龄说："嘉龄，去帮我买一束花来，到花店去买，要几朵百合，几朵郁金香，和几朵黄玫瑰。"

嘉龄去了，一连跑了好几家花店，都买不到郁金香，使她怀疑可欣是故意要调走她的，最后，她总算在中山北路一家花店里买到了两朵郁金香。拿着花回到家里，一走进门就觉得家中的气氛有些不对，弥漫着一层看不见的喜悦和兴奋。

她才跨进客厅，迎面有个男人站在那儿，因为她高举着花束，那男人显然误会了她那把花的意义，他顺手接过了花，对她温柔而诚恳地微笑着。"嘉龄，谢谢你。"他轻声地说。

嘉龄愣住了，张大了眼睛，她瞪视着面前这个男人，那熟悉的微笑，那熟悉的瘦长身材，那熟悉的一字眉！她张开嘴，半晌，才欢呼地叫："是你！胡——胡——糊涂鬼！"

一屋子都爆发了欢笑。大家欣然入席，彼此举杯祝福。安排这次见面，使纪远和可欣大费苦心，蒙在鼓里的嘉龄这时才知道胡如苇是上午十时半刚抵达松山机场的。他已经拿到了博士学位，回来当副教授。比起以前，他看来稳重而成熟了。

"如苇，"可欣望着他，"为什么一直没结婚？"

"我还在等待。"胡如苇轻声地说，不知是说给谁听的。

饭后，大家聚在客厅里，欢笑是无止无休的，许多故事都发生了，过去了。属于以前的已再抓不回来，属于未来的还可以创造。大家笑着谈着，但是，当话题不期而然地转到嘉文和湘怡身上时，大家就都不由自主地沉默了。只听到花园里小辫子正在教孩子们唱一支歌，歌名是《拉纤行》，歌声里充满欢乐和喜悦："前进复前进，大家纤在手，顾视掌舵人，坚强意不苟……骇浪惊涛中，前进且从容，无涯终可至，南北或西东……"

"一支很好的歌，"纪远打破了沉默，"或者人生是一条船，有着漫长而疲倦的航行，但是，'意志'是自己的舵手，航行的方向，只在于舵手的稳定与否而已。"

或者是的。全房间没有人答话，每人都陷在自己的思想里。人生是一条船，怎样的船？怎样的航行？怎样的方向？何处是港口和边岸？何时能停泊和休息？……有许许多多人生的问题，都不是任何人所能答复的。

孩子们的歌声依然在继续着："步伐我既整，舵也掌得稳，行程要有方，涉险要能忍……"

——全书完——

一九六五年七月十五日于台北

（京权）图字：01-2025-0195

图书在版编目（CIP）数据

船／琼瑶著 . -- 北京：作家出版社，2025.1.
（琼瑶作品大全集）. -- ISBN 978-7-5212-3236-3

Ⅰ. I247.5

中国国家版本馆 CIP 数据核字第 2025J6445R 号

船（琼瑶作品大全集）

作　　者：琼　瑶
责任编辑：杨兵兵
装帧设计：棱角视觉　纸方程·于文妍
责任印制：李大庆　金志宏
出版发行：作家出版社有限公司
社　　址：北京农展馆南里 10 号　　　　邮　　编：100125
电话传真：86-10-65067186（发行中心）
　　　　　86-10-65004079（总编室）
E-mail: zuojia@zuojia.net.cn
http://www.zuojiachubanshe.com
印　　刷：河北京平诚乾印刷有限公司
成品尺寸：142×210
字　　数：239 千
印　　张：10.75
版　　次：2025 年 1 月第 1 版
印　　次：2025 年 1 月第 1 次印刷
ISBN　978-7-5212-3236-3
定　　价：2754.00 元（全 71 册）

品　琼　瑶　经　典

忆　匆　匆　那　年

琼瑶作品大全集